Richard Paul Evans

Noels
Tagebuch

AF177831

Richard Paul Evans

Noels Tagebuch

LAGO

BIBLIOGRAFISCHE INFORMATION DER DEUTSCHEN NATIONALBIBLIOTHEK

Die Deutsche Nationalbibliothek verzeichnet diese Publikation in der Deutschen National-
bibliografie. Detaillierte bibliografische Daten sind im Internet über http://d-nb.de abrufbar.

FÜR FRAGEN UND ANREGUNGEN
info@lago-verlag.de

WICHTIGER HINWEIS:
Die gewählte männliche Form bezieht sich immer zugleich auf weibliche, männliche und diverse
Personen. Auf konsequente Mehrfachbezeichnung wurde aufgrund besserer Lesbarkeit verzichtet.

1. Auflage 2021
© 2021 by LAGO, ein Imprint der Münchner Verlagsgruppe GmbH
Türkenstraße 89
80799 München
Tel.: 089 651285-0
Fax: 089 652096

Die amerikanische Originalausgabe erschien 2017 bei Simon & Schuster unter dem Titel *The Noel
Diary*. © 2017 by Richard Paul Evans. All rights reserved.

Übersetzung: Sonja Rebernik-Heidegger
Redaktion: Silke Panten
Umschlaggestaltung: Sonja Vallant
Umschlagabbildung: shutterstock/ArtBackground, LilieGraphie
Satz: Sania Haschemi für Pageturner Production GmbH
Druck: CPI books GmbH, Leck
Printed in Germany

ISBN Print 978-3-95761-205-2
ISBN E-Book (PDF) 978-3-95762-292-1
ISBN E-Book (EPUB, Mobi) 978-3-95762-293-8

Weitere Informationen zum Verlag finden Sie unter
www.lago-verlag.de
Beachten Sie auch unsere weiteren Verlage unter www.m-vg.de

Für Pam.
Wo auch immer du bist

PROLOG

Mehr als einmal sah ich in dem winzigen Moment zwischen Schlafen und Wachen eine junge Frau mit langen schwarzen Haaren, die im Sonnenlicht wie Obsidian glänzten. Im Vergleich zu ihr war ich stets ein kleines Kind, und sie drückte mich an ihre Brust. Sie sang für mich und betrachtete mich liebevoll mit ihren sanften, mandelförmigen Augen. Es war immer dieselbe junge Frau. Ich wusste nicht, wer sie war und warum sie an der Grenze meines Bewusstseins umhergeisterte. Ich wusste nicht einmal, ob sie real war. Aber sie fühlte sich real an. Und etwas in mir sehnte sich nach ihr. Wer auch immer sie war, sie liebte mich. Oder hatte es zumindest getan. Und ich liebte sie.

Das ist die Geschichte, wie ich diese Frau schließlich fand. Und auf der Reise zu ihr fand ich auch die Liebe.

KAPITEL

1

Mittwoch, 7. Dezember

CHICAGO

Als die Journalistin der *USA Today* ins »Dunkin' Donuts« stürzte, wirkte sie gestresst und erschöpft – genau wie alle anderen in Downtown Chicago. Meine Pressebetreuerin hatte das Interview für vierzehn Uhr in dem Donut-Laden in der Nähe des Millennium-Parks fixiert, und es war bereits zehn Minuten nach zwei.

Die junge Frau sah sich suchend um und eilte auf mich zu, nachdem sie mich entdeckt hatte. »Tut mir leid, dass ich zu spät bin, Mr. Churcher«, keuchte sie, ließ ihre Tasche auf den leeren Stuhl zwischen uns fallen und wickelte sich den Wollschal vom Hals. Ihre Wangen und die Nase waren von der eisigen Kälte gerötet. »Ich hätte die Hochbahn nehmen sollen. Die Parkplatzsuche gestaltet sich in Chicago genauso schwierig wie die Suche nach einem ehrlichen Politiker.«

»Kein Problem«, erwiderte ich und musterte sie. Sie sah aus wie zweiundzwanzig oder dreiundzwanzig. Allerhöchstens fünfundzwanzig. Sie wurden jedes Jahr jünger. Vielleicht wurde ich aber auch bloß älter. Ich nippte an meinem Kaffee, während sie sich aus ihren Winterklamotten schälte.

»Es ist kalt draußen. Inzwischen verstehe ich, warum Chicago *Windy City* genannt wird.«

»Der Name hat nichts mit dem Wetter zu tun«, erklärte ich. »Der New Yorker Herausgeber der *Sun* nannte die Stadt so, weil er die Chicagoer für Angeber hielt.«

»Das wusste ich nicht«, erwiderte sie.

»Möchten Sie einen Kaffee?«, fragte ich.

»Nein, danke. Ich habe schon genug von Ihrer Zeit verschwendet.«

Nachdem ich mich bereits durch mehr als fünfhundert Presseinterviews gekämpft hatte, wusste ich, dass man Journalisten mit derselben Vorsicht behandeln musste wie streunende Hunde. Vermutlich sind sie ungefährlich, aber man muss zu seiner eigenen Sicherheit davon ausgehen, dass sie beißen. Ich hatte auch gelernt, dass der Hinweis »im Vertrauen« etwa gleichbedeutend war mit: »Sehen Sie lieber nach, ob Ihr Aufnahmegerät noch genug Saft hat, denn jetzt kommt der Dreck, wegen dem Sie hier sind.«

»Wie geht es Ihnen?«, fragte sie und wirkte bereits gefasster.

»Gut«, erwiderte ich.

Sie zog ein Aufnahmegerät aus ihrer Tasche und legte es auf den Tisch. »Macht es Ihnen etwas aus, wenn ich das Gespräch aufzeichne?«

Das fragten sie immer. Und ich überlegte jedes Mal, ob ich ausnahmsweise mit »Ja« antworten sollte.

»Nein, schon gut.«

»Okay, dann fangen wir an.« Sie drückte den Knopf auf ihrem Gerät, und ein rotes Licht leuchtete auf. »Ich interviewe den Bestsellerautor J. Churcher für die Weihnachtssonderausgabe.« Sie sah mich an. »Mr. Churcher. Darf ich Sie Jake nennen?«

»Wenn Sie möchten.«

»Jake, Sie haben gerade ein neues Buch veröffentlicht. Es ist noch zu frisch auf dem Markt, um in den Bestsellerlisten zu erscheinen, aber ich bin mir sicher, dass es bald überall zu finden sein wird.«

»Das kann man vorher nie wissen«, meinte ich. »Aber

heute ist Mittwoch, das heißt, ich werde es am Nachmittag erfahren.«

»Ich bin mir sicher, dass es wieder eine Nummer eins wird.«

»Unwahrscheinlich, aber die Hoffnung stirbt zuletzt.«

»Also, wie erleben Sie diese besondere Zeit im Jahr?«

Ich trank einen weiteren Schluck, stellte die Tasse ab und machte eine ausladende Handbewegung. »Im Prinzip so wie jetzt. Ich bin viel unterwegs. Gebe viele Interviews. Trinke viel Kaffee. Signiere Bücher.«

»So wie gestern Abend in …«

»Naperville.«

»Genau. Wie ist es gelaufen?«

»Gut.«

»Wie viele Leserinnen und Leser sind gekommen?«

»Zwischen fünf- und sechshundert. Ein durchschnittlicher Wert bei einer Signierstunde.«

»Wie viele Städte besuchen Sie?«

»Ich glaube zwölf. New York, Boston, Cincinnati, Birmingham, Dallas … an den Rest kann ich mich nicht erinnern.«

»Das ist sicher anstrengend. Wann ist die Tour zu Ende?«

»Das hier ist mein letzter Halt. Ich fliege in ein paar Stunden nach Hause.«

»Zurück nach Idaho?«

»Coeur d'Alene«, erwiderte ich, als wäre die Stadt ein eigener Bundesstaat. »Ich lande am Spokane Airport.«

»Dann verbringen Sie Weihnachten also zu Hause. Wie ist das Fest im Hause Churcher denn so?«

Ich zögerte. »Wollen Sie das wirklich wissen?«

»Darum geht es in meinem Artikel.«

»Es ist vor allem ziemlich langweilig.«

Sie lachte. »Verbringen Sie die Feiertage mit der Familie? Mit Freunden …?«

»Nein. Ich bin größtenteils allein. Ich packe die Geschenke meiner Agentin und des Verlages aus, trinke ein paar Gläser Eggnog und sehe mir die Footballspiele an, die ich während meiner Lesereise versäumt habe.«

Die Journalistin wirkte ein wenig irritiert. »Haben Sie irgendwelche Weihnachtstraditionen?«

»Klar. Davon habe ich Ihnen doch gerade erzählt.«

Jetzt war sie *wirklich* irritiert. »Wie haben Sie als Kind Weihnachten erlebt? Gibt es irgendwelche besonderen Erinnerungen?«

Ich stieß langsam die Luft aus. »Definieren Sie ›besonders‹.«

»Gibt es ein Weihnachtsfest, das Sie nie vergessen werden?«

Ich lächelte finster. »Oh ja.«

»Wollen Sie mir davon erzählen?«

»Glauben Sie mir, das wollen Sie nicht hören.«

»Lassen wir es darauf ankommen.«

»Okay. Es war am Nachmittag des ersten Weihnachtsfeiertages. Ich war sieben Jahre alt und spielte auf dem Boden meines Kinderzimmers mit meinen Geschenken. Meine Mutter kam herein. Sie war außer sich vor Wut, als sie das Chaos sah, und begann zu brüllen. Sie schickte mich in die Küche, um ihren schweren Holzkochlöffel zu holen. Dann zog sie mir die Hose herunter und schlug damit auf mich ein. Sie war wie von Dämonen besessen und hörte erst auf, als der Löffel brach. Danach stopfte sie meine Klamotten in einen Koffer, zerrte mich hinaus auf die Straße und meinte, ich solle mir ein anderes Zuhause suchen. Ich stand beinahe drei Stunden vor dem Haus und zitterte vor Kälte. Ich war mir nicht sicher, wie es jetzt weitergehen sollte. Ich nahm an, dass Mütter so etwas ständig mit ihren Kindern machten, wenn sie sie satt hatten. Ich dachte, es würde irgendwann vielleicht jemand vorbeikommen und mich mitnehmen. Nach drei Stunden ging ich zurück zum Haus und klopfte. Die Sonne war schon seit einer Stunde untergegangen und ich fror und hatte Hunger. Meine Mutter brauchte gute fünf Minuten, um an die Tür zu kommen. Sie öffnete sie und starrte mich an. Dann fragte sie: ›Was willst du?‹

Ich sagte: ›Wenn ich artig bin, darf ich dann zurückkommen und wieder hier wohnen?‹

Sie wandte sich wortlos ab und ging zurück ins Haus. Aber sie schrie mich nicht an oder knallte mir die Tür vor der Nase zu, also ging ich davon aus, dass ich wieder hineindurfte. Ich ging in mein Zimmer, kroch unter mein Bett und schlief ein.«

Ich sah die Journalistin an: »Na, gefällt Ihnen die Weihnachtserinnerung?«

Aus ihrem Blick sprach blankes Entsetzen. »Okay. Ich denke, ich habe alles, was ich brauche.« Sie stopfte eilig ihre Sachen zurück in ihre Tasche und schlüpfte in ihren Mantel. »Danke. Der Artikel erscheint etwa eine Woche vor Weihnachten.« Dann verschwand sie hinaus in die Kälte.

Die Pressebetreuerin wird mich umbringen, dachte ich.

Falls Sie eines meiner Bücher gelesen haben, kennen Sie mich vermutlich unter dem Namen J. Churcher. Mein voller Name ist Jacob Christian Churcher. Erst als Teenager erkannte ich, wie seltsam dieser Name ist, und ich fragte mich, ob sich meine Eltern einen Scherz damit erlauben wollten.

Christian Churcher. JC Churcher. Der Name klingt sogar noch ironischer, wenn man bedenkt, dass meine Eltern kein einziges Mal mit mir in der Kirche waren.

Man möchte meinen, dass ein Schriftsteller, der Liebesgeschichten schreibt, sich mit Romantik auskennt. Mitnichten. Zumindest auf mich trifft es nicht zu. Vielleicht ist es ein klassisches Beispiel dafür, dass diejenigen, die selbst nichts zustande bringen, Lehrer werden (oder zumindest über ihr Lieblingsthema schreiben). Jedenfalls hatte ich mit vierunddreißig nichts vorzuweisen, außer einer unendlichen Abfolge gescheiterter Beziehungen. Trotzdem ließ ich nicht locker.

Man sagt, dass nur ein Idiot immer wieder dasselbe versucht und jedes Mal ein anderes Ergebnis erwartet. Vielleicht bin ich wirklich ein Idiot, aber ich vermute, es ist komplizierter. Ich habe eher das Gefühl, dass etwas in mir meine Beziehungen sabotiert.

Vielleicht ist es aber auch wie in dem Countrysong »Lookin' for Love« von Johnny Lee, und ich suche immer an den falschen Orten nach der Liebe. Am Anfang meiner Schriftstellerkarriere gab mir ein erfahrener Autor einen klugen Rat: »Triff dich nie mit einer Leserin.« Doch ich ignorierte ihn ein ums andere Mal, lernte Frauen während Signierstunden kennen und ging Beziehungen ein, die in etwa so lange anhielten wie der Geschmack eines Kaugummis.

Das Problem ist, dass die Frauen meine Bücher lesen und sich in die Männer verlieben, die ich erschaffe. Und wenn sie einen solchen Superman im echten Leben nicht finden (viel Glück bei der Suche!), dann glauben sie, sie könnten ihn durch mich ersetzen. Genau so tickten die Frauen, mit denen ich ausging. Bis sie am Ende schließlich erkannten, dass ich genauso kaputt und fehlerbehaftet war wie jeder andere Mann. Oder sogar noch mehr.

✳

Dafür gibt es einen Grund. Meine Welt zerbrach, als ich noch sehr klein war. Es passierten zwei Dinge. Mein älterer Bruder starb, und meine Eltern ließen sich scheiden. Ich war vier Jahre alt – fast noch zu jung, um mich an den 4. August 1986 zu erinnern. Das war der Tag, an dem Charles starb. Danach wurde alles anders. Meine Mutter wurde anders.

Meine Mutter Ruth war psychisch krank. Natürlich wusste ich das als kleines Kind noch nicht. Jahrelang dachte ich, das Leben wäre ein täglicher Albtraum aus Schlägen und Vernachlässigung. Wenn man in einem Irrenhaus aufwächst, ist das Verrückte normal. Erst als Teenager fiel es mir wie Schuppen von den Augen und ich sah meine Kindheit als das, was sie wirklich gewesen war – eine unfassbare Katastrophe.

Meine Mutter war nicht immer grausam. Es gab Zeiten, da war sie liebevoll und einfühlsam. Es kam nicht oft vor, aber ich klammerte mich daran fest. Je älter ich wurde, desto seltener wurden die guten Tage. Die meiste Zeit war sie einfach nicht anwesend.

Sie litt oft unter Migräne, verbrachte viel Zeit im Bett, in ihrem abgedunkelten Zimmer, mit ausgestecktem Telefon. Sie versteckte sich vor dem Licht. Und vor der Welt. Ich wurde sehr selbstständig für mein Alter. Ich kochte mir selbst etwas zu essen, machte mich allein für die Schule fertig und wusch meine Klamotten in der Badewanne, wenn sie schmutzig waren.

Wenn meine Mutter im Bett lag, ging ich mehrmals am Tag zu ihr in ihr abgedunkeltes Zimmer und sah nach ihr. Oft bat sie mich, ihren Rücken zu kratzen. Sie hatte einen Bleistift, an dem sie zwei Zahnstocher befestigt hatte, und ich fuhr damit auf ihrem Rücken oder an den Armen auf und ab. Manchmal stundenlang. Es waren die einzigen Momente, in denen ich das Gefühl hatte, sie würde mich lieben – oder zumindest brauchen. Manchmal sagte sie nette Sachen, während ich sie kratzte. Und ich brauchte es zum Leben wie die Luft zum Atmen.

Ich erlebte nicht nur zu Hause Isolation. Auch in der Schule blieb ich meistens für mich. Ich war ein Eigenbrötler – und bin es immer noch. Vielleicht sonderte ich mich ab, weil ich anders war als die anderen Kinder in meinem Alter. Ich war düster und ernst. Die Leute sagten, ich würde zu viel nachdenken. Außerdem hatte ich keine Zeit, Freundschaften zu schließen, denn ich war damit beschäftigt, meine Mutter am Leben zu halten. Sie hatte Suizidgedanken und zog mich mehr als einmal in ihr Vorhaben mit hinein. Einmal drückte sie mir ein Tranchiermesser und einen elektrischen Messerschleifer in die Hand und bat mich, das Messer zu schleifen, damit sie sich die Pulsadern aufschneiden könne.

Ein anderes Mal – ich war bereits ein wenig älter – kam ich von der Schule nach Hause und sah, dass sie einen Gartenschlauch am Auspuff des Autos befestigt und durch das hintere Fenster gesteckt hatte, während die anderen Fenster komplett geschlossen waren. Meine Mutter war bereits ohnmächtig. Ich zog sie aus dem Auto und legte sie auf den Garagenboden. Sie hatte danach schlimme Kopfschmerzen, trug aber keinerlei Schaden davon. Ich kämpfte jahrelang damit.

Mit dreizehn war ich bereits größer als meine Mutter und sie hörte auf, mich zu verprügeln. Vielleicht, weil ich nicht mehr weinte, wenn sie es tat. Oder weil ich sie grün und blau hätte schlagen können. Nicht, dass ich so etwas jemals getan hätte. Trotz der Gewalt, die ich erlebt hatte, war ich kein gewalttätiger Mensch. Ich verachtete Gewalt. Das tue ich immer noch.

Die Erinnerungen an meinen Vater sind bestenfalls verschwommen. Der Großteil dessen, was ich über ihn wusste, kam von meiner Mutter, und sie hatte immer betont, dass er kein Interesse an mir habe. Ich hatte zwar gelernt, nichts darauf zu geben, was meine Mutter sagte, doch es war nicht zu leugnen, dass mein Vater nicht auffindbar war, und soweit ich es beurteilen konnte, machte er keine Versuche, wieder ein Teil meines Lebens zu werden. In gewisser Weise war ich sogar wütender auf ihn als auf meine Mutter. Warum war er nicht da? Welche Entschuldigung gab es dafür? Wenn ich ihm etwas bedeutete, wie konnte er mich dann an einem solchen Ort zurücklassen?

Mein letzter Tag zu Hause verlief bemerkenswert unspektakulär. Ich war sechzehn und verkaufte Tacos in einem Fastfood-Laden. Eines Abends kam ich von der Arbeit nach Hause, und alle meine Sache lagen auf dem Rasen vor dem Haus. Sogar mein Kopfkissen. Die Haustür war verschlossen. Ich machte mir nicht die Mühe, meine Mutter zu fragen, was ich dieses Mal falsch gemacht hatte. Es spielte keine Rolle. Etwas in mir hatte klick gemacht. Ich wusste, dass es Zeit wurde zu verschwinden.

Ich sammelte ein paar meiner Habseligkeiten vom Rasen und kehrte zurück in den Taco-Laden. Dort traf ich Carly, eine Arbeitskollegin, die bis jetzt immer nett zu mir gewesen war. Sie war ein bisschen älter und hatte ein Auto, einen zweifarbig lackierten schwarz-braunen Chevy Citation. Ich erzählte ihr, dass meine Mutter mich hinausgeworfen hätte, und sie bot mir an, bei ihr zu wohnen, bis ich etwas anderes gefunden habe.

Carly war ebenfalls von ihren ultrareligiösen Eltern hinausgeworfen worden, nachdem sie sie beim Trinken erwischt hatten. Sie wohnte mittlerweile bei ihrer Schwester Candace und ihrem Schwager Tyson. Ich half ihr, den Laden sauber zu machen, dann fuhr ich mit ihr nach Hause. Ich konnte mir nicht vorstellen, dass ich wirklich bleiben durfte. Ihr Schwager war ein riesiger, tätowierter

Samoaner. Tyson machte mir Angst. Er war der größte Mann, den ich jemals gesehen hatte.

Dabei gab es keinen Grund, Angst zu haben. Tyson wirkte furchteinflößend, doch er war freundlich und nett, hatte ein ansteckendes Lächeln und ein donnerndes Lachen. Er war ein gläubiger Christ, der zusammen mit Candace einer nicht konfessionsgebundenen christlichen Kirchengemeinde angehörte. Außerdem besuchte er gemeinsam mit einigen anderen Männern eine wöchentlich stattfindende frühmorgendliche Bibelstunde. Als er hörte, dass meine Mutter mich hinausgeworfen habe, war er empört. Er meinte, ich könne so lange bleiben, bis ich auf eigenen Beinen stehen könne. Angesichts meines Alters und meiner Situation war das ein bemerkenswert großzügiges Angebot.

Ihr Haus war klein. Das Erdgeschoss umfasste weniger als fünfundsechzig Quadratmeter, es gab ein nicht fertiggestelltes Souterrain und ein in die Jahre gekommenes Badezimmer mit pinkfarbenen Fliesen. Sie hatten kein Gästebett, aber ich bekam eine große Matratze im Souterrain, und ehe ich mich versah, hatte ich ein neues Zuhause. Candace arbeitete als Rechtsanwaltssekretärin und Tyson im Verkauf eines internationalen Telefonherstellers, was ihm den Luxus verschaffte, um halb sechs zu Hause zu sein. Er setzte sich beinahe jeden Tag nach dem Abendessen zu mir und fragte, was es Neues gebe.

Die männliche Gesellschaft tat mir gut. Es war ungewohnt, aber angenehm. Und Tyson gefiel es wohl auch, denn Candace hatte kaum Interesse an den Dingen, die ihm gefielen, wie Rugby, höllisch scharfe Chicken-Wings und Harley-Davidson-Motorräder.

Obwohl ich nicht mehr zu Hause wohnte, ging ich weiterhin zur Schule. Tyson und Candace bestanden darauf, aber ich hätte es ohnehin getan. Es war allerdings nicht dieselbe Schule, die ich vorher besucht hatte. Die neue Schule lag nicht einmal im selben Viertel wie die alte. Doch ich mochte sie, vor allem Englisch und Kreatives Schreiben, was größtenteils mit meiner hübschen Lehrerin namens Janene Diamond zu tun hatte, die frisch vom College gekommen war. Man hört immer wieder, dass sich Schüler in ihre Lehrerinnen verlieben, und genau so war es damals bei mir. Ich habe keine Ahnung, ob Miss Diamond wusste, was bei mir zu Hause abgegangen war, aber ich glaube, dass sie es spürte. Vielleicht war sie aber auch in mich verknallt (in meiner Fantasie war sie es definitiv). Was auch immer der Grund dafür war, sie zeigte jedenfalls besonderes Interesse an mir und ermutigte mich. Sie meinte, meine Texte hätten College-Niveau und ich das Zeug zum Schriftsteller. Ich war es nicht gewöhnt, dass jemand sich so positiv über etwas äußerte, das ich getan hatte, und ich blieb öfter länger in der Schule und half ihr beim Korrigieren der Aufsätze.

Das Schreiben war für mich immer etwas Natürliches. Wie Reden, nur einfacher. Sogar *wesentlich* einfacher. Ich fühle mich unwohl, wenn ich vor einer Menschenmenge sprechen muss, denn in solchen Situationen springen die Worte und Ideen sinnlos in meinem Kopf umher wie Popcorn in der Mikrowelle.

Ich glaube, dass wir größtenteils nicht *trotz* der Hürden in unserem Leben Erfolg haben, sondern gerade *wegen* ihnen. Ich glaube, dass mir meine dramatischen Erfahrungen die Fähigkeit zur Empathie geschenkt haben. Die Fantasie war meine Überlebenstaktik. Ich hatte viel Zeit in den verschiedensten Traumwelten verbracht, um der echten Welt und ihrem Schmerz zu entfliehen.

Eines Tages reichte Miss Diamond einen meiner Aufsätze ohne mein Wissen bei einem regionalen Schreibwettbewerb ein. Ich gewann den ersten Preis. Tyson, Candace und Carly kamen zur Preisverleihung. Ich wurde auf die Bühne gerufen und bekam eine Plakette, ein in Leder gebundenes Notizbuch, einen teuren Kugelschreiber und ein exklusives Bleistiftset. Es waren die schönsten Dinge, die ich je besessen hatte. Und abgesehen von dem Cupcake, den ich in der zweiten Klasse beim Buchstabierwettbewerb gewonnen hatte, war es auch mein erster Gewinn.

Ein Jahr und drei Wochen später, nachdem ich bei ihnen eingezogen war, verkündete Tyson, dass sein Arbeitgeber ihn nach Spokane im Bundesstaat Washington versetzen würde und wir in zwei Monaten, gleich nach meinem Schulabschluss, umziehen würden. *Wir* würden umziehen. Die Frage, ob ich mitkäme oder nicht, stellte sich nicht. Sie gingen einfach davon aus. Zu diesem Zeitpunkt gehörte ich bereits zur Familie.

Ironischerweise war es Carly, die nicht mitkam. Sie hatte ihr erstes Jahr an der University von Utah abgeschlossen und wollte bei ihren Freunden in Salt Lake bleiben. Wir packten zu viert alles zusammen, dann luden Tyson, Candace und ich die Boxen in den gemieteten Umzugsanhänger und den Kofferraum ihres Trucks. Nach einem tränenreichen Abschied von Carly machten wir uns an die über tausend Kilometer lange Fahrt von Salt Lake nach Spokane. Tyson und Candace in ihrem Truck mit dem Anhänger, und ich in einem gebrauchten Toyota Corolla, den ich sechs Monate zuvor gekauft hatte.

Es ist vielleicht seltsam, dass ich meiner Mutter nicht einmal mitteilte, dass ich in einen anderen Bundesstaat zog, aber ich ging davon aus, dass es sie ohnehin nicht interessierte. Sie hatte nie einen Versuch unternommen, mich wiederzufinden, nachdem sie mich hinausgeworfen hatte. Es wäre sinnlos gewesen, es ihr zu sagen. Genauso sinnlos, wie einem Obdachlosen zu erklären, auf welchem Fernsehsender deine Lieblingsshow läuft.

Eine Woche, nachdem wir in Spokane angekommen waren, bekam ich einen Job als Pizzalieferant. Das Trinkgeld war ein nettes Zusatzeinkommen, und wir wurden gratis verköstigt, was ein großer Vorteil war. Außerdem durfte ich Pizzen, die nicht verkauft wurden, mit nach Hause nehmen, und Tyson verdrückte sie gerne ganz allein als Mitternachtssnack.

Ab Herbst besuchte ich an der Gonzaga University einen Lehrgang im Kreativen Schreiben. Ich bekam ein Stipendium und gute Noten, und das College-Leben gefiel mir. Es war nicht das Leben, das man immer im Fernsehen sieht, mit wilden, biergeschwängerten Studentenpartys. Ich war auch hier größtenteils allein, aber es passte für mich. Ich verbrachte viel Zeit in der Bibliothek und schrieb etwa ein Dutzend Kurzgeschichten, von denen mehrere in der Kunst- und Kulturzeitschrift der Universität veröffentlicht wurden. Außerdem verdiente ich mir als Mitarbeiter der Unizeitung etwas Geld dazu.

Zum ersten Mal wusste ich mit Sicherheit, was ich mit meinem Leben anfangen wollte. Ich wollte Schriftsteller werden. Mein größter Traum war, ein Buch zu schreiben, das auch veröffentlicht würde. So wie einer meiner Professoren es getan hatte. Er war zwar nicht unbedingt berühmt, aber er hatte eine gewisse Anhängerschaft. Ich konnte mir nichts Schöneres vorstellen.

Ich schloss mein Literaturstudium mit dreiundzwanzig mit einem Bachelor ab, und aus dem Praktikum bei einem Unternehmen im Gesundheitsbereich in Spokane, für das ich Onlineartikel und den wöchentlichen Newsletter verfasste, wurde nach meinem Abschluss eine Vollanstellung.

Finanziell ging es mir so gut wie noch nie zuvor in meinem Leben. Was bedeutete, dass ich schließlich bei Tyson und Candace ausziehen konnte. Sie hatten nie Andeutungen gemacht, dass es langsam Zeit würde – sie waren im Gegenteil eher bestürzt, dass ich gehen wollte –, aber nach allem, was sie für mich getan hatten, wollte ich sie auf keinen Fall jemals in eine Situation bringen, in der sie mich doch darum bitten mussten. Außerdem war Candace nach jahrelangen Versuchen endlich schwanger, und sie sollten langsam ihr eigenes Leben führen.

Ich zog in eine kleine Kellerwohnung, etwa einen Kilometer von Tyson und Candace entfernt. Wir aßen immer noch mindestens einmal die Woche zusammen zu Abend, und ab und zu brachte ich Tyson eine Mitternachtspizza vorbei.

Ich ging mit ein paar Frauen aus, aber es war nichts Ernstes dabei. Meine Einsamkeit hatte einen entscheidenden Vorteil. Nachdem ich mein Leben mit niemandem teilte, hatte ich die Abende mehr oder weniger für mich. Ein Jahr nach meinem Abschluss begann ich mit meinem ersten Roman, eine verworrene Geschichte über eine kaputte Familie. Ich habe ihn nie jemandem gezeigt. Mit sechsundzwanzig fing ich mit dem zweiten Buch an. Es war besser als das erste, aber immer noch nichts, womit man sich rühmen konnte. Ich fragte mich langsam, ob ich tatsächlich das Zeug zum Schriftsteller hatte.

Glücklicherweise war die Leidenschaft stärker als meine Zweifel. Ein Jahr später schrieb ich meinen ersten *richtigen* Roman. Ich nenne ihn so, weil ich zum ersten Mal das Gefühl hatte, das Buch wäre gut genug, um es jemandem zu zeigen. Es hieß *Der lange Weg nach Hause* und handelte von einem jungen Mann auf der Suche nach seiner Mutter. Man musste nicht gerade Sigmund Freud heißen, um zu erahnen, woher ich die Inspiration dafür genommen hatte.

Nachdem ich fertig war, machte ich mehrere Kopien

und verteilte sie an einige Leute von der Arbeit. Eine Kollegin – Beth – hatte eine Cousine namens Laurie, die Miteigentümerin einer Literaturagentur in New York war. Beth las mein Buch und schickte es anschließend ohne mein Wissen an Laurie. Es war wie damals, als Miss Diamond meinen Aufsatz beim Wettbewerb eingereicht hatte.

Ich werde mein erstes Telefonat mit Laurie nie vergessen:

Laurie: »Mr. Churcher, hier spricht Laurie Lord von der Literaturagentur Sterling Lord. Wie geht es Ihnen?«

Ich: »Wer spricht dort, bitte?«

Laurie: «Mein Name ist Laurie Lord. Ich bin Miteigentümerin der Literaturagentur Sterling Lord in New York. Sind Sie der Autor von *Der lange Weg nach Hause*?«

Ich: »Ja.«

Laurie: »Es ist ein wirklich wunderbares Buch, Jacob. Darf ich Sie Jacob nennen?«

Ich: »Ja. Wie sind Sie zu meinem Buch gekommen?«

Laurie: »Meine Cousine Beth hat es mir geschickt. Sie sind Arbeitskollegen.«

Ich: »Beth Chamberlain?«

Laurie: »Ja. Hat sie Ihnen denn nicht gesagt, dass sie mir das Buch geschickt hat?«

Ich: »Nein …«

Laurie: »Nun, das hat sie. Und es ist fantastisch! Ich würde es gerne einigen Verlagen vorstellen. Ich vertrete im Moment zweiunddreißig Autoren, wovon sieben internationale Bestseller veröffentlicht haben. Ich würde Sie gerne zu meiner Nummer acht machen. Falls Sie Interesse haben, würde ich sehr gerne nach Spokane fliegen, um Sie kennenzulernen.«

Ich: »Ähm … ja, klar.«

Drei Tage später lernte ich Laurie Lord kennen. Die Frau, mit der ich schon bald auf geschäftlicher Ebene unzertrennlich sein würde. Ich unterschrieb den Vertrag mit ihrer Agentur, und sie machte sich an die Arbeit und schickte mein Manuskript an mehrere bekannte Verlage. Sechs davon interessierten sich dafür, und es kam zu einer Auktion, die eine Viertelmillion Dollar im Voraus einbrachte, was – natürlich – eine lächerlich hohe Summe für das erste Buch eines unbekannten Schriftstellers ist.

Innerhalb eines Monats sicherte sich ein großes Filmstudio die Filmrechte. Es war eine aufregende Zeit. Und ein bedeutender Paradigmenwandel. Mein ganzes Leben schien mit einem Mal wie verzaubert.

Mein Buch schlug ein wie ein Blitz und war sowohl ein kommerzieller als auch ein literarischer Erfolg. Ich erhielt herausragende Kritiken in der *New York Times* und der *Publisher's Weekly*, und selbst der bekanntermaßen strenge Kritiker von *Kirkus Reviews* nickte es ab.

Mein Verlag bot mir einen Vertrag über drei weitere Bücher an, und ich kündigte meinen Job und wurde zum Vollzeitautor. Meine Schriftstellerkarriere war genauso, wie sie sich eine Million Möchtegernautoren erträumten.

Ab und zu fragte ich mich, ob meine Mutter mein Buch inzwischen gelesen hatte.

Mein nächster Vertrag war mehr als vier Millionen Dollar schwer. Danach veränderte sich mein Leben von Grund auf. Candace hatte ein Jahr zuvor einen über fünf Kilogramm schweren Jungen geboren (du lieber Himmel!), und an Weihnachten erhielt ich die Gelegenheit, mich für alles zu bedanken, was Tyson und Candace für mich getan hatten. Ich beglich die Hypothek für ihr Haus und kaufte Tyson die Harley Davidson Fat Boy, von der er schon so lange geträumt hatte. Es war schön, ihnen zur Abwechslung auch mal etwas geben zu können. Candace überschüttete mich mit Küssen, während Tyson vergeblich versuchte, nicht zu weinen.

»Das ist zu viel, Mann«, meinte er.

Ich umarmte ihn. »Nein, ist es nicht. Ihr habt mir das Leben gerettet.«

Ich kaufte mir ein Haus in Coeur d'Alene, einem friedlichen Ferienort etwa eine halbe Stunde östlich von Spokane. Es lag direkt am See und war wunderschön, wenn auch – wie alle Häuser dieser Preisklasse – sehr abgelegen. Die Einsamkeit wurde immer spürbarer.

Vor ihrer Überdosis meinte Janis Joplin einmal: »Auf der Bühne mache ich Liebe mit fünfundzwanzigtausend Leuten und gehe anschließend allein nach Hause.« Ich fühlte mich immer öfter wie sie. Nicht, dass es an Angeboten mangelte. Ich erinnere mich noch an die erste Stadt, die ich besucht habe. Eine attraktive Assistentin wartete bereits auf mich. Sie begleitete mich ins Hotel, und als sie eincheckte, fragte die Rezeptionistin: »Wie viele Schlüssel brauchen Sie?«

»Nur einen«, meinte die Assistentin. »Er ist allein.« Dann wandte sie sich an mich. »Es sei denn, Sie wollen, dass ich über Nacht bleibe.«

Ich tat, als hätte ich sie nicht gehört. »Ein Schlüssel ist genug.«

Das war mein Leben. Eine Million Fans. Ein Schlüssel.

Und die ganze Zeit war irgendwo in meinem Herzen diese Frau, die mich in meinen Träumen besuchte. Eine Frau, so schwer zu fassen wie ein Engel. Ich habe einmal versucht, sie in eine meiner Geschichten zu verstricken, doch sie entwischte mir auch dort. Die Geschichte entzog sich mir. Es war, als hätte ich versucht, eine Geschichte zu erfinden, die es bereits gäbe.

Mein Leben war so vorhersehbar wie die U-Bahn in Tokio. Ich schrieb ein Buch im Jahr, reiste mit einem Erste-Klasse-Ticket durchs Land, traf Leserinnen und Leser, signierte Bücher und sprach mit Journalisten.

Doch dann bekam ich eines Tages, gut drei Wochen vor Weihnachten, einen Anruf, der alles verändern sollte.

KAPITEL

2

Mittwoch, 7. Dezember

Auf der Fahrt in Richtung O'Hare Airport rief meine Agentin Laurie an. »Churcher, bist du noch in Chicago? »Ich bin auf dem Weg zum Flughafen.«

»Oje. Ich weiß ja, wie gerne du fliegst. Wie lief dein Interview mit der *USA Today*?«

»Keine Ahnung.«

»Das klingt ominös.«

»War es auch.«

»Ich weiß absolut nicht, wovon du redest, also lassen wir das. Ich habe die Bestsellerliste der *Times*.«

»Und?«

»Gratulation. Du bist auf Nummer drei.«

»Wer ist auf eins und zwei?«

Laurie stöhnte. »Mann, du bist echt schwer zufriedenzustellen! Es ist Weihnachten, und du läufst mit den ganz großen Namen, Churcher. King, Sparks, Patterson, Roberts und Grisham haben alle neue Bücher auf dem Markt. Sei glücklich mit dem dritten Platz. Deine Verkaufszahlen steigen, und das ist gut. Du misst dich nur an dir selbst.«

»Sag das den anderen Autoren.«

»Okay, ich lege jetzt auf«, meinte sie und versuchte erst gar nicht, ihren Ärger zu überspielen. »Ich wünsche dir einen guten Flug. Und Gratulation – ob du sie annimmst oder nicht. Ruf an, wenn du bessere Laune hast … Moment, warte!«, rief sie plötzlich. »Eine Sache noch. Ich weiß, du magst die Fliegerei nicht, aber …«

»Nein, ich *mag* keinen Rosenkohl. Die Fliegerei *hasse* ich.«

»Leider wohnst du auf der falschen Seite des Kontinents. Wir müssen deine Reise nach New York fixieren. Dein Verleger will wissen, wann wir uns treffen.«

»Keine Ahnung. Ich melde mich, sobald die Beruhigungstabletten Wirkung zeigen. Bis dann.«

»Ciao. Bis später.«

Ich wollte mein Handy gerade weglegen, als es erneut klingelte. Es war eine mir unbekannte Nummer mit der Vorwahl 801, die ich aus meiner Kindheit kannte. *Utah.* Sogar nach all den Jahren stieg mein Blutdruck, wenn ich die Vorwahl sah.

»Hallo?«

»Spricht dort Mr. Jacob Churcher?«, fragte eine unbekannte Stimme.

»Wer ist da?«, erwiderte ich barsch.

»Mr. Churcher, mein Name ist Brad Campbell. Ich arbeite als Anwalt für die Kanzlei Strang und Copeland in Salt Lake City.«

Ich stöhnte. »Wer verklagt mich denn jetzt schon wieder?«

»Niemand, soweit ich weiß. Ich bin der Testamentsvollstrecker Ihrer Mutter.«

Es dauerte einen Moment, bis ich verstand, was er gerade gesagt hatte. »Der Testamentsvollstrecker meiner Mutter?«

»Ja, Sir.«

»Meine Mutter ist tot?«

Er zögerte einen Moment. »Es tut mir leid. Wussten Sie das denn nicht?«

»Bis jetzt nicht, nein.«

»Sie ist vor zwei Wochen verstorben. Es tut mir

wirklich leid, ich dachte, Sie wüssten Bescheid.«

»Nein, wusste ich nicht.«

»Gibt es denn etwas, was Sie wissen wollen?«

»Nicht wirklich. Gab es eine Beerdigung?«

»Ja.«

»Wie war sie?«

»Klein.«

»Das überrascht mich nicht.«

Der Anwalt räusperte sich. »Wie schon gesagt, ich bin der Testamentsvollstrecker Ihrer Mutter, und sie hat Ihnen ihren gesamten Besitz hinterlassen. Das Haus, etwas Geld, und alles andere.«

Nachdem ich eine Weile nichts erwiderte, fragte er: »Sind Sie noch da?«

»Tut mir leid. Es kommt nur … so unerwartet.« *Vollkommen unerwartet.* Wie wenn man an einem regnerischen Abend nach einer Show am Broadway ein Taxi bekommt. Natürlich war mir klar gewesen, dass meine Mutter eines Tages sterben würde. Aber ich hatte sie derart aus meinen Gedanken verbannt, dass ihre plötzliche Wiederkehr mein geregeltes Leben aus der Bahn warf. Und zwar so abrupt, als hätte jemand einen Kübel Eiswasser über meinem Kopf ausgekippt.

»Sir?«

Ich stieß die Luft aus. »Entschuldigen Sie. Ich schätze, ich sollte nach Salt Lake kommen.«

»Ja, es wäre gut, wenn Sie sich das Haus selbst ansehen. Sie wohnen in Idaho, richtig?«

»Ja, in Coeur d'Alene. Ich brauche einen Schlüssel für das Haus.«

»Mein Büro liegt ganz in der Nähe. Wenn Sie möchten, können wir uns beim Haus treffen, und ich bringe die Unterlagen zur Unterschrift mit. Wann haben Sie vor zu kommen?«

»Das weiß ich noch nicht. Ich rufe Sie in den nächsten Tagen an und gebe Ihnen Bescheid.«

»Gut. Ach, ich hätte da noch eine private Frage.«

»Ja?«

»Sie sind nicht zufällig *der* Jacob Churcher? Der Schriftsteller?«

»Doch.«

»Meine Frau ist ein großer Fan. Würden Sie vielleicht einige Bücher für sie signieren?«

»Klar.«

»Danke. Das würde ihr eine Menge bedeuten. Ich freue mich darauf, Sie kennenzulernen.«

Ich legte auf. *Meine Mutter war tot.* Ich hatte keine Ahnung, wie ich damit umgehen sollte. Wie sollte ich mich fühlen? Ich gebe es ungern zu, aber der erste Gedanke, der ungebeten in mir hochstieg, war: *Ding Dong, die Hex' ist tot!* Ich weiß, wie gefühllos und vielleicht auch vollkommen irre das klingt, aber das dachte ich nun mal. Denn obwohl ich meine Mutter seit beinahe zwanzig Jahren nicht mehr gesehen hatte, fühlte sich die Welt mit einem Mal sicherer an.

Ich rief Laurie zurück. »Ich muss New York auf später verschieben.«

»Was ist los?«

»Ich muss nach Utah.«

»*Das* Utah?«

»Gibt es denn mehr als ein Utah?«

»Was ist in Utah? Abgesehen von deiner Mutter und einem Berg schlechter Erinnerungen?«

»Meine Mutter ist tot.«

Schweigen. »Das tut mir leid. Wie geht es dir damit?«

»Ich bin mir noch nicht sicher. Es muss erst sacken.«

»Gehst du zur Beerdigung?«

»Nein. Die war bereits. Sie ist vor zwei Wochen gestorben. Ich muss den Nachlass regeln.«

»Glaubst du, das ist eine gute Idee?«

»Was meinst du?«

»Dass du dorthin zurückkehrst. Mir gefällt die Vorstellung nicht, dass du in alter Asche wühlst. Man weiß nie, welche Glut man zu Tage befördert und welches Feuer man damit entfacht.«

»Ich habe nicht vor, irgendein Feuer zu entfachen. Außer vielleicht, um das Haus niederzubrennen. Ich denke, ich werde mich Freitagmorgen auf den Weg machen.«

»Wie lange willst du bleiben?«

»Keine Ahnung. Ein paar Tage vermutlich. Drei vielleicht.«

»Fliegst du?«

»Natürlich nicht.«

»Nein, natürlich nicht«, wiederholte sie. »Das wäre zu schnell und zu einfach.«

»Ich werde mein Auto brauchen.«

»Es gibt Mietautos.«

»Ich mag mein Auto.«

»Ich weiß, dass du dein Auto magst. Soll ich hinkommen?«

»Nein, danke. Ich komme schon klar.«

Sie seufzte. »Gut. Es tut mir leid. Ich hoffe, es wird alles gut.«

»Sicher. Ich fahre bloß hin, um ein paar Dinge zu klären.«

»Genau das macht mir Sorgen.«

KAPITEL

3

Freitag, 9. Dezember

Coeur d'Alene, Idaho

Laurie hatte recht. Während ich mich auf die Fahrt nach Utah vorbereitete, kamen mir Zweifel, ob es tatsächlich eine gute Idee war, nach Hause zurückzukehren. Ich war mir nicht einmal sicher, warum ich mich nach so vielen Jahren so vorschnell dazu bereit erklärt hatte. Es musste eine zutiefst unbewusste Entscheidung gewesen sein, denn es gab keine vernünftige Erklärung dafür. Und nachdem ich erst einmal zugesagt hatte, hatten die Dinge einfach ihren Lauf genommen. Ich schätze, die Hälfte von dem, was ich tue, geschieht aus Trägheit. Aber vielleicht ist das bei allen so.

Zum letzten Mal hatte ich die Strecke zwischen Coeur d'Alene und Salt Lake City vor fünfzehn Jahren zurückgelegt. Damals war ich zusammen mit Tyson und Candace in die andere Richtung unterwegs gewesen. Wir hatten beinahe vierzehn Stunden gebraucht, aber ich war mir ziemlich sicher, dass ich es dieses Mal in zehn schaffen würde. Erstens hatte ich eine größere Blase als Candace, und zweitens hatte Tyson einen Umzugsanhänger an seinem alten Truck hängen und hielt sich mehr oder weniger die ganze Strecke an die Geschwindigkeitsbeschränkungen. Ich hingegen fuhr einen Porsche Cayenne Turbo – also im Prinzip eine als SUV getarnte Rakete. Und ich konnte mich nicht daran erinnern, wann ich mich das letzte Mal an die Geschwindigkeitsbeschränkungen gehalten hatte.

Ich machte mir Kaffee und Toast und verließ das Haus um etwa neun Uhr morgens. Ich fuhr in Richtung Südosten durch Butte in Montana, weiter den Highway I-15 entlang nach Idaho Falls und Pocatello, über die karge, schneebedeckte Grenze nach Utah und weitere zwei Stunden nach Salt Lake City, wo ich kurz nach Einbruch der Dunkelheit ankam. Ich hatte etwas mehr als zehn Stunden gebraucht, mit einer kurzen Mittagspause in Butte und einem Tankstopp in Pocatello.

Die Stadt war weihnachtlich geschmückt, und in den Bäumen vor dem »Grand America Hotel« funkelten weiße und goldene Lichter. Die Straßen waren schneefrei, doch an beiden Seiten türmte sich der Schnee über einen Meter hoch. Die Skyline der Stadt war imposanter, als ich es in Erinnerung hatte. Salt Lake war in

Abwesenheit gewachsen, und das Leben in kleineren Städten wie Spokane und Coeur D'Alene hatte meine Perspektive verändert. Der Verkehr war überraschend stark für die Uhrzeit, und ich nahm an, dass ein Basketballspiel stattgefunden hatte.

Ich ließ die ausladende Hotelauffahrt mit den uniformierten Männern vom Parkservice links liegen und parkte in der Tiefgarage unter dem Hotel. Ich nutzte selten den Parkservice. Ich hasste es, nach meinem Auto fragen zu müssen, wenn ich es brauchte.

Das »Grand America« war tatsächlich so prachtvoll, wie der Name vermuten ließ. Die Lobby war riesig, mit Marmorböden und Kronleuchtern aus buntem Muranoglas. Auch hier war alles mit üppigen Girlanden, Kränzen und Lichterketten festlich geschmückt.

Sobald ich mein Zimmer bezogen hatte, rief ich den

Anwalt an. Campbell. Er hob beim ersten Klingeln ab. Wir verabredeten uns am nächsten Tag um zehn vor dem Haus meiner Mutter.

Ich bestellte Abendessen – einen Rote-Bete–Erdbeer-Salat und Lachs – und machte es mir auf dem luxuriösen Bett bequem. Das Hotel war genauso opulent wie alle Unterkünfte, in denen ich nächtigte. Es war lange her, seit ich hier in Salt Lake auf einer Matratze in einem halbfertigen Souterrain geschlafen hatte.

Ich war mir immer noch nicht sicher, was mich hierher zurückgeführt hatte. Es war nicht das Testament. Ich brauchte und wollte nichts von meiner Mutter. Ich schätze, es gab immer noch etwas Dunkles in mir – etwas Schmerzhaftes, wie ein Glassplitter, der sich immer tiefer in meine Seele grub. Und ich wusste instinktiv, dass er nicht einfach verschwinden würde, wenn ich ihn ignorierte.

Was auch immer der Grund war, etwas hatte mir gesagt, dass ich herkommen musste.

Ich schlief schlecht und wurde von bizarren Träumen heimgesucht. In einem sah ich meine Mutter in einem Hochzeitskleid und mich als Bräutigam. Ich wachte schweißgebadet auf und musste ein trockenes Badetuch ins Bett legen, nachdem ich keine Lust hatte, um zwei Uhr morgens den Zimmerservice zu rufen.

KAPITEL

4

Samstag, 10. Dezember

Als ich aufwachte, war es bereits hell. Ich trainierte im hoteleigenen Fitnesscenter, bevor ich auf mein Zimmer zurückkehrte, mich duschte und anzog. Auf meinem Handy befand sich eine Nachricht von Laurie.

Viel Glück heute ☺

Das kann ich gut gebrauchen, dachte ich.

Ich ließ das Frühstück ausfallen und machte mich auf den Weg zu meinem Wagen. Heute war mein Porsche weniger ein Auto als eine Zeitmaschine, die mich an einen Ort brachte, der eher in meiner Erinnerung als in der Realität existierte.

Eine Welle von Gefühlen rollte über mich hinweg, als ich mich dem alten Haus näherte. Die Fahrt durch die bekannten Straßen war, als würde man sich eine alte Vinyl-Schallplatte anhören. Mit all dem Kratzen und Knistern, das genauso zum Klangerlebnis gehörte wie das eigentliche Lied.

Ich hatte das Haus nicht mehr gesehen, seit ich Utah verlassen hatte. Tatsächlich hatte ich seit damals einen Bogen um ganz Utah gemacht. Es war nicht so, dass sich nie die Gelegenheit ergeben hätte, nach Hause zurückzukehren, aber ich hatte sie nie ergriffen. Die Lokalzeitungen, die *Deseret News* und die *Salt Lake Tribune* hatten mich beide einen »Sohn Utahs« genannt, einen Titel, den ich allerdings nie angenommen hatte. Ich hatte Interviewanfragen, Signierstunden und andere lukrative Auftrittsmöglichkeiten abgelehnt, einzig weil der Veranstaltungsort in Utah lag.

Jetzt kam ich ohne Honorar, Medienbegleitung und Fanfaren zurück. Leise, wie ein Dieb in der Nacht. Oder vielleicht eher wie ein Kriegsveteran, der einsam und allein auf das Schlachtfeld zurückkehrt, auf dem er verwundet wurde.

Die Nachbarschaft war im Verfall begriffen, und es sah nicht so aus, als würde sich in naher Zukunft etwas daran ändern. An fast jedem Haus hing eine amerikanische Flagge oder eine rote Fahne mit einem großen *U*, dem Emblem der University of Utah. Die meisten Vorgärten lagen hinter Maschendrahtzäunen oder schneebedeckten Hecken verborgen, und in vielen Auffahrten standen uralte Autos, die möglicherweise schon als Sammlerstücke galten und vermutlich noch im Erstbesitz waren. Mir schien, als würde ich einige davon aus meiner Kindheit wiedererkennen.

Je näher ich meinem Elternhaus kam, desto nervöser wurde ich. Überall, wo ich hinsah, gab es Erinnerungen — und sie waren größtenteils schmerzvoll.

Da war das heruntergekommene Haus mit den Plastikflamingos, dessen gemeine Bewohnerin mich beinahe jeden Morgen auf dem Schulweg lautstark ausgeschimpft hatte, weil sie Angst hatte, ich würde ihren Rasen betreten. Zwei Häuser weiter hatte ich einmal einen alten Mann dabei erwischt, wie er illegal Blätter verbrannte. Als er mich sah, gab er mir die Schuld an dem Feuer und drohte mir, die Polizei zu rufen. Vielleicht hatte es daran gelegen, dass die Menschen hier immer schon wenig Geld gehabt hatten, aber ich hatte immer das Gefühl gehabt, als hätte in unserer Nachbarschaft eine besondere Feindseligkeit geherrscht.

Kurz vor meinem Elternhaus stand die große, knorrige Eiche, auf die mein Bruder Charles am Tag seines Todes geklettert war. Ich war dabei gewesen, als er sich aus Versehen an einer Stromleitung festgehalten und der Stromschlag ihn getötet hatte. Ich hatte einen lauten Knall gehört, und kurz darauf war er ein paar Meter vor mir auf dem Boden aufgeschlagen. Ich war der einzige Zeuge gewesen und nach Hause gelaufen, um Hilfe zu holen. Sogar nach all den Jahren stieg beim Anblick des Baumes Übelkeit in mir hoch.

Kurz darauf hielt ich vor meinem Elternhaus, das genauso heruntergekommen war wie der Rest der Nachbarschaft. Es war ein schlichtes einstöckiges Haus aus rotem Backstein, mit abblätternden weißen Fensterrahmen und einem einfachen Giebel mit drei Fenstern. Auf dem Dach lag beinahe ein halber Meter Schnee, und von der Dachrinne hingen Eiszapfen. An der Südseite war einer davon so lang, dass er eine Säule vom Boden bis zum Dach bildete, wie in einer Höhle, wenn Stalaktiten und Stalagmiten zusammenwachsen.

Eine schneebedeckte Betontreppe führte auf eine kleine Veranda vor dem Haus. Die vertäfelte Eingangstür versteckte sich hinter einer Alu-Sturmtür.

Alles wirkte sehr viel kleiner als in meiner Erinnerung. Ich hatte schon gehört, dass das der Fall sein kann, wenn man an Orte zurückkehrt, die man als Kind kannte. Vielleicht, weil man selbst damals so viel kleiner war als jetzt. Vielleicht macht unsere Erinnerung die Dinge aber auch größer, als sie tatsächlich sind, wie im Rückspiegel eines Autos, nur umgekehrt.

Der übergroße Briefkasten war immer noch da und von einer Eisschicht überzogen. Als kleines Kind dachte ich, er wäre groß genug, um mich darin zu verstecken. Ich überlegte mir oft, was passieren würde, wenn ich mir eine Briefmarke auf die Stirn klebte und mich hineinlegte. Eine Überlegung, die vermutlich für sich spricht.

Der Vorgarten war von einer wuchernden Feuerdornhecke umgeben, und die roten Beeren leuchteten im weißen Schnee.

Vor dem Haus parkte ein silberner Mercedes Coupé, in dem zwei Leute saßen. Der Mann auf dem Fahrersitz warf einen Blick in den Rückspiegel, als ich hinter ihm hielt. Ich machte den Motor aus, und er stieg aus und kam auf mich zu. Er war klein und hatte ölig glänzende, sorgfältig geschnittene Haare. Er trug ein pinkfarbenes Poloshirt, Jeans und Loafers. Ich stieg ebenfalls aus.

»Mr. Churcher?«, fragte er und streckte mir im Gehen die Hand entgegen.

»Sie müssen Brad Campbell sein«, erwiderte ich und schüttelte seine Hand.

»Es ist schön, Sie kennenzulernen«, sagte er und warf dem Haus einen flüchtigen Blick zu. »Weckt das Haus alte Erinnerungen?«

Ich ignorierte die Frage. »Ist das im Auto Ihre Frau?«

»Ja«, erwiderte er und wirkte etwas beschämt. »Kathy. Es tut mir leid, aber sie hat mich angefleht, sie mitzunehmen. Sie wollte Sie unbedingt sehen.«

»Kein Problem. Sagen Sie ihr, dass sie ruhig aussteigen kann.«

Brad wandte sich zum Auto herum und winkte. Die Tür ging auf, und seine Frau sprang wie eine Sprungfeder vom Beifahrersitz. Sie hatte eine große Baumwolltasche bei sich, die ziemlich schwer aussah, und betrachtete mich mit einer Mischung aus Angst und Ehrfurcht.

»Hi, Kathy«, begrüßte ich sie.

Kathy Campbell stellte ihre Büchertasche auf den eisigen Weg und streckte die Hand aus. »Mr. Churcher, Sie haben keine Ahnung, wie schrecklich aufregend es ist, Sie kennenzulernen.«

Ehrlich gesagt hatte ich eine ungefähre Ahnung. Sie trug zwei verschiedene Turnschuhe. Vielleicht war das in Utah gerade in.

»Danke.« Ich nahm ihre Hand in meine. »Ich freue mich auch, Sie kennenzulernen.«

»Ach, das sagen Sie doch nur so.« Sie sah tatsächlich so aus, als würde sie gleich in Ohnmacht fallen. »Sie sind solche Fragen sicher schon leid, aber würden Sie mir vielleicht ein paar Bücher signieren?«

»Sehr gerne.«

»Ich habe auch einen Stift dabei.« Sie drückte mir einen Filzstift in die Hand und bückte sich, um einen Stapel Bücher aus der Tasche zu holen. Es waren fünf. »Ich habe natürlich auch Ihre anderen Bücher«, erklärte sie. »Aber ich wollte Ihnen nicht zu viel zumuten, also habe ich bloß meine Lieblingsbücher mitgenommen.«

»Gehen wir am besten zum Auto«, schlug ich vor. Ich nahm ihr den Stapel ab, legte die Bücher auf den Kofferraum des Mercedes und signierte eines nach dem anderen.

Als ich fertig war, meinte sie: »Danke vielmals. Könnten wir noch ein Foto machen?«

»Natürlich.«

Sie hob ihr Handy. »Brad, kannst du ein Foto von uns machen?«

Brad kam peinlich berührt auf uns zu, nahm das Telefon und richtete es auf uns.

»Halte es ein wenig höher«, sagte sie. »Die Kamera muss immer etwas höher sein, dann sieht man das Kinn nicht so.«

»Ja, ich weiß, Schatz.« Er machte mehrere Fotos. »Ich habe gleich drei gemacht.«

Kathy trat einen Schritt zurück. »Vielen Dank, Mr. Churcher. Meine Freundinnen werden megaeifersüchtig sein.« Sie steckte ihre Bücher zurück in die Tasche, warf noch einen letzten Blick auf mich und setzte sich wieder in den Wagen.

»Es tut mir sehr leid«, seufzte Brad. »Sie ist wirklich ein riesiger Fan.« Er holte tief Luft. »Okidoki. Fangen wir an.« Er griff in seine rechte Hosentasche und holte einen Metallring mit etwa einem Dutzend Schlüsseln heraus. Er nahm einen davon ab und gab ihn mir. »Macht es Ihnen etwas aus, wenn ich mitkomme? Ich würde gerne sicherstellen, dass alles in Ordnung ist.«

»Nein, schon okay.« Ich wandte mich zum Haus um und stieg die aufgebrochene Betontreppe hoch, die auf die kleine Veranda führte. »Vorsicht, es ist ziemlich glatt. Ich will nicht, dass Sie hinfallen.« Ich sah ihn an und lächelte. »Nicht, dass Sie mich verklagen.«

»Niemals«, erwiderte er. »Meine Frau würde mich sofort verlassen.«

Von der Straße aus hatte das Haus mehr oder weniger ausgesehen wie damals, als ich fortgegangen war. Lediglich etwas abgelebter und älter – genau wie ich. Das Innere war jedoch eine andere Geschichte. Es war ein schockierender Anblick.

Die Jalousien waren geschlossen, doch selbst im Dämmerlicht sah ich, dass der Flur voller Gerümpel war. Er platzte mehr oder weniger aus allen Nähten. Überall, wo ich hinsah, stapelten sich die seltsamsten Dinge in staubigen Türmen bis zur Decke. Ich wandte mich an Brad. »War meine Mutter ein Messie?«

»Sieht so aus.« Er musterte mich neugierig. »War das noch nicht der Fall, als Sie hier wohnten?«

»Nein. Eigentlich im Gegenteil.« Ich entdeckte einen Lichtschalter und machte Licht. Überall stapelten sich

Kisten und Zeitungen, daneben standen unzählige aus-
gebeulte Plastiksäcke, wie man sie normalerweise für Laub
und geschnittenen Rasen verwendete. Der Inhalt war
größtenteils von außen nicht zu erkennen, nur wenige
Kisten standen offen. Sie enthielten Kleider, alte Taschenbücher – etwa eine ganze Sammlung an billigen Frauen-
romanen – und VHS-Kassetten. Ich griff nach einer Kas-
sette. »*VHS*. Dachte sie, die wären wieder im Kommen?«

»Wahrscheinlich hat sie mich deshalb nie ins Haus
gelassen«, überlegte Brad.

Ich sah mich um. »Es sieht so aus, als hätte sie nie irgendetwas weggeworfen.«

Außer mich, dachte ich.

»Zwanghaftes Ansammeln von Gegenständen ist eine
sehr interessante Verhaltensform«, meinte Brad.

Ich warf ihm einen Blick zu. »Mit interessant meinen
Sie wohl *bizarr*, oder?«

»Es ist nun mal ein Zwang. Alle Zwänge sind bizarr.«

»Sehen Sie sich diesen Müll an! Das ist verrückt.«

»Ich hatte einmal einen Fall, bei dem es um eine Frau mit
Messie-Syndrom ging. Sie lag nach einer Knieoperation
eine Zeit lang im Krankenhaus, und währenddessen sind
ihre Freunde aus der Kirchengemeinde zu ihr nach Hause
und haben aufgeräumt, woraufhin sie die Kirche verklagt
hat. Diese Frau hat einfach *nichts* weggeworfen. Sie hatte
sogar eine Toilettenschüssel aus Porzellan in ihrem Wohnzimmer stehen. Die Freiwilligen aus der Kirchengemeinde
haben zwei Zwanzig-Kubikmeter-Container mit Gerümpel
gefüllt. Anschließend haben sie das ganze Haus mit Dampf
gereinigt und sogar die Wände gestrichen. Als die Frau
nach Hause kam, waren sie alle gekommen, um sie zu
überraschen. Und sie war tatsächlich überrascht. Sie brach
zusammen. Es war ein ausgewachsener Nervenzusammen-
bruch, der sie einen Monat in die Psychiatrie brachte. Sie

verklagte die Kirche auf drei Millionen Dollar.«

»Und Sie haben die Frau vertreten?«

»Nein, die Kirche.«

»Haben Sie gewonnen?«

Er sah mich ernst an. »Ich gewinne immer.«

Ich wagte mich einige Schritte weiter in das Chaos hinein. »Es ist kalt. Glauben Sie, dass das Gas bereits abgedreht wurde?«

»Nein. Das ist in Utah im Winter verboten.« Er deutete in Richtung Wand. »Dort ist ein Thermostat.«

Ich trat davor. Er war auf zwölf Grad eingestellt.

»Zwölf Grad«, erklärte ich. »Das erklärt einiges.« Ich drehte ihn auf dreiundzwanzig Grad hoch und hörte, wie die Heizung ansprang.

Meine Mutter hatte einen Pfad zwischen den Kisten freigelassen, der sich durch das gesamte Haus zog. Brad folgte mir auf meinem Weg durch das Labyrinth. Es war wie in einem unentdeckten Land. Als hätten wir Fackeln dabeihaben sollen. Allerdings hätte mich eine brennende Fackel vielleicht dazu verleitet, sie einfach mitten im Raum fallen zu lassen und so schnell wie möglich die Flucht zu ergreifen.

»Es riecht grauenvoll hier drin«, meinte ich. »Beinahe so, als bräuchten wir eine Atemschutzmaske.«

»Das wäre vielleicht nicht schlecht. Messies sind allen möglichen Gesundheitsrisiken ausgesetzt. Damit habe ich damals übrigens den Fall gewonnen. Ich habe ins Feld geführt, dass die Frau eine biologische Gefährdung darstelle und erhöhte Brandgefahr bestehe. Die Tatsache, dass die Gemeindemitglieder aufgeräumt haben, kam der Schließung eines Drogenlabors gleich. Sie war eine Gefahr für sich und die Nachbarschaft gewesen.«

»Und das hat Ihnen die Jury abgekauft?«

»Klar. Glücklicherweise war die Frau nicht gerade eine

sympathische Erscheinung. Sie nannte die Jury ständig ›einen Haufen Idioten‹ und bestand darauf, dass die Leute, die ihr Haus aufgeräumt hatten, lebenslang ins Gefängnis wanderten.«

Ich trat in die Wohnzimmertür. Hier gab es einiges, an das ich mich aus meiner Kindheit erinnern konnte. Ein gewebtes Bild, das einem Gemälde von Grandma Moses nachempfunden war, und eine kleine Harzimitation von Rodins *Der Kuss*.

Ich erinnerte mich, dass früher ein Klavier neben dem Kamin gestanden hatte, doch ich konnte unmöglich sagen, ob es noch da war, denn ich sah bloß Berge von Kisten.

»Ich glaube, unter den Kartons versteckt sich ein Klavier«, erklärte ich. »Ein Steinway. Meine Mutter hat es von ihrem Onkel geerbt.«

»Ein Steinway Modell O aus dem Jahr 1914. Es ist vierzigtausend Dollar wert.«

Ich sah ihn an. »Woher wissen Sie das?«

»Es steht im Testament Ihrer Frau Mutter. Es wurde seit zwanzig Jahren nicht mehr darauf gespielt. Wenn Sie sich durch die Kartonberge wühlen, finden Sie vielleicht noch andere Schätze.«

»Oder ich brenne einfach alles nieder.«

Er stemmte die Hände in die Hüften. »Es gibt Firmen, die sich auf die Räumung von Messie-Wohnungen spezialisiert haben. Sie kommen und nehmen einfach alles mit. Ich könnte Ihnen eine empfehlen.«

Ich sah mich weiter um. »Vielleicht später. Aber jetzt noch nicht. Ich will erst alles durchsehen.«

»Dann brauchen Sie vielleicht die Nummer eines Containerdienstes?«

»Das auf alle Fälle.«

»Die Nummer wäre 801-555-4589. Ich schicke sie Ihnen.«

Ich warf ihm einen neugierigen Blick zu. »Warum kennen Sie die Nummer auswendig?«

»Die Firma wurde bei dem Messie-Prozess als Leumundszeuge aufgerufen.« Er zuckte mit den Schultern. »Ich habe ein gutes Zahlengedächtnis.«

»Dafür haben Sie offenbar vergessen, dass Ihre Frau immer noch draußen im Auto sitzt …«

»Das macht ihr nichts aus. Sie liest gerade einen Ihrer Romane noch einmal. Es gibt nicht viele Autoren, die ihr gefallen, und wenn es nichts Neues gibt, liest sie einfach Ihre Sachen von vorne. Das Witzige ist, dass sie immer vergisst, wie die Geschichte ausgeht, deshalb ist es beim zweiten Mal genauso spannend wie beim ersten. Ich schwöre, diese Frau könnte ihre eigene Überraschungsparty organisieren.«

Ich grinste. »Die Sache mit dem Container wäre echt super.«

»Ich rufe gerne für Sie an. Die Firma schuldet mir noch einen Gefallen.« Er warf einen Blick auf die Uhr. »Heute ist es vermutlich schon zu spät, um ihn aufzustellen, und morgen ist Sonntag. Ich werde versuchen, ihn gleich für Montagmorgen anzufordern.«

»Danke.«

»Wissen Sie, es könnte noch schlimmer sein«, meinte er.

»Inwiefern könnte das hier schlimmer sein?«

»Wenn Ihre Mutter zum Beispiel Katzen gesammelt hätte.« Er kratzte sich am Kopf. »Aber jetzt gehe ich besser. Rufen Sie an, wenn Sie etwas brauchen.«

»Muss ich irgendwelche Unterlagen unterschreiben?«

»Ja, aber jetzt noch nicht. Das Testament muss erst gerichtlich eröffnet werden. Ich habe es am Tag nach dem Tod Ihrer Mutter eingereicht, und es wird vermutlich noch eine Weile dauern.«

»Dann gehört mir das Haus also noch gar nicht.«

»Nein. Aber wenn es sonst niemanden gibt, der sich darum kümmert, ist es unsere Firmenphilosophie, den zukünftigen Besitzer sofort zu kontaktieren, damit er vor der offiziellen Übergabe alles Notwendige erledigen kann. Wir hatten in der Vergangenheit einige Häuser, die niederbrannten, bevor das Testament eröffnet worden war. Das war ein rechtliches Chaos der Sonderklasse.«

»Verstehe. Danke.«

»Nein, ich danke Ihnen. Sie haben meiner Frau den Tag gerettet. Den Monat. Das Jahr.« Er grinste. »Mann, das war sicher der schönste Tag ihres Lebens.« Er wandte sich ab und stieß dabei einige Kisten um. »Oh, tut mir leid!«

Kurz darauf verließ er das Haus, schloss die Tür hinter sich und ließ mich in dem Chaos allein, das meine Mutter mir hinterlassen hatte.

KAPITEL

5

✳

Ich legte meinen Mantel auf einen der saubereren Stapel und begann, die Boxen von der Stelle fortzuräumen, an der ich das Klavier vermutete. (Es war wie eines dieser Verschiebe-Puzzles, bei denen man immer nur ein Teil an einen leeren Platz verschieben kann, um am Ende vor dem fertigen Bild zu sitzen.) Nachdem ich einen ganzen Stapel Kartons beiseite geräumt hatte, nahm die Neugierde überhand und ich öffnete den obersten. Er enthielt unzählige abgegriffene *National-Geographic*-Ausgaben.

Ich wandte mich wieder dem Berg an Gerümpel zu. Nachdem ich den nächsten Stapel zur Seite gerückt hatte, konnte ich das ebenholzschwarze Bein der Klavierbank sehen. Noch mehr Kisten stapelten sich auf der Bank und auch darunter. Ich stellte sie auf den Boden und legte das Klavier frei. Sogar die Klaviertasten waren voller loser Zettel. Ich räumte sie frei und drückte eine Taste. Obwohl der Deckel geschlossen war und auf dem Klavier weitere Kartons standen, hallte ein herrlicher Ton durchs Zimmer.

Ich richtete mich auf und ging in die Küche. Hier war es keine Spur sauberer als im Wohnzimmer, und es roch noch schlimmer. Ironischerweise waren die Arbeitsplatten voller Reinigungsmittelflaschen – soweit ich es erkennen konnte, gab es zwei bis drei Flaschen derselben Marke –, Fettentferner, Küchenschwämme und Geschirrspülmittel. Ich griff nach einer Dose mit Desinfektionsspray, doch sie war leer. Offenbar hatte meine Mutter leere Dosen aufbewahrt. Ich öffnete das Fenster ein paar Zentimeter, um den Raum ein wenig zu lüften.

Auf dem kleinen Küchentisch stapelten sich Teller und Schüsseln, Tupperdosen und leere Hüttenkäse-Behälter. Es war mir ein Rätsel. Meine Mutter hatte allein gelebt und, soweit ich wusste, auch nie Gäste empfangen. Warum hatte sie mehr als eine Handvoll Teller benötigt?

Unter der Spüle fand ich schließlich eine ungeöffnete Packung Müllbeutel. Ich nahm einen heraus und warf alles hinein, was entsorgt werden konnte. Wie etwa einen Stapel Plastikdeckel und eine ansehnliche Menge Ketchup- und Senftütchen aus diversen Fast-Food-Restaurants.

Nach fünf Stunden hatte ich etwa die Hälfte der Küche sauber gemacht. Die Müllsäcke lagen in einem großen Haufen neben der Hintertür. Ich war von Staub und Fett überzogen.

Auf der leer geräumten Seite der Küche war ein langer Kratzer auf einer der Schrankschubladen zum Vorschein gekommen. Das war mein Werk. Ich war damals acht gewesen und hatte die Schublade ruiniert, weil ich versucht hatte, darin wie in einem Schlitten die Treppe nach unten zu fahren. Ich selbst hatte mir dabei den Arm gebrochen, und meine Mutter hätte mich zweifellos verprügelt, hätte ich nicht ohnehin vor Schmerzen gebrüllt.

Ich fühlte mich wie ein Archäologe, der sich Schicht um Schicht vorarbeitet, um die Vergangenheit zu enthüllen. Allerdings ging es nicht um die Vergangenheit eines anderen. Es ging um *meine* Vergangenheit. Wahrscheinlich war das der Grund, warum ich nicht einfach irgendjemanden mit der Entrümpelung des Hauses beauftragen konnte. Genauso wenig, wie ich es einfach niederbrennen konnte.

Vielleicht würde ich es eines Tages tun – zumindest im übertragenen Sinn. Aber nicht, bevor ich gefunden hatte, wonach ich suchte. Ich wusste zwar nicht genau, worum es sich handelte, aber ich wusste, dass es etwas gab.

Als ich fertig war, war es bereits dunkel und mir wurde klar, dass ich den ganzen Tag nichts gegessen hatte. Es gab zwar Essen im Haus, aber nichts Genießbares. Ich hatte einmal kurz den Kühlschrank geöffnet, danach aber schnell wieder geschlossen. Der Geruch der sauren Milch und der verschimmelten Tupperdosen war unerträglich.

Ich wusch mir die Hände und die Arme in der Spüle, verschloss die Hintertür und sah mich ein letztes Mal um, bevor ich das Licht ausmachte und durch die Vordertür nach draußen trat. Auf dem Rückweg ins Hotel machte ich an einem Sushi-Restaurant Halt. Als ich Utah verlassen hatte, hatte ich nicht einmal gewusst, was Sushi war. Keine Ahnung, ob es damals überhaupt ein Sushi-Restaurant in der Nähe gegeben hatte.

In dieser Nacht träumte ich erneut von der jungen, dunkelhaarigen Frau, doch dieses Mal war der Traum besonders klar. Es war der eindrücklichste Traum, den ich bisher von ihr gehabt hatte. Wir waren in Moms Küche. Wir waren allein, und sie stand vor der Spüle. Irgendetwas stimmte nicht. Sie beugte sich über das Becken und übergab sich. Ich hatte Angst, dass sie krank war und sterben würde. Doch sie wandte sich lächelnd zu mir um. »Es ist alles gut«, sagte sie.

KAPITEL

Sonntag, 11. Dezember

Am nächsten Morgen weckte mich das Klingeln des Telefons. Die Sonne schien bereits durch die Fenster. Ich rollte mich auf die Seite und griff nach dem Handy. Es war Laurie.

»Habe ich dich geweckt?«

»Nein.«

»Lügner. Wie lange warst du gestern wach?«

»Keine Ahnung. Ich habe schlecht geschlafen.«

»Das tut mir leid. Ich wollte nur nachfragen, wie es läuft. Hast du das Haus schon gesehen?«

»Ja, gestern.«

»Wie war's?«

»Interessant. Es könnte ein Buch darin stecken.«

»Das dachte ich mir schon.«

»Meine Mutter war ein Messie.«

»Echt? So wie in den Reality-Shows? Oder war sie nur unordentlich?«

»Ersteres. Die Zimmer sind voller Gerümpel.«

»Hatte sie das in deiner Kindheit auch schon?«

»Nein. Das ist mir neu.«

»Ich habe gelesen, dass es ein Bewältigungsmechanismus sein kann, der durch ein traumatisches Erlebnis ausgelöst wird. Die Leute klammern sich an Dinge, weil sie wie ein Schutzschild zwischen ihnen und der Welt stehen und ihnen ein Gefühl der Kontrolle vermitteln.«

»Ein Trauma. Wie der Tod meines Bruders, vielleicht?«

»Ja. Aber du warst danach ja noch bei ihr.«

»Mehr als zehn Jahre.«

»Wenn sie also nicht im Nachhinein verrückt wurde, muss etwas anderes den Zwang ausgelöst haben.« Sie seufzte. »Bist du dir immer noch sicher, dass ich nicht vorbeikommen soll?«

»Ja. Ich schaffe das schon.«

»Okay. Ich hab am Wochenende nichts vor, ich bin zu Hause. Hausputz.«

»Ich schicke dir ein paar Fotos davon, wie ein *richtiger* Hausputz aussieht.«

»Da bin ich aber gespannt«, meinte sie. »Alles Gute. Und sieh zu, dass du nirgendwo eingeklemmt wirst. Oh, und wohnst du immer noch im Grand?«

»Ja.«

»Probiere die Eier Benedict. Sie sind ein Gedicht.«

»Warst du denn schon mal hier?«

»Ja, ich übernachte immer im Grand, wenn ich in Utah bin. Ich betreue zwei Autoren in diesem Bundesstaat.«

»Warum hast du mir nie etwas davon erzählt?«

»Weil es taktlos wäre.«

»Verstehe. Ich wünsche dir viel Spaß beim Hausputz.«

»Dir auch. Wir reden morgen wieder.«

»Okay, ich melde mich.«

Ich legte auf und rief beim Zimmerservice an. Ich bestellte Eier Benedict, ein Stück Apfelkuchen und ein Glas frischen Orangensaft. Ich kam gerade aus der Dusche, als es an der Tür klopfte. Ich schlüpfte in den hoteleigenen Bademantel und öffnete die Tür. Davor stand eine Frau mit einem Servierwagen.

»Guten Morgen, Mr. Churcher«, sagte sie. »Darf ich reinkommen?«

»Bitte.« Ich trat einen Schritt zurück, und sie schob den Wagen ins Zimmer.

»Wo wollen Sie essen?«

»Beim Sofa«, antwortete ich.

»Wie war Ihr Tag bis jetzt?«

»Gut. Ich bin gerade erst aufgestanden.«

Sie deckte den Tisch für mich, entfernte das Zellophan vom Glas mit dem Orangensaft und den Metalldeckel von den Eiern Benedict. Ich unterschrieb die Quittung, und sie verließ das Zimmer.

Laurie hatte recht. Das Essen war exzellent. Ich aß alles auf, zog mich an und machte mich auf dem Weg, um mich erneut dem Chaos zu stellen, das meine Mutter mir hinterlassen hatte.

KAPITEL

✳

Es war ein sonniger, klarer Vormittag und die gewaltigen Wasatch Mountains ragten wie riesige Eisberge in den Himmel. Ich hatte vergessen, wie hoch die Berge waren. Und wie allgegenwärtig. Zusammen mit den Oquirrh Mountains im Westen umschlossen sie die Stadt wie eine Festungsmauer.

Salt Lake City ist eine religiöse Stadt, und an einem Sonntag ist auf den Straßen kaum etwas los. Ich hielt in einem auch sonntags geöffneten Laden und kaufte einige Flaschen Wasser, eine Packung Gummihandschuhe, einen Eimer, einen Mopp, Reinigungstücher und mehrere Flaschen Desinfektionsmittel. Danach hielt ich bei Starbucks und gönnte mir einen Caffè Mocha, bevor ich weiterfuhr.

Im Haus war es warm, was schon mal eine Verbesserung zum Vortag darstellte. Dafür war das Chaos noch schlimmer, als ich es in Erinnerung hatte – sofern das überhaupt möglich war. Ich trug meinen Kaffee und die Putzutensilien in die Küche und begann mit der Arbeit.

In einem der Schränke standen mehrere Kartons mit Teenage-Mutant-Ninja-Turtles-Müsli und Cornflakes, zwei Frühstückscerealien, die beinahe gleich alt waren wie ich. Keine Ahnung, was an diesen Kartons so besonders war, aber sie lösten auch in mir ein nostalgisches Gefühl aus. Vielleicht hatte ich einige der Messie-Instinkte von meiner Mutter geerbt, denn ich konnte sie nicht in den Müll werfen. Ich hatte gerade die Arbeitsplatte saubergewischt und nahm einen Schluck von meinem Kaffee, als hinter mir eine Stimme erklang.

»Hallo.«

Ich fuhr herum und hätte beinahe den Kaffee ausgespuckt. Eine ältere Frau stand in der Küchentür. Sie hatte weißgraue Haare und wirkte zerbrechlich, auch wenn sie aufrecht vor mir stand. Ihre Augen waren klar und freundlich.

»Es tut mir leid, ich hätte klopfen sollen, aber nachdem ich die letzten sechzig Jahre einfach ein- und ausgegangen bin, ist es mir ehrlich gesagt gar nicht in den Sinn gekommen.« Sie sah sich einigermaßen amüsiert in der Küche um. »Du machst sauber. Das hätte deine Mutter in den Wahnsinn getrieben.« Sie wandte sich wieder an mich. »Du bist Jacob, nicht wahr?«

»Wer sind Sie?«

»Erkennst du mich nicht?«, sagte sie. »Ich bin Elyse Foster. Ich wohne zwei Häuser weiter und war mit deiner Mutter befreundet.«

Die Tatsache, dass sie behauptete, mit meiner Mutter befreundet gewesen zu sein, behagte mir nicht. Die Freunde meines Feindes sind meine Feinde. Was für ein Mensch war freiwillig mit meiner Mutter befreundet gewesen?

»Ich wusste nicht, dass sie Freunde hatte.«

»Viele waren es nicht gerade. Wie alt bist du mittlerweile, Jacob? Vierunddreißig? Fünfunddreißig?«

»Vierunddreißig.«

»Und Charles wäre achtunddreißig.«

Der Name meines Bruders ließ mich zusammenzucken. »Sie kannten meinen Bruder.«

»Schätzchen, ich kannte euch beide wie mein eigenes Fleisch und Blut.« Sie senkte den Blick. »Du erinnerst dich wirklich nicht, oder?«

Ich schüttelte den Kopf. »Nein.«

Sie machte einen Schritt auf mich zu. »Ich habe immer

gesagt, dass du mal ein Frauenschwarm werden wirst. Du warst so ein hübscher Junge. Große Augen. Wilde Locken. Ich hatte recht. Du bist immer noch hübsch.«

Das Kompliment war mir peinlich. »Danke.«

»Du schreibst Bücher.«

Ich konnte nicht sagen, ob es eine Frage oder eine Feststellung war. »Ja.«

»Das überrascht mich nicht. Du hattest immer schon eine blühende Fantasie.« Sie sah sich in der Küche um. »Es ist ganz anders, nachdem sie fort sind, nicht wahr?«

»Wer?«

»Die Bewohner eines Hauses. Es ist, als würde die Seele nicht nur den Körper, sondern auch das Zuhause verlassen.« Sie sah mich mitfühlend an. »Es muss schwierig für dich sein, nach all den Jahren wieder hier zu sein.«

»Sehr.«

Schweigen senkte sich über uns. Nach einiger Zeit holte ich tief Luft und meinte: »Okay, es war nett, Sie kennenzulernen. Oder wiederzusehen. Aber ich mache mich jetzt wieder an die Arbeit. Es gibt viel zu tun.«

Sie rührte sich nicht. »Sei nicht so abweisend, Jacob. Du hast mich nicht gerade erst ›kennengelernt‹. Ich spiele eine größere Rolle in deinem Leben, als du ahnst.«

Ihre Direktheit überraschte mich. Ich war es nicht gewöhnt. Wenn du erst einmal reich und berühmt bist, reden die Leute nicht mehr auf diese Art mit dir. Zumindest nicht, wenn sie etwas von dir wollen.

»Und ich weiß, dass du Fragen hast.«

»Woher wollen Sie das wissen?«

»Weil die in deiner Situation jeder hätte.« Sie senkte die Stimme. »Ich bin vielleicht deine einzige Zeugin.«

Ich hatte keine Ahnung, was ich darauf erwidern sollte, also sagte ich nichts.

Sie brach das Schweigen. »Wie lange bleibst du in der

Stadt?«

»Ich weiß es noch nicht. Ein paar Tage.«

»Wohnst du hier?«

»Nein. Im ›Grand America‹.«

»Im ›Grand‹«, meinte sie. »Früher gab es nur das ›Little America‹ und das ›Hotel Utah‹. Jetzt haben wir das ›Grand America‹.« Sie lächelte. »Ich komme später wieder. Dann hast du Zeit, alles zu verdauen. Willkommen zurück, Jacob. Es ist schön, dich wiederzusehen. Ich hatte gehofft, dass du irgendwann nach Hause kommen würdest.«

»Das ist nicht mein Zuhause.«

»Nein«, sagte sie und runzelte die Stirn. »Ich schätze nicht. Auf Wiedersehen.«

Sie wandte sich ab und ging auf die Tür zu, dann blieb sie noch einmal stehen und drehte sich um. »Du weißt, was man über die Wahrheit sagt, nicht wahr, Jacob?«

»Was denn?«

»Die Wahrheit macht dich frei.« Und damit verließ sie das Haus und schloss sanft die Tür hinter sich.

Ich machte mich wieder an die Arbeit. Elyses Behauptung ging mir nicht mehr aus dem Kopf. *Meine einzige Zeugin?*

Um etwa vierzehn Uhr machte ich Mittagspause und fuhr zu einer Hamburger-Kette namens ›Arctic Circle‹. Hier hatte ich als Junge ab und an gegessen. Es gab dreißig Zentimeter lange Hot Dogs und Tüten mit Vanilleeis, die sie verkehrt herum in Schokolade tauchten. ›Arctic Circle‹ wurde in Utah gegründet und hat die ›Utah Fry Sauce‹ erfunden, eine überraschend wohlschmeckende Mischung aus Ketchup und Mayo. Als ich nach Spokane zog, gab es dort ebenfalls eine ›Arctic Circle‹-Niederlassung, aber ich war nie dort. Keine Ahnung warum. Vielleicht erinnerte es mich zu sehr an Utah.

Nach dem Mittagessen machte ich mich wieder an die Arbeit und war um etwa neunzehn Uhr mit der Küche fertig. Ich hatte mehr als ein Dutzend Müllbeutel gefüllt, die ich zu den anderen neben die Hintertür gestellt hatte.

Nachdem ich den Boden saubergewischt und die Arbeitsplatte samt Armaturen desinfiziert hatte, setzte ich mich an den Tisch und sah mich um. Hier hatte einmal ein Leben stattgefunden. Ich erinnerte mich daran, wie Charles um Mickey-Mouse-Pfannkuchen gebeten hatte und wie meine Mutter Schoko-Chips als Augen verwendet hatte. Es war nicht mehr als ein Schnappschuss aus der Vergangenheit, aber er war dennoch bedeutend. Denn meine Mutter lächelte.

KAPITEL

Montag, 12. Dezember

Am nächsten Morgen schneite es. Als ich zurück zum Haus kam, stand ein großer Container aus Metall in der Einfahrt. Besser gesagt nahm er mehr oder weniger die ganze Einfahrt ein. Ich hatte den Lieferanten offenbar knapp verpasst, denn die Reifenabdrücke im frisch gefallenen Schnee waren noch frisch.

Ich ging hinters Haus und holte einen Müllsack nach dem anderen, um alles in den Container zu werfen. Danach öffnete ich die Tür und trat ins Haus.

Als Nächstes war mein ehemaliges Zimmer an der Reihe. Es war nicht so schlimm wie die Küche. An der Wand hingen noch dieselben vier Poster, die ich kurz vor meinem Auszug aufgehängt hatte. Ein Filmplakat von *Matrix*, ein Poster von Eminem und zwei Basketball-Poster.

Es überraschte mich, dass sie immer noch da waren. Ich war davon ausgegangen, dass meine Mutter sie von der Wand gefetzt und gemeinsam mit den anderen Erinnerungen an mich entsorgt hatte. Aber das Zimmer sah mehr oder weniger so aus wie damals, obwohl es damals noch nicht mit Kartons und seltsamem Gerümpel vollgestopft gewesen war. Mein Blick fiel auf einen alten Trinkwasserspender, eine Spielzeugzuckerwattemaschine und etwa fünfzig leere Cola-Flaschen aus Plastik.

Ich hatte einen Bluetooth-Lautsprecher dabei, mit dem ich Musik von meinem Handy hören konnte. Passenderweise spielte ich die Red Hot Chili Peppers und Eminem, der gerade groß rausgekommen war, als ich ausgezogen war.

Meine Mutter hatte nicht nur das Zimmer genauso hinterlassen wie beim letzten Mal, als ich hier gewesen war. Sie hatte auch das Bett gemacht und die Klamotten, die ich in jener Nacht auf dem Rasen vor dem Haus zurückgelassen hatte, wieder in die Schubladen gelegt. Das ergab doch keinen Sinn. Warum hatte sie meine Habseligkeiten zurück ins Haus getragen und verstaut? Hatte sie geglaubt, dass ich zurückkommen würde?

Ich ging gerade eine der Schubladen durch, als es an der Tür klingelte. Ich ging in den Flur und öffnete die Haustür. Auf der Veranda stand Brad Campbell. Er hielt einen großen Styroporbecher in der Hand, aus dem Dampf in die kalte Winterluft stieg.

»Brad. Kommen Sie rein.«

»Danke«, sagte er, und sein Atem bildete kleine Wölkchen. Er trat ins Haus. »Ich wollte nur nachsehen, ob der Container geliefert wurde.«

»Er war schon da, als ich heute Morgen gekommen bin. Ihre Freunde starten früh in den Tag.«

»Um fünf Uhr morgens. Da ist der Verkehr noch nicht so stark.« Er reichte mir den Becher. »Ich habe Ihnen heiße Schokolade mit Pfefferminzgeschmack mitgebracht.«

»Danke.«

Er warf einen Blick in Richtung Küche. »Sie machen Fortschritte.«

»Ja, es wird. Langsam. Die Küche hat mich den ganzen gestrigen Tag gekostet.«

Er nickte. »Jetzt sieht es wieder aus wie eine Küche.« Er steckte die Hände in die Taschen. »Ich lasse Sie weiterarbeiten. Wenn Sie etwas brauchen, melden Sie sich einfach.«

»Ich wüsste nicht, was ich brauchen könnte, aber danke.«

»Keine Ursache.« Er nickte, wandte sich ab und ging. Ich trug die nächsten Säcke aus meinem Zimmer zum Container, dann kehrte ich erneut ins Haus zurück, wusch mir die Hände und fuhr noch einmal zum »Arctic Circle«. Ich gönnte mir einen der berühmten Range Burger und einen Erdbeershake, dann fuhr ich ins Haus zurück.

Im Flur vor meinem Zimmer stapelten sich weitere Kisten. Nachdem es der Hauptweg durchs Haus war, war der Flur im Gegensatz zu den übrigen Zimmern weniger unordentlich, was aber nicht bedeutete, dass weniger Gerümpel herumstand. Es war nur etwas besser geordnet.

Ich ging einen Karton nach dem anderen durch. Einer enthielt meine Schulsachen, von der Vorschule angefangen bis zur siebten Klasse. Es überraschte mich, dass meine Mutter an solchen Dingen festgehalten hatte.

Ich brauchte drei Stunden für den Flur. Die Kartons enthielten fast ausschließlich Zettel und Dokumente. Meine Mutter hatte fünfzehn Jahre lang alle Rechnungen aufbewahrt. Die Kartons waren schwerer als die bisherigen, und auch wenn ich jeden Tag auf den Crosstrainer stieg, war ich ein wenig außer Atem, nachdem ich sie alle zum Container gebracht hatte.

Als Nächstes kam das kleine Badezimmer am Ende des Flurs an die Reihe. Meine Mutter hatte die Badewanne mit einer unglaublichen Auswahl an Müll gefüllt. Unvollendete Strickarbeiten, zwei Lampenschirme und ein altes, rostiges Damenfahrrad mit zwei platten Reifen und ohne Sitz. Ich hatte keine Ahnung, was das Fahrrad in der Wanne verloren hatte – oder überhaupt im Haus –, aber ich hatte es aufgegeben, nach einem Sinn in dem Chaos zu suchen.

Ich trug gerade das Fahrrad aus dem Badezimmer, als es

an der Tür klopfte. Ich hob den Blick, und Elyse Foster trat ins Haus. Sie hatte Schneeflocken in den Haaren und hielt einen Karton in den Armen, der viel zu schwer wirkte, um ihn durch den Schnee zu schleppen.

»Ich kann mir vorstellen, dass es hier im Haus nichts wirklich Essbares gibt, also habe ich dir etwas Suppe mitgebracht.«

»Moment, ich nehme sie Ihnen ab«, erklärte ich, stellte das Fahrrad ab und nahm den Karton. »Kommen Sie rein!«

Sie machte einen Schritt nach vorne. »Ich habe Tomatensuppe gemacht. Die mochtest du immer gerne. Du hast Salzcracker hineingebröselt.«

»Das mache ich noch immer«, erklärte ich. »Meine Agentin schämt sich jedes Mal zu Tode, wenn wir in einem schicken New Yorker Restaurant essen. Aber alte Gewohnheiten legt man eben nicht so schnell ab.«

Sie folgte mir in die Küche, wo ich den Karton abstellte. »Ich habe auch einige Cracker dazu gepackt. Ein paar Brötchen mit Butter und ein Stück Schokokuchen.«

»Sie müssen sich nicht so viel Mühe machen.«

»Es war keine Mühe. Und jetzt setz dich und iss. Du hast das Haus seit Mittag nicht mehr verlassen, du musst hungrig sein.«

Ich fragte mich, woher sie wusste, dass ich nicht fortgewesen war. Ich holte zwei Schüsseln aus dem Schrank. »Es reicht für zwei.«

»Ich habe schon gegessen«, erklärte sie. »Ich will mich nicht aufdrängen.«

Ich trat zurück an den Tisch, öffnete die Thermoskanne und leerte die Suppe in die Schüssel. »Sie drängen sich nicht auf. Setzen Sie sich.«

»Danke.« Sie ließ sich mir gegenüber nieder und packte die Cracker aus, dann stellte sie sie vor mir auf den

Tisch. »Es sieht schon viel besser aus. Wie läuft es?«

»Es ist viel Arbeit.«

»Das sollte es auch sein. Deine Mutter hat mehr als fünfzehn Jahre gebraucht, um alles anzusammeln.« Sie sah sich um, und ihr Gesicht wurde düster. »Diese Wände beherbergen eine Menge Schmerz.«

»*Diese* Wände beherbergen eine Menge Schmerz«, erwiderte ich und legte eine Hand auf meine Brust.

»Ich weiß. Es tut mir leid.«

Ich sah sie an. »Sie sagten gestern, dass Sie vielleicht meine einzige Zeugin seien.«

»Ja?«

»Was haben Sie damit gemeint?«

»Ich meinte, dass ich die Einzige bin, die dich vor der Verwandlung kannte.«

»Vor der *Verwandlung*? Meinen Sie, bevor ich berühmt wurde?«

Sie schüttelte den Kopf. »Nein. Vor der Verwandlung deiner Mutter. Sie war nicht immer so, wie du sie in Erinnerung hast. Nach Charles' Tod hat sie sich verändert.«

»Ich war erst vier, als er starb.«

»Ich weiß. Ich bezweifle, dass du dich erinnern kannst, wie deine Mutter davor war.«

Ich dachte einen Moment lang darüber nach, was Elyse gerade gesagt hatte, dann sagte ich: »Sie meinten auch, dass ich sicher viele Fragen habe.«

»Ich denke, das hätte jeder in deiner Situation.« Sie betrachtete mich voller Sorge. »Weißt du, ich habe mir oft über dich Gedanken gemacht. Deine Mutter war schrecklich krank. Es freut mich, dass du dich im Leben so gut geschlagen hast.«

Ich runzelte die Stirn. »Nicht so gut, wie Sie vielleicht denken. Deshalb schreibe ich.«

Sie nickte langsam. »Ich weiß. Ich habe alle deine

Bücher gelesen.«

Ich sah sie überrascht an. »Wirklich?«

»So konnte ich dich im Auge behalten. Ich habe viele Orte und Leute wiedererkannt, die du verwendet hast. Ich komme auch in einigen Geschichten vor, obwohl du dich nicht bewusst an mich erinnerst.«

Ich musterte sie eingehend. »Wie gut kannten Sie mich?«

»Du erinnerst dich wirklich nicht«, meinte sie traurig.

»Nein, es tut mir leid.«

»Nun, eigentlich sollte es mich nicht überraschen. Das Gehirn verdrängt schmerzhafte Erinnerungen. Ich hatte immer diese kleinen Schokosterne zu Hause. Du bist fast jeden Tag vorbeigekommen und hast mich um einen gebeten.«

»Daran erinnere ich mich. Das waren Sie?«

»Ich habe dich jahrelang zu mir genommen, wenn deine Mutter einen ihrer Migräneanfälle hatte. Wenn mein Neffe bei mir war, warst du oft einige Tage hintereinander bei mir. Ich habe getan, was ich konnte, um dich aus diesem Haus herauszuholen.«

Erinnerungen stiegen in mir hoch. Da war ein Junge, mit dem ich von Zeit zu Zeit gespielt hatte. Er hatte nicht in unserer Straße gewohnt, bloß seine Tante. Manchmal erlebten wir im Garten hinter dem Haus als Forscher oder Piraten spannende Abenteuer, dann wieder waren wir im Haus seiner Tante und spielten. Wir spielten jeder für sich, aber irgendwie auch zusammen. Doch selbst er verschwand aus meinem Leben, als ich sieben oder acht war.

»Sein Name war Nick«, sagte ich.

»Dann erinnerst du dich also an ihn.«

»Sie waren seine Tante.«

Elyse nickte. »Er kam jeden Sommer zu mir, bis du etwa sieben Jahre alt warst. Sein Vater war beim Militär und wurde nach Deutschland versetzt. Danach bist du nicht mehr zum Spielen zu mir gekommen. Vermutlich erinnerst du dich deshalb nicht mehr daran.«

»Ich habe mich immer gefragt, warum er auf einmal nicht mehr kam.«

»Deine Mutter hat sich danach noch mehr zurückgezogen. Ich habe dich nicht mehr so oft gesehen.«

»Sie kannten meinen Vater …«

»Ja, ich kannte Scott gut.«

Es war seltsam, seinen Namen zu hören. »Ich weiß nichts über ihn. Außer, dass er mich verlassen hat.«

Sie senkte den Blick und schüttelte den Kopf. »Nein, das stimmt nicht. Zumindest nicht ganz.«

»Was meinen Sie mit ›*nicht ganz*‹?«

»Er hat dich verlassen, aber das war nicht seine Entscheidung. Nach dem Tod deines Bruders kam deine Mutter fast ein ganzes Jahr lang nicht mehr aus dem Schlafzimmer. Sie zog sich vollkommen zurück. Dein Vater gab sich die Schuld an dem, was Charles passiert war. Und das war eine mächtige Waffe, die sie gegen ihn einsetzen konnte.«

»Warum gab er sich die Schuld?«

»Soweit ich weiß, hätte er bei ihm sein sollen, als es passierte. Deine Mutter gab ihm die Schuld, und er war so außer sich vor Trauer, dass er es hinnahm. Sie entzog ihm ihre ganze Liebe. Nach zwei Jahren ertrug er es nicht mehr. Also ließen sie sich scheiden.«

Sie sah mich traurig an. »Deinem Vater ging es damals auch nicht gut. Er hatte genauso seinen Sohn verloren. Nur, dass er auch noch mit der Schuld leben musste. Ich weiß, das ist keine Entschuldigung. Aber vielleicht ein Grund.«

»Ich habe ihn nie wieder gesehen.«

»Bis vor Kurzem traf das auch auf mich zu. Er ist nie zurückgekehrt.«

»Dann hatte er mich also doch verlassen.«

Sie nickte mitfühlend. »Auf gewisse Weise.«

Ich wurde wütend. »*Auf gewisse Weise?* Er ist fort und nie wieder zurückgekommen.«

Sie blieb ruhig. »Wenn du es nur schwarz und weiß sehen willst, von mir aus. Aber das Leben ist um einiges komplizierter. Die Beweggründe zählen. Er wollte nicht fort. Es war nicht seine Idee. Hast du nie etwas getan, von dem du dachtest, es wäre so schlimm, dass du den Glauben an dich selbst verloren hast?«

»Ich hatte nie einen Glauben an mich selbst.«

»Doch, den hattest du.« Sie senkte einen Augenblick lang den Kopf, dann meinte sie: »Ich erzähle dir jetzt etwas über Schuld. Mein Bruder hat sich mit sechsunddreißig Jahren das Leben genommen. Er war ein sehr kluger und erfolgreicher Gynäkologe. Eines Tages lief bei einer Geburt plötzlich etwas schief. Die Mutter und das Kind starben. Er hätte nichts daran ändern können. Trotzdem reichte der Ehemann der Frau eine Klage gegen ihn ein. Es spielte keine Rolle, dass mein Bruder freigesprochen wurde und alle Kollegen hinter ihm standen.« Sie sah mir in die Augen. »Weißt du, welche Gruppe von Menschen am ehesten Selbstmord begeht?«

Ich war mir nicht sicher, ob es eine rhetorische Frage war oder ob sie eine Antwort erwartete. Nach einer Weile meinte ich vorsichtig: »Teenagerjungen?«

»Ärzte, die sich wegen eines Kunstfehlers verantworten müssen«, stellte sie richtig. »Weil dadurch der Kern ihrer Identität infrage gestellt wird. Dabei spielt es kaum eine Rolle, ob sie tatsächlich schuld waren oder nicht. So sind wir eben gepolt. Und auf gewisse Weise war es bei deinem Vater genauso. Es spielte keine Rolle, dass dein Vater versucht hatte, jemandem in Bedrängnis zu helfen. Es spielte keine Rolle, dass der Tod deines Bruders ein Unfall gewesen war, der auch passiert wäre, wenn dein Vater zu Hause gewesen wäre. Er war nicht da, als dein Bruder starb. So etwas kann einen Menschen zerstören.« Sie stieß langsam die Luft aus. »Ich rede zu viel. Und du hast deine Suppe noch nicht gegessen. Inzwischen ist sie sicher kalt geworden.«

»Ich mache sie in der Mikrowelle warm.« Ich sah der alten Frau in die Augen. Sie wirkte müde. »Danke, dass Sie mir das alles erzählt haben.«

»In Anbetracht des Themas kann ich nicht sagen, dass es mir eine Freude war. Aber es tut gut, nach all den Jahren mit dir sprechen zu können. Ich habe mir wirklich Sorgen um dich gemacht.« Sie erhob sich. »Ich bin so froh, dass ein guter Mensch aus dir geworden ist.«

»Wie kommen Sie darauf, dass ich ein guter Mensch bin?«, fragte ich zynisch.

Sie antwortete nicht. »Ich hole die Thermoskanne ein anderes Mal. Gute Nacht.« Sie bahnte sich langsam den Weg durch das Chaos bis zur Haustür.

Ich stellte die Suppe in die Mikrowelle und machte sie an, doch nichts passierte. Sie war offenbar kaputt. Also trug ich die Schale wieder an den Tisch und aß die kalte Suppe mitsamt den Crackern. Während ich aß, dachte ich über unser Gespräch nach. Zum ersten Mal, seit ich denken konnte, wollte ich meinen Vater wiedersehen.

Nachdem ich gegessen hatte, kehrte ich zurück ins Badezimmer, machte weiter sauber und trug die gefüllten Säcke zum Container. Es schneite. Es waren zwar nur ein paar verirrte Flocken da und dort, aber es sah schön aus.

Auf dem Weg ins Hotel machte ich erneut bei einem Supermarkt halt und kaufte noch mehr Wasser und Müllbeutel. Als ich in mein Zimmer kam, blinkte das rote Licht am Zimmertelefon. Es war die Rezeption, die wissen wollte, ob ich meinen Aufenthalt verlängern wollte. Ich war bereits länger geblieben, als ich eigentlich wollte, und langsam bekam ich das Gefühl, dass es sich noch sehr viel länger hinziehen würde.

KAPITEL

9

Dienstag, 13. Dezember

Ich schlug die Augen auf und spürte sofort, dass etwas anders war. Sogar in meinem Zimmer war es seltsam still. Ich sah auf die Uhr. Für acht Uhr morgens war es außerdem zu dunkel. Ich stand auf, trat vors Fenster und öffnete den Vorhang. Draußen tobte ein Schneesturm. Alles war weiß.

Von meinem Aussichtspunkt im elften Stock sah ich die Fifth South Street, die Hauptzufahrt zur I-15. Die Straße war unter den Schneemassen begraben und nicht zu sehen. Nur ein paar unerschrockene Fahrer waren unterwegs, krochen im Schritttempo dahin und brachen trotzdem immer wieder mit dem Hinterteil weg. Einen Block weiter östlich blinkte Blaulicht. An der State-Street-Kreuzung waren zwei Autos zusammengekracht.

Mein Telefon klingelte. Es war Laurie.

»Du hast nicht angerufen«, meinte sie.

»Wann?«

»Du hast am Sonntag gesagt, dass du mich morgen anrufst. Und das wäre gestern gewesen.«

»Tut mir leid. Ich war beschäftigt. Was ist los?«

»Wie ist das Wetter?«

»Wir stecken mitten in einem Schneesturm.«

»Das habe ich auf meiner Wetter-App gesehen. Bist du fertig mit Saubermachen?«

»Nein. Es dauert noch eine Weile.«

»Wie lange ist eine Weile?«

»Keine Ahnung.«

»Dann finde es bitte heraus. Wir haben jede Menge Arbeit.«

»Ich melde mich, sobald ich es abschätzen kann.«

Sie seufzte. »Okay. Pass auf dich auf. Ciao.«

Ich trat zurück ans Fenster und sah hinaus. Eine tiefgefrorene Stadt ist ein seltener Anblick. Ich zog mich an, ging ins Fitnesscenter und trainierte zwei Stunden. Wenig überraschend war er randvoll. Alle waren Gefangene des Wetters.

Als ich zurück ins Zimmer kam, hatte der Schneesturm nachgelassen, und es schneite nur noch leicht. Die gelben Schneepflüge mit den orangefarbenen Blinklichtern wirkten wie Spielzeugautos. Sie schwärmten in Rudeln aus, um die Straßen der Innenstadt zu säubern und Salz zu streuen.

Es waren auch schon wesentlich mehr Autos auf den Straßen. Die Leute in Salt Lake sind den Schnee gewöhnt. Wetter, das Leute aus Florida ans Haus fesselt, rechtfertigt hier kaum einen zusätzlichen Pullover. Worauf die Leute aus Utah – wie alle Bewohner kälterer Gebiete – seltsam stolz sind.

Ich duschte und bestellte Essen aufs Zimmer. Ich hätte mich besser vor der Dusche darum gekümmert, denn es gab eine einstündige Wartezeit, nachdem niemand das Hotel zum Essen verließ.

Ich öffnete den Laptop und rief das Buch auf, an dem ich gerade arbeitete, aber ich konnte mich nicht in die Geschichte vertiefen. Ich hatte erst einige Hundert Wörter geschrieben, als es an der Tür klopfte. Die Frau vom Zimmerservice wirkte gehetzt.

»Viel zu tun?« Es war eher eine rhetorische Frage.

»Ein bisschen mehr als sonst«, erwiderte sie. »Die Leute bleiben wegen des Schneesturms im Hotel.«

Ich unterschrieb die Quittung, und fort war sie.

Es war beinahe Mittag, als ich mit dem Frühstück fertig war. Ich warf einen neuerlichen Blick aus dem Fenster. Der Schneefall hatte aufgehört. Mir war klar, dass der Freeway und die Innenstadt vor den Außenbezirken schneefrei gemacht wurden, es hatte also keinen Sinn, sich jetzt schon auf den Weg zum Haus meiner Mutter zu machen. Dafür hatte ich eine andere Idee. Ich griff nach meinem Mantel und ging hinunter zur Rezeption.

»Können Sie mir ein Taxi rufen?«

Die junge Frau hinter dem Tresen antwortete mit britischem Akzent. »Sie können draußen eines nehmen, Sir. Gleich vor dem Eingang.«

»Danke.« Ich trat durch die goldene Drehtür. Ein junger Mann mit jägergrüner Jacke und einem Zylinder nickte mir zu.

»Kann ich Ihnen helfen, Sir?«

»Ich brauche ein Taxi.«

»Jawohl, Sir.« Er pfiff in seine Trillerpfeife, und ein blutrotes Taxi fuhr vor. »Bitte sehr, Sir«, meinte der junge Mann und öffnete die hintere Tür für mich. Ich gab ihm fünf Dollar und stieg ein.

»Wohin soll's gehen?«, fragte der Fahrer.

»Zum Friedhof«, antwortete ich.

Der Fahrer fuhr die breite Auffahrt hinunter und bog auf die Second West. Der Verkehr in der Innenstadt war immer noch ruhig.

»Das war vielleicht ein Schneesturms heute Morgen«, erklärte der Fahrer. »Der hat uns eine ganze Weile aufgehalten.«

»Es überrascht mich, wie schnell es vorbei war und alle wieder ihren gewohnten Wegen nachgingen.«

»So ist das Wetter in Salt Lake. Das macht der Salzsee. Wenn es Ihnen zu schnell ging, dann warten Sie noch ein paar Minuten.« Er warf einen Blick in den Rückspiegel. »Ich kann nämlich nicht garantieren, dass die Straßen am Friedhof bereits geräumt sind.«

»Ich lasse es darauf ankommen.«

Etwa zehn Minuten später durchquerten wir das Eingangstor des alten Teils des Friedhofes. Die Straße war frisch vom Schnee gesäubert.

»Wo genau müssen Sie denn hin?«, fragte der Fahrer.

»Der Friedhof ist ziemlich groß. Dazu habe ich eine interessante Info für Sie: Er ist der größte von einer Stadt betriebene Friedhof des Landes.«

»Wissen Sie, wo Lester Wire begraben ist?«

»Lester Wire?«

»Der Erfinder der Verkehrsampel.«

»Hmmm. Nein, aber ich kann nachsehen.« Er fuhr an den schneebedeckten Rand der schmalen Straße und griff nach seinem Smartphone. »Lester Farnsworth Wire. Erfinder der elektrischen Verkehrsampel. Hier steht, dass er sich für Rot und Grün entschieden hat, weil Weihnachten vor der Tür stand und er gerade die elektrische Weihnachtsbeleuchtung zur Hand hatte.« Er legte das Telefon weg. »Sein Grab ist im nordöstlichen Teil des Friedhofs.« Er fuhr weiter. »Jetzt weiß ich wenigstens, wen ich verfluchen muss, wenn ich an drei roten Ampeln nacheinander stehe.« Er sah zu mir zurück. »Sind Sie mit ihm verwandt?«

»Nein. Aber mein Bruder wurde ganz in der Nähe begraben.«

»Alles klar.«

Wir kämpften uns durch ein Labyrinth aus schmalen Straßen, bis wir vor einem rechteckigen Betonklotz hielten.

LESTER FARNSWORTH WIRE

3. SEPTEMBER 1887 – 14. APRIL 1958

ERFINDER DER ELEKTRISCHEN

VERKEHRSAMPEL

»Hier ist unser Mann. Oder zumindest sein Grab.«

»Ich bin gleich wieder da«, sagte ich und stieg aus. Obwohl wir nur zehn Minuten gefahren waren, lag der Friedhof höher, und es war kälter. Ich schlang zitternd den Mantel enger um meinen Körper.

Das Grab meines Bruders lag etwa zwanzig Schritte rechts von einem drei Meter hohen Obelisken mit einer Betonkugel an der Spitze. Sein Grabstein war niedrig und komplett mit Schnee bedeckt. Ich ging zu dem Grab, tastete mit dem Schuh nach dem Stein und kniete mich nieder, um ihn freizulegen.

Ich wusste gar nicht mehr, wie oft ich hier gewesen war. Jedenfalls oft genug, um das Grab nach all den Jahren auch unter einer Schneedecke wiederzufinden. Die Tradition musste früh ihren Anfang genommen haben, denn ich konnte mich vage daran erinnern, wie mein Vater und meine Mutter an Charles' Geburtstag eine Wunderkerze entzündet und in die Erde gesteckt hatten. Nach der Scheidung kamen meine Mutter und ich allein her. Drei Mal im Jahr. An Charles' Geburtstag, an Weihnachten, und an seinem Todestag im August.

Aber mittlerweile waren siebzehn Jahre vergangen. Ich richtete mich auf und sah auf den Stein hinunter.

»Du hättest nicht gehen sollen, Charles. Wo auch immer du hin bist, ich hoffe, es ging dir besser als mir.«

Ich betrachtete das Grab einige Minuten lang, dann stieg plötzlich die Neugierde in mir hoch und ich überlegte, ob meine Mutter wohl neben ihm begraben war. Ich machte einige Schritte durch den Schnee, bis ich einen weiteren Grabstein spürte. Ich legte ihn mit dem Fuß frei.

RUTH CAROLE CHURCHER

RUHE IN FRIEDEN

Ich seufzte. Dann kehrte ich zum Taxi zurück und stieg ein. »Zurück ins Hotel«, sagte ich.

Ich sah wohl irgendwie verändert aus, denn der Fahrer sagte den ganzen Rückweg kein Wort.

Ich ging nicht auf mein Zimmer, sondern direkt in die Parkgarage zu meinem Auto. Ich wartete ein paar Minuten, bis die Heizung Wirkung zeigte, dann fuhr ich zum Haus meiner Mutter.

Der Süden des Salt Lake Valleys hatte sogar mehr Schnee abbekommen als die Innenstadt, und soweit ich es beurteilen konnte, lag die Nachbarschaft meiner Mutter unter einer fast achtzig Zentimeter dicken Schneedecke begraben. Es sah aus wie eine Eislandschaft, und die Autos glichen eher Iglus als Fortbewegungsmitteln.

Der Schneepflug hatte die Straßen bereits geräumt, und es fühlte sich an wie in einem Tunnel ohne Dach. Der Schnee türmte sich zu beiden Seiten der Straße eineinhalb Meter hoch, und die armen Seelen, die ihr Auto an der Straße geparkt hatten, mussten sich erst einmal durch eine Schneemauer graben, um zu ihren Fahrzeugen zu gelangen.

Ich parkte vor dem Haus und musste auf dem Weg zur Tür ebenfalls über eine hohe Schneeverwehung klettern.

Obwohl es mittlerweile aufgehört hatte zu schneien, lag das Haus im Schatten.

Auf dem Weg zum Haus entdeckte ich Fußspuren im Schnee. Sie waren frisch genug, um deutlich zu sehen zu sein: klein, weiblich, mit einem dezenten Absatz. Ich fragte mich, ob Elyse vorbeigeschaut hatte, aber das war unwahrscheinlich. Sie hätte gesehen, dass mein Auto nicht da war. Außerdem hätte eine ältere Frau bei dem Schnee und dem Eis eine gebrochene Hüfte riskiert. Andererseits fiel mir auch sonst niemand ein, der bei diesem Wetter hierherkam.

Ich öffnete die Eingangstür und trat ins Haus. Dann machte ich das Licht an und stellte den Thermostat auf dreiundzwanzig Grad. Anschließend schaltete ich die Musik auf meinem Handy ein und begann mit dem Zimmer, vor dem ich mich am meisten gefürchtet hatte. Dem Wohnzimmer. Während ich arbeitete, dachte ich an Charles, an den Tag, an dem er gestorben war, und an die vielen Male, als ich mit meiner Mutter am Friedhof gewesen war. Ich wusste nie, wie sie reagieren würde. Manchmal sank sie heulend auf die Knie. Manchmal starrte sie nur wutentbrannt zu Boden.

Diese Unsicherheit machte mir am meisten Angst. Ich wusste nie, was Charles' Todestag bringen würde.

Ich arbeitete stundenlang durch und ließ es gegen zweiundzwanzig Uhr gut sein. Ich hatte das ganze Klavier freigelegt, was mein erklärtes Ziel für diesen Abend gewesen war. Ich wischte die Bank mit einem feuchten Tuch sauber, zog die Handschuhe aus, setzte mich und begann zu spielen. Das Klavier war verstimmt, aber es war nicht schlimm.

Meine Mutter hatte mich zum Klavierunterricht geschickt, bis ich das Klavier zusammen mit meinem Zuhause hinter mir gelassen hatte. Abgesehen von ein paar Parteieinlagen hatte ich seit Jahren nicht mehr gespielt. Es war eines der Dinge, die ich hinter mir gelassen hatte, weil es nicht zu mir gehörte. Charles wollte Klavier spielen, und ein Jahr nach seinem Tod fiel mir diese Aufgabe zu. Ich wollte es nicht lernen, und ich hasste jede Minute, die ich üben musste. Trotzdem war es ein Teil meiner Vergangenheit. Ein Teil von mir. Und trotz meiner Abneigung war ich einmal gut gewesen.

Ich spielte »The Sound of Silence« von Simon & Garfunkel. Ich erinnerte mich, dass meine Mutter eines Abends ins Wohnzimmer gekommen war und sich auf die Couch gesetzt hatte, während ich das Lied spielte. Als ich fertig war, meinte sie leise: »Spiel es noch einmal.«

Es war der letzte Song, den ich gelernt hatte, und vermutlich erinnerte ich mich deshalb daran. Vielleicht aber auch, weil es das traurigste Lied war, das jemals geschrieben wurde.

Als ich fertig war, liefen Tränen über meine Wangen. Zum ersten Mal, seit ich vom Tod meiner Mutter erfahren hatte, hatte ich das Gefühl, tatsächlich etwas verloren zu haben. Ich hämmerte auf die Tasten ein, dann legte ich meinen Kopf darauf und weinte. Das Problem war, dass ich nicht wusste, wem meine Trauer galt. Vielleicht meiner Mutter. Vielleicht dem Verlust einer Mutter, die ich nie gehabt hatte. Vielleicht meiner Kindheit. Vielleicht meinem ganzen Leben.

Da fiel mir plötzlich etwas ein. Ich ging in die Knie und schob den Kopf unter die Klavierbank. Es war immer noch da. Charles hatte es mit schwarzem Stift geschrieben:

Charles Churchers Klavier

Fünf Jahre später hatte ich darunter geschrieben:

Du kannst es haben.

Ich erhob mich, schloss den Deckel und anschließend die Haustür und fuhr zurück ins Hotel.

KAPITEL

10

Mittwoch, 14. Dezember

Am nächsten Morgen wachte ich gegen neun auf. Ich hatte auf dem Rückweg ins Hotel beschlossen, das Klavier zu behalten, also machte ich mich im Internet auf die Suche nach einem Spediteur, der sich mit Instrumenten auskannte. Die ersten beiden lehnten ab, als ich ihnen Coeur d'Alene als Ziel nannte, der dritte war froh über die Arbeit.

Ich fuhr früh los. Es war ein herrlicher Tag, und der Himmel war so blau wie das karibische Meer. Ich nutzte den Starbucks-Drive-in und kaufte einen großen Kaffee und einen Blaubeer-Scone, bevor ich mich auf den Weg zum Haus machte.

Zum ersten Mal, seit ich nach Salt Lake gekommen war, wirkte die Nachbarschaft lebendig. Leute schaufelten ihre Zugangswege frei oder schoben Schneefräsen die Einfahrt entlang, und ein Mann befreite sein Auto mit einem Besen vom Schnee.

Die Schuhabdrücke vom Vortag waren vereist – konserviert wie Fossilien. Ich trat ins Haus und machte im Flur weiter. Jetzt, wo der Teppich an manchen Stellen wieder zu sehen war, erinnerte ich mich an ihn. Er war flauschig, avocadogrün und schon vor meiner Geburt aus der Mode geraten. Man sagt zwar, dass alles wieder in wird, wenn man nur lange genug wartet, aber es wird wohl noch viele Jahre dauern, bis Avocadogrün wieder zur Trendfarbe wird.

Nach mehreren Stunden stieß ich auf die Kartons mit dem Weihnachtsschmuck, der mir als Kind immer magisch erschienen war. Und auch jetzt ging ein gewisser Zauber davon aus, weshalb ich die Kartons nicht in den Container warf, sondern jeden einzelnen Schatz herausnahm und vorsichtig auswickelte. Ein Karton enthielt Weihnachtsschallplatten, und die Auswahl war so mannigfaltig wie die Weihnachtszeit an sich. Vince Guaraldis *A Charlie Brown Christmas*, Kenny Gs *Miracles*, Bing Crosbys *White Christmas*, *Christmas Portrait* von den Carpenters, *A Fresh Aire Christmas*, Nat King Coles *The Christmas Song*, *The Perry Como Christmas Album* und Herb Alberts *Christmas Album*.

Ich wühlte weiter, bis ich den alten Plattenspieler meiner Mutter gefunden hatte. Es war eine halbe Ewigkeit her, seit ich einen Plattenspieler bedient hatte. Zwar waren alte Vinyl-Schallplatten wieder en vogue und ich hatte immer mal überlegt, mir ein paar Alben zu kaufen, aber es hatte sich nie ergeben.

Ich wischte den Staub vom Plattenspieler und steckte den Stecker in die Dose. Der braune filzbedeckte Plattenteller drehte sich. Ich stellte sicher, dass die Geschwindigkeit 33 rpm betrug – keine Ahnung, warum ich mich daran erinnern konnte –, nahm *A Charlie Brown Christmas* aus der Hülle und legte die Platte auf den Teller. Ich zählte die Nummer der Songs anhand der Rillen in der Platte und setzte die Nadel vorsichtig auf Track vier. Als die vertraute Melodie von »Linus und Lucy« erklang, huschte ein Lächeln über mein Gesicht. Selbst in schwierigen Zeiten hatte Weihnachtsmusik immer auch etwas Heilendes.

Am Nachmittag klingelte mein Handy. Es war Laurie. Ich machte die Musik leiser und hob ab.

»Was gibt's?«

»Du bist auf Platz vier«, sagte sie.

»Platz vier von was?«

Sie hielt einen Moment lang inne. »Das soll ein Scherz sein, oder? Platz vier der Bestsellerliste, du Dummerchen.«

Die Liste hatte ich vollkommen vergessen. »Wow. Es ist schon wieder Mittwoch.«

»Ja, es ist Mittwoch. Es gibt eine neue Liste, und du bist auf Platz vier.«

»Super«, murmelte ich.

»Was ist los?«

»Ich räume auf.«

»Ich weiß, dass du aufräumst, aber was hast du mit dem Autor angestellt, den ich vertrete? Du hast mir letzte Woche mehr oder weniger den Kopf abgerissen, als ich dir erzählt habe, dass du auf Platz drei bist. Ich habe eine halbe Stunde gebraucht, um den Mut aufzubringen, dich anzurufen. Ich war darauf vorbereitet, dich wieder auf den Boden zu holen. Ich wollte dir sagen, dass du nur deshalb einen Platz verloren hast, weil drei weitere große Nummern Bücher veröffentlicht haben. Unter anderem Danielle Steele.«

»Kein Problem«, meinte ich.

»Du machst mich fertig.« Eine erneute Pause. »Ist das … Weihnachtsmusik im Hintergrund?«

»Ja.«

»Dann bist du also fertig?«

»Fast.«

»Was soll das heißen?«

»*Fast* heißt beinahe, in etwa, annähernd …«

»Ich weiß, was das Wort bedeutet. Ich will wissen, was es unter diesen speziellen Umständen heißt.«

»Ich habe nur noch das Wohnzimmer, dann bin ich fertig. Die Spediteure kommen am Freitag und holen das Klavier.«

»Du behältst es.«

»Ja. Es ist ein Steinway.«

»Kennst du überhaupt jemanden, der Klavier spielt?«

»Ich spiele Klavier.«

»Ein weiteres Geheimnis aus der Vergangenheit. Dann wartest du also die Möbelpacker am Freitag ab und fliegst anschließend nach Hause?«

»Ich *fahre* nach Hause.«

Sie stöhnte. »Das hatte ich vergessen. Dein Verlag macht mich verrückt wegen des neuen Vertrags. Ich wollte dich überreden, dass du direkt nach New York fliegst, bevor du nach Hause zurückkehrst. Aber das wird wohl nichts.«

»Ich kann von Spokane aus hinfliegen. Ich brauche nur ein paar Tage, um mich zu sammeln.«

»Dann gebe ich ihnen ein definitives Vielleicht für nächste Woche«, meinte sie. »Aber zurück zu dir. Wie geht es dir?«

»Gut.«

»Etwas Interessantes gefunden?«

»Ich habe eine Menge interessante Dinge gefunden.«

»Hast du gefunden, wonach du gesucht hast?«

»Es wäre hilfreich, wenn ich wüsste, wonach ich suche. Aber nein. Nicht wirklich. Vielleicht gibt es nichts zu finden.«

»Okay«, meinte sie. »Vergiss mich nicht.«

»Niemals. Ciao.«

»Ciao.«

Ich legte mein Handy auf die Klavierbank und drehte

die Weihnachtsmusik wieder lauter. Ich hörte mich durch alle Alben und war gerade bei Karen Carpenter und ihrem »Christmas Song« angelangt, in dem sie davon sang, wie die Maronen über dem offenen Feuer brieten, als jemand an die Tür klopfte. Ich machte die Musik leiser, ging zur Tür und öffnete sie.

Ich hatte Elyse erwartet, doch stattdessen stand eine junge Frau vor mir. Sie war in etwa in meinem Alter, vielleicht ein paar Jahre jünger. Sie war hübsch, hatte mandelförmige Augen und dunkelbraune Haare, die unter einer weinroten Strickmütze hervorquollen. Sie trug einen langen Schal und zur Mütze passende Handschuhe. Irgendetwas an ihr kam mir bekannt vor.

»Tut mir leid, wenn ich störe«, sagte sie mit unsicherer Stimme. »Aber wohnt hier die Familie Churcher?«

»Ja. Was kann ich für Sie tun?«

Sie sah mich nervös an. Schwer zu sagen, ob sie vor Kälte oder vor Aufregung zitterte. Ich kannte dieses Verhalten von meinen Signierstunden und ging davon aus, dass es sich um einen Fan handelte. Ich fragte mich, wie sie mich hier gefunden hatte.

»Sind Sie Jacob Churcher?«

Auf jeden Fall ein Fan, dachte ich. »Ja.«

»Dann war Ruth Carole Churcher Ihre Mutter?«

»Ja.«

»Gut«, meinte sie. »Mein Name ist Rachel Garner. Ich …« Sie zögerte. »Es tut mir leid, ich bin etwas durcheinander. Ich versuche schon so lange, jemanden anzutreffen, und ich habe nicht damit gerechnet, dass tatsächlich jemand aufmacht.«

Ich betrachtete sie neugierig. »Zu wem wollen Sie denn?«

»Ich bin auf der Suche nach meiner Mutter. Stimmt es, dass Ihre Familie schon seit dreißig Jahren in diesem

Haus wohnt?«

»Seit mehr als fünfunddreißig Jahren. Ich wurde hier geboren.«

Sie nickte. »Wissen Sie vielleicht, ob vor dreißig Jahren eine junge Frau hier gelebt hat? Sie war schwanger.«

»Eine schwangere Frau?«, sagte ich. »Nein.«

Sie senkte sichtlich deprimiert den Blick. »Wäre es möglich, dass Sie sich nicht erinnern?«

»Ich war damals in etwa vier, aber es klingt wie etwas, an das ich mich erinnern würde.«

Sie wirkte noch deprimierter. Gerade so, als hätte ich ihr das Herz gebrochen.

»Kommen Sie doch rein«, schlug ich vor. »Es ist kalt.«

»Danke.«

Sie trat ins Haus und schloss die Tür hinter sich. Ihr Gesichtsausdruck verriet mir, dass sie der Zustand des Zimmers überraschte.

»Hier herrscht das totale Chaos, ich weiß«, gab ich zu. »Ich wusste nicht, dass meine Mutter ein Messie war. Ich räume gerade auf. Ich würde Ihnen ja einen Stuhl anbieten, aber ...« Ich deutete auf einen Stapel Kartons, unter denen ich das Sofa vermutete. »Das ist die einzige Sitzmöglichkeit.«

»Schon in Ordnung«, erwiderte sie. »Stehen macht mir nichts aus. Danke, dass Sie sich die Zeit nehmen. Es ist sicher gerade sehr schwierig für Sie.«

»Schwierig?«

Sie runzelte die Stirn. »Es tut mir leid, aber ist nicht gerade erst Ihre Mutter gestorben?«

»Ja. Natürlich.« Es war mir peinlich, dass ich nicht die übliche Trauer verspürte.

»Es tut mir leid«, wiederholte sie.

»Wir standen uns nicht sehr nahe.«

»Dann tut mir auch das leid«, sagte sie. Sie rieb ihre

Hände aneinander. »Es ist so kalt in Salt Lake.«

»Kommen Sie nicht aus der Gegend?«

»Nein. Ich wohne in St. George. Wohnen Sie hier?«

»Ich wurde hier geboren, aber ich wohne in Coeur d'Alene.«

Sie betrachtete mich traurig.

»Darf ich Ihnen den Mantel abnehmen?«

»Ja. Danke.«

Ich half ihr aus dem Mantel und trug ihn zur Klavierbank, eine der wenigen sauberen Ablageflächen im Zimmer. »Waren Sie gestern auch hier?«, fragte ich und dachte an die Schuhabdrücke im Schnee.

Sie nickte. »Am Nachmittag. Ich dachte, ich versuche es noch einmal, nachdem der Sturm vorbei war.«

»Woher wissen Sie, dass meine Mutter tot ist?«

»Ich habe vor ein paar Wochen die Todesanzeige in der Zeitung gesehen und dachte, vielleicht kommt jemand von den Erben vorbei, und ich finde ein paar Antworten.«

Etwas an der Art, wie sie das sagte, weckte mein Interesse. Vielleicht war es ihre Verletzlichkeit. Oder ihre Schönheit.

»Die Küche habe ich bereits sauber gemacht. Wir können uns dorthin setzen.« Ich führte sie in die Küche, zog einen Stuhl für sie heraus und setzte mich ihr gegenüber. »Rachel, nicht wahr?«

»Ja, Rachel.«

»Warum glauben Sie, dass Ihre Mutter hier war?«

»Mir wurde gesagt, dass sie hier gewohnt hat, als ich geboren wurde.«

»Sind Sie sicher, dass Sie hier richtig sind?«

»Ziemlich sicher. Scott und Ruth Churcher?«

»Ja, das sind meine Eltern.«

»Ich vermute, dass meine Mutter – meine leibliche Mutter – bei den beiden gewohnt hat. Ich wurde als Baby adoptiert und vor ein paar Jahren habe ich beschlossen, mich auf die Suche nach meiner Mutter zu machen. Ich wandte mich an die Adoptionsstelle, aber meine Unterlagen sind versiegelt. Sie haben meiner Mutter einen Brief geschickt, um zu sehen, ob sie Interesse an einem Treffen hat, aber sie hat nicht geantwortet. Ich weiß nicht, ob sie nicht mehr lebt, oder ob sie einfach nichts mit mir zu tun haben will. Vor etwa vier Jahren hat mir schließlich eine Freundin ihren neuen Freund vorgestellt. Er arbeitete für das Meldeamt. Ich fragte, ob er mir irgendwie helfen könnte, und er versprach, sich die Akte anzusehen. Ein paar Tage später rief er an. Er sagte mir, was ich bereits wusste, nämlich dass die Akte versiegelt sei. Er konnte mir keine weiteren Informationen geben, sonst hätte er seinen Job verloren und eine Zivilklage riskiert. Ich fand mich damit ab, dass ich einfach Pech hatte, doch dann erzählte er mir etwas, das ich noch nicht wusste. Meine leibliche Mutter war erst siebzehn und nicht verheiratet, als sie schwanger wurde. In der Akte stand, dass sie bei einer Familie namens Churcher untergekommen war. Ich schätze, sie wurde von ihren Eltern rausgeworfen, als herauskam, dass sie schwanger war.«

Ich sah sie neugierig an. »In welchem Jahr war das?«

»Ich wurde 1986 geboren.«

Ich dachte einen Moment lang nach. »Da war ich erst drei oder vier Jahre alt. Vielleicht habe ich es wirklich vergessen. Es war auch eine sehr traumatische Zeit für mich. In diesem Jahr ist mein Bruder gestorben.«

»Das tut mir leid.«

»Kennen Sie den Namen Ihrer Mutter?«

Sie runzelte die Stirn. »Nein.«

»Nein, natürlich nicht. Aber meine Mutter hätte ihn gekannt. Schade, dass Sie nicht zu ihren Lebzeiten hergekommen sind.«

»Eigentlich war ich hier. Ich bin mindestens ein Dutzend

Mal hergefahren und habe geklingelt, aber es hat niemand aufgemacht. Ich habe gemerkt, dass jemand zu Hause war, aber...« Sie seufzte. »Ich habe sogar die Telefonnummer ausfindig gemacht und angerufen, aber es hat niemand abgehoben.«

Es überraschte mich nicht, dass meine Mutter nicht ans Telefon gegangen war. Das hatte sie schon kaum getan, als ich noch bei ihr gewohnt hatte, und es schien, als hätte sie sich in den letzten Jahren noch mehr zurückgezogen.

»Als ich die Todesanzeige Ihrer Mutter sah, dachte ich, dass vielleicht jemand herkommen und sich um das Haus kümmern würde.«

»Und dass Sie jemanden finden, der Ihre Mutter kannte.«

Sie nickte. »Das habe ich zumindest gehofft.«

Ich atmete tief durch. »Es tut mir leid. Ich wünschte, ich könnte Ihnen helfen.«

Tränen stiegen in ihre Augen. Sie senkte einen Moment lang den Blick, dann meinte sie: »Haben Sie Geschwister oder Verwandte, die vielleicht etwas wissen könnten?«

»Ich hatte nur meinen Bruder, und meine Mutter war ein Einzelkind.«

»Was ist mit Ihrem Vater?«

»Das ist eine weitere Sackgasse. Ich habe keinen Kontakt zu ihm. Ich weiß nicht einmal, wo er wohnt.«

Sie wischte sich eine Träne von der Wange. »Es tut mir leid.« Ich merkte, dass sie immer emotionaler wurde, und noch mehr Tränen stiegen in ihre Augen. Plötzlich erhob sie sich. »Ich habe schon genug Ihrer Zeit verschwendet. Entschuldigen Sie bitte, dass ich Sie belästigt habe.«

»Moment«, sagte ich, denn mir war gerade ein Gedanke gekommen. »Es gibt da eine ältere Frau in der Nachbarschaft. Sie war die beste Freundin meiner Mutter. Sie hat schon vor meiner Geburt hier gewohnt. Vielleicht weiß sie etwas. Sie wohnt nur ein paar Häuser weiter.«

Ihr Gesicht hellte sich auf. »Könnten Sie sie fragen?«

»Wir könnten sofort zu ihr gehen.«

»Danke.«

Ich half ihr in den Mantel und holte meinen eigenen, dann verließen wir das Haus.

»Vorsicht«, warnte ich. »Es ist alles voller Eis.«

»Ich weiß. Ich bin vorhin hingefallen, als ich über den Schnee klettern musste. Gott sei Dank hat mich niemand gesehen.«

Wir gingen die Einfahrt hinunter, und ich half ihr über die Schneewehe, bevor ich selbst hinüberkletterte. Wir überquerten die Straße und gingen zu Elyses Haus. Ich klingelte und hörte die Glocke im Haus, doch niemand kam an die Tür. Rachel klopfte mit ihrer behandschuhten Hand.

Ich sah sie an und lachte. »Das war in etwa so laut, wie wenn ein Kätzchen in ein Kissen fällt.«

»Netter Vergleich«, meinte sie.

»Das ist mein Job. Ich bin Schriftsteller.« Ich klingelte erneut und klopfte lauter, doch nichts passierte.

»Was schreiben Sie?«, fragte Rachel.

»Bücher.«

»Toll«, meinte sie. »Kann man davon leben?«

Ich lächelte. »Manche schon. Ich komme ganz gut zurecht.«

»Ich bewundere Menschen, die alle Vorsicht über Bord werfen und ihre Träume verwirklichen.«

»Das mache ich jeden Tag.« Es war schön, dass sie keine Ahnung hatte, wer ich war.

»Sehen Sie«, sagte sie und kehrte damit zum eigentlichen Grund unseres Besuchs zurück. »Es ist nur eine Reifenspur in der Einfahrt. Sie muss fortgefahren sein.«

»Gute Beobachtungsgabe. Ich denke, wir können gehen.«

Wir kehrten ins Haus meiner Mutter zurück. Ich schlüpfte aus meinem Mantel und meinte: »Wissen Sie was? Geben Sie mir doch Ihre Telefonnummer und ich rufe Sie an, wenn ich mit Elyse gesprochen habe.«

»Danke. Haben Sie etwas zum Schreiben?«

»Ich gebe sie gleich in mein Handy ein.« Ich tippte die Nummer ein. »Ich nehme an, dass sie wohl nicht sehr lange hier sein werden …«

Sie sah mich missmutig an. »Nein, ich muss am Samstag zurück nach St. George.«

»Die Arbeit?«

»Nein. Ich bin gerade auf der Suche nach etwas Neuem.«

»Was machen Sie denn beruflich?«

»Ich war Zahnarztassistentin, aber mein Boss ist in Rente gegangen. Ich glaube nicht, dass es schwer sein wird, etwas Neues zu finden, aber ich dachte, solange ich keinen Job habe, kann ich mir die Zeit nehmen und meine Suche fortsetzen. Allerdings ist mein Verlobter schon ziemlich genervt. Er hält mich für verrückt.«

Die Tatsache, dass sie verlobt war, störte mich. »Ihr Verlobter?«

»Ja. Brandon. Wir haben endlich ein Datum fixiert und werden kommenden April heiraten. Er macht sich Sorgen, dass ich nicht genug arbeite und zu wenig Geld spare.«

Ich nickte bloß.

»In Wahrheit hält er die ganze Sache für reine Zeitverschwendung.«

»Die *ganze Sache*?«

»Die Suche nach meiner Mutter. Er meint: ›Irgendwann findest du sie, und was dann? Es ist ja nicht so, dass es etwas ändern wird. Und was sagst du überhaupt zu ihr: Hi, ich bin das Baby, das du nicht haben wolltest?‹ Er ist eben ziemlich pragmatisch.«

Pragmatisch war nicht das Wort, das mir dazu einfiel.

»Und was *würden* Sie zu ihr sagen?«

»Ich weiß es nicht. Ich denke, wenn es soweit ist, werde ich es wissen.« Unsere Blicke trafen sich, und ich konnte nicht glauben, wie wunderschön sie war. »Das klingt vermutlich dumm, oder?«

»Nein, ich verstehe, warum Sie sie finden wollen. Es ist derselbe Grund, warum Millionen Menschen Ahnenforschung betreiben. Sie suchen nach Hinweisen darauf, wer sie sind. Aus demselben Grund räume ich gerade das Haus meiner Mutter aus.«

Ihr Gesicht entspannte sich. »Danke für Ihr Verständnis. Ich dachte langsam selbst, ich wäre verrückt.«

»Es tut mir leid, dass Ihnen Ihr Verlobter dieses Gefühl gibt. Das ist nicht richtig.« Ich stieß die Luft aus. »Okay, ich mache mich jetzt besser wieder an die Arbeit.«

Sie sah sich um. »Brauchen Sie Hilfe?«

Ich musterte sie überrascht. »Sie bieten an, mir beim Aufräumen dieses Schweinestalls zu helfen?«

Sie zuckte mit den Schultern. »Warum nicht? Heute muss ich zwar weiter, aber morgen hätte ich Zeit. Und wenn Ihre Nachbarin nach Hause kommt, können wir mit ihr reden.«

Ich war mir nicht sicher, warum sie mir dieses Angebot machte, aber mir gefiel der Gedanke, sie um mich zu haben.

»Ich wäre ein Idiot, wenn ich ablehnen würde.«

Sie lächelte. »Dann also morgen. Wann fangen wir an?«

»Ich bin für gewöhnlich um zehn hier.«

»Ich werde da sein.« Sie lächelte. »Aber jetzt gehe ich besser.«

Ich folgte ihr zur Tür und öffnete sie für sie. Sie sah mir in die Augen und wirkte mit einem Mal wieder sehr verletzlich. »Danke, dass Sie sich solche Mühe machen. Ich weiß nicht, warum Sie es tun, aber danke.«

»Es ist mir ein Vergnügen. Ich freue mich auf morgen.«

»Ich mich auch. Auf Wiedersehen.«

Sie tastete sich vorsichtig den eisigen Weg entlang und kletterte ungelenk über den Schnee. Ich sah von der Tür aus zu, wie sie zu ihrem Auto ging. Bevor sie einstieg, drehte sie sich noch einmal um. Sie lächelte und winkte. Ich winkte zurück. Sie war irgendwie anders als die Frauen, die ich bisher kennengelernt hatte. Irgendetwas an ihr fühlte sich vertraut an.

KAPITEL

11

✳

Es war unfassbar, was meine Mutter alles aufbewahrt hatte. Altes Geschirr, halb fertige Häkelarbeiten, stapelweise Magazine zu allen möglichen Themen, Taschenbücher (keine von meinen), Achtspurkassetten, eine Hula-Tänzerin aus Porzellan. Es war wie auf einem Flohmarkt im Drogenrausch.

Ich erfuhr Dinge über meine Mutter, von denen ich bis jetzt keine Ahnung gehabt hatte. Zum Beispiel hatte sie die größte Zaubertrollsammlung, die ich je gesehen hatte. Sie umfasste ganze drei Kartons. Die Puppen waren wie neu, und ich wollte sie nicht wegwerfen, also stapelte ich die Behälter im Flur, um sie später einem Wohltätigkeitsverein zu spenden.

Ich hatte das Mittagessen ausfallen lassen und wollte mir gerade etwas für den Abend holen, als es erneut an der Tür klopfte. Dieses Mal war es Elyse. Sie hatte auch heute etwas zu Essen dabei. »Ich bringe dir Abendessen«, meinte sie.

»Kommen Sie rein«, erwiderte ich und trat einen Schritt beiseite.

Sie ging auf direktem Weg in die Küche und stellte das Essen auf den Tisch. »Ich komme gerade von einer Beerdigung. In meinem Alter ist das mehr oder weniger der einzige Grund, um unter die Leute zu kommen. Ich habe bei der Vorbereitung des Traueressens geholfen. Es gab das übliche Zeug: Brathähnchen, Beerdigungskartoffeln, grüne Götterspeise mit geschabten Karotten, Erdbeersalat und Kartoffelbrötchen. Die waren allerdings aus dem Laden und nichts Besonderes.«

»*Beerdigungskartoffeln?*«, fragte ich.

»Ja, grauenhafter Name, ich weiß«, meinte sie. »Es klingt, als würde man sie aus einem Sarg essen. Aber sie sind köstlich.«

»Jetzt bin ich aber neugierig. Was ist das genau?«

»Nichts Ausgefallenes. Ein traditionelles Gericht der Mormonen. Die Kartoffeln werden gerieben, mit einer Mischung aus saurer Sahne, Hühnersuppe und Käse übergossen und mit Cornflakes bestreut.«

»Cornflakes?«

»Cornflakes«, bestätigte sie, während sie sich im Zimmer umsah. »Du machst Fortschritte.«

»Langsam. Das Wohnzimmer ist mehr Arbeit als erwartet.«

»Dafür bräuchtest du einen eigenen Container.«

»Wenigstens habe ich einen alten Plattenspieler und einige Schallplatten gefunden.«

Sie lächelte. »Wie aufregend! Alte Musik wiederzufinden, ist wie einen alten Freund wiederzutreffen, nicht wahr?«

Ich nickte. »Der Vergleich gefällt mir. Macht es Ihnen etwas aus, wenn ich esse?«

»Um Himmels willen, nein. Deshalb habe ich es ja mitgebracht.«

Ich holte einen Teller und Besteck, richtete etwas von dem Essen an und trug es zum Tisch. »Wollen Sie auch etwas?«

»Du meine Güte, nein. Ich habe den ganzen Tag lang gegessen.«

»Jedenfalls danke, dass Sie an mich gedacht haben.«

Sie wartete, bis ich mich gesetzt hatte, dann fragte sie: »Wie läuft es?«

»Es dauert länger als vermutet.«

»Ich weiß. Als du am Anfang gesagt hast, dass du nur ein paar Tage hier sein wirst, habe ich mich gefragt, ob du überhaupt weißt, worauf du dich einlässt.«

Ich hob die Gabel an den Mund. »Beerdigungskartoffeln?«

Sie nickte. »Beerdigungskartoffeln.«

Ich nahm einen Bissen. Es schmeckte lecker. »Na ja, wenigstens bleibt mir der Garten erspart.«

»Deine Mutter hat bis vor wenigen Jahren viel Zeit draußen verbracht. Ich glaube, das Gärtnern war eine Art Therapie. Ihr Garten war wunderschön. Aber dann hat sie mit einem Mal das Haus nicht mehr verlassen. Und danach …« Sie brach ab.

»Die Feuerdornhecke wuchert wie verrückt.«

»Aber die roten Beeren sehen im Schnee so hübsch aus, nicht wahr? Im Frühling bekommen die Vögel immer einen Schwips, wenn sie davon fressen.«

»Vögel können betrunken sein?«

»Sie kugeln herum wie Seemänner auf Landgang. Es ist irgendwie witzig anzusehen«, erklärte Elyse. »Und im Sommer, wenn die Blumen langsam vertrocknen, sind die Beeren gut für die Bienen.«

»Meine Mutter hat mich einmal hinausgeschickt, um Beeren zu pflücken. Sie wollte Marmelade kochen«, erzählte ich. »Ich weiß nicht, ob es Absicht war oder nicht, aber sie hat sich nicht die Mühe gemacht, mir zu sagen, dass die Beeren giftig sind. Glücklicherweise waren sie bitter und schmeckten scheußlich, sodass ich nur eine Handvoll aß und mich bloß übergeben musste.« Elyse runzelte die Stirn. »Das war sicher nicht mit Absicht«, meinte sie sanft. »Ich habe auch mal Marmelade aus den Beeren gekocht. Wenn man es richtig macht und genug Zucker dazugibt, schmeckt es wie Apfelmarmelade, und die Hitze neutralisiert das Gift. Mit ausreichend Zucker wird alles genießbar.«

»Apropos genießbar. Das hier ist sehr lecker.«

»Schön, dass es dir schmeckt. Ich habe vorhin vergessen, dir zu sagen, dass auch noch ein Stück Apfelkuchen im Karton ist. Ich habe ihn in Folie gewickelt. Ich musste eigens ein Stück für dich abzweigen, sonst hätte es jemand anderes verdrückt. Beerdigungen machen die Menschen offenbar hungrig.«

Ihre Aufmerksamkeit mir gegenüber überraschte mich. »Ich liebe Apfelkuchen. Danke, dass Sie auch hier an mich gedacht haben.«

»Gerne«, erwiderte sie. »Also, du warst vorhin bei mir zu Hause?«

Ich hob den Blick. »Woher wissen Sie das?«

»Meine Nachbarn haben viel zu viel Zeit. Sie meinten, du wärst mit einer jungen Dame unterwegs gewesen.«

»Ja, das ist richtig.«

»Mit solchen Nachbarn braucht man keine Überwachungskameras. Wenn ihr mit dem Auto gekommen wärt, hätten sie sogar die Autonummer für mich notiert. Hättest du etwas gebraucht?«

»Ich wollte Sie etwas fragen. Ich weiß nicht, ob Sie sich noch erinnern, aber hat vielleicht eine junge schwangere Frau bei uns gewohnt, als ich noch klein war?«

Sie runzelte die Stirn. »Eine schwangere Frau? Nein.« Sie schüttelte langsam den Kopf. »Ich kann mich natürlich täuschen, aber meiner Meinung nach wart ihr immer nur zu viert.« Ihre Antwort machte mich traurig. »Warum fragst du?«

»Die junge Frau, die bei mir war, glaubt, dass ihre Mutter hier gewohnt hat, als sie mit ihr schwanger war. Jetzt ist sie auf der Suche nach jemanden, der sich an sie erinnern kann.«

Plötzlich veränderte sich Elyses Gesichtsausdruck. »Jetzt, wo ich so darüber nachdenke, fällt es mir wieder ein! Es war tatsächlich einmal eine junge Frau bei euch. Sie war hübsch und hatte dunkle, beinahe schwarze Haare. Ich glaube, sie kam einige Monate, bevor dein Bruder starb.«

»Warum war sie bei uns?«

»Keine Ahnung. Vielleicht war ihre Familie sehr religiös und hat sich für sie geschämt. Das kam damals häufig vor. Sie war bis zur Geburt hier, kurz darauf ist sie ohne das Baby fortgegangen. Ich habe sie nie wieder gesehen. Ich weiß nicht, wie ich das vergessen konnte. Aber es war damals eine schwierige Zeit.«

»Erinnern Sie sich an ihren Namen?«

Sie runzelte erneut die Stirn, dann meinte sie. »Nein, dafür ist es zu lange her. Ich habe sie nicht oft gesehen. Sie ging selten aus dem Haus und nur in der Nacht. Als müsste sie sich verstecken. Ich habe sie meistens nur zu Gesicht bekommen, wenn sie die Tür geöffnet hat. Sie hat im Haushalt geholfen, den Abwasch gemacht, das Essen gekocht … und sich um dich gekümmert.« Sie sah mich an. »Dein Vater weiß sicher Bescheid. Ist es wichtig?«

»Ja, für meine Freundin schon.«

»Du könntest deinen Vater einfach anrufen.«

Der Gedanke, dass so etwas möglich sein sollte, war seltsam. Im Irrenhaus meiner Kindheit und Jugend war er mir immer wie eine mystische Kreatur erschienen.

»Ich habe nicht mehr mit ihm gesprochen, seit er fort ist. Ich weiß nicht einmal, wo er wohnt.«

»In Mesa, Arizona. Das ist ein Vorort von Phoenix.«

»Dort war ich schon einmal«, sagte ich. »Mehrmals sogar. Auf meinen Lesereisen. Es gibt einen bekannten Buchladen in Scottsdale, das ist ganz in der Nähe.« Ich fragte mich, wie nahe ich meinem Vater unwissentlich bereits gekommen war.

»Ich habe seine Telefonnummer und die Adresse«, erklärte Elyse. »Ich habe mich auf der Beerdigung deiner Mutter mit ihm unterhalten. Da hat er mir die Nummer gegeben. Er hat mich gebeten, mich bei ihm zu melden, falls du hier auftauchst.«

Ich weiß nicht, was mich mehr überraschte. Dass er auf der Beerdigung meiner Mutter gewesen war, oder dass er nach mir gefragt hatte. »Und haben Sie sich bei ihm gemeldet?«

»Noch nicht. Ich wollte zuerst mit dir reden.«

»Darf ich die Nummer haben?«

»Natürlich. Ich habe mein Handy nicht dabei, aber wenn du mir deine Nummer gibst, rufe ich dich später an und gebe sie dir. Ich habe zwar eines dieser neuen Smartphones und könnte die Nummer auch mit dir teilen, aber ich habe keine Ahnung, wie das funktioniert. Also rufe ich lieber an.«

»Ich schreibe Ihnen meine Nummer auf.« Ich ging zum Küchenschrank, griff nach einem Kugelschreiber, den ich dort abgelegt hatte, und notierte meine Handynummer. »Bitte sehr«, sagte ich und gab sie ihr.

Sie betrachtete den Zettel mit einem Lächeln. »Jacob Churchers Privatnummer. Glaubst du, ich kann sie auf eBay versteigern?«

Ich grinste. »Wenn Sie meinen, versuchen Sie es ruhig.«

Sie lachte. »Du bist immer noch entzückend. Aber ich gehe jetzt besser. Ich war den ganzen Tag auf den Beinen und sollte sie langsam mal hochlegen.«

Ich begleitete sie zur Tür. »Danke fürs Abendessen«, sagte ich. »Und für die Informationen.«

»Sehr gerne. Hast du dich jemals gefragt, ob gewisse Leute aus einem bestimmten Grund in unser Leben treten?«

»Nein, nicht wirklich.«

»Nun, dann solltest du vielleicht einmal darüber nachdenken.« Sie wandte sich ab, trat hinaus, und ich schloss die Tür hinter ihr.

Meine Gedanken rasten. Warum konnte ich mich nicht an Rachels Mutter erinnern? Andererseits war ich noch sehr jung gewesen und es hatte andere Dinge gegeben, die mich beschäftigt hatten. Dann kam mir ein Gedanke. *War es möglich, dass sie die Frau war, von der ich träumte? Wirkte Rachel deshalb so vertraut?*

Nachdem ich aufgegessen hatte, wusch ich das Geschirr und ging zurück ins Wohnzimmer, um zu überlegen, ob ich mich noch einmal ins Chaos stürzen oder es für heute gut sein lassen sollte. Kurz darauf erhielt ich eine Nachricht von Elyse mit der Telefonnummer und der Adresse meines Vaters. Hatte sie es also doch herausgefunden, wie man Dinge verschickt.

Als ich die Adresse sah, spürte ich das starke Verlangen, ihn zu sehen, und auf dem Weg ins Hotel spielte ich mit dem Gedanken, nach Arizona zu fahren.

In dieser Nacht träumte ich erneut von der Frau. Dieses Mal war der Traum so real wie noch nie zuvor. Ich spürte ihre sanften Hände auf meinem Gesicht. Ihre Lippen, die mir einen Kuss auf die Wange drückten. Ich weinte. Ich weiß nicht warum, aber Tränen flossen über meine Wangen. Und sie redete sanft auf mich ein und sagte mir, dass alles gut werden würde.

KAPITEL

12

Donnerstag, 15. Dezember

Schon beim Aufwachen freute ich mich darauf, Rachel zu erzählen, was ich über ihre Mutter herausgefunden hatte. Zumindest nahm ich an, dass ich deshalb so aufgeregt war. Es war eine Weile her, seit ich mich darauf gefreut hatte, eine Frau wiederzusehen – egal, ob verlobt oder nicht.

Ich kam früher als vereinbart beim Haus an, obwohl ich auf dem Hinweg noch zwei Café Latte geholt hatte. Rachels roter Honda Accord stand trotzdem bereits am Straßenrand vor dem Briefkasten. Als sie mich sah, machte sie den Motor aus und stieg aus. Sie hatte ebenfalls zwei Kaffeebecher dabei und lachte, als sie mich sah. »An Koffeinmangel werden wir sicher nicht leiden.«

Wir gingen ins Haus und trugen den Kaffee in die Küche.

»Ich wusste nicht, was Sie mögen«, meinte Rachel und schlüpfte aus ihrer Jacke. Sie trug Jeans und einen schwarzen Pullover mit V-Ausschnitt, der ihre zarte und doch kurvige Silhouette unterstrich. »Also habe ich etwas Süßes mitgenommen – nämlich Heiße Schokolade – und einen Kaffee Misto, falls Sie es lieber bitter mögen. Sie können sich etwas aussuchen. Ich mag beides.«

»Süß oder Bitter. Die Entscheidung sollte nicht allzu schwer fallen.« Ich griff nach dem Kaffee und sah sie an. Sie sah noch umwerfender aus, als ich sie in Erinnerung hatte. »Ich habe zwei Pumpkin Spice Latte mitgenommen.«

»Perfekt. Wenn wir das alles trinken, dann arbeiten wir

sicher schneller.«

»Bevor wir anfangen, muss ich Ihnen noch etwas erzählen. Am besten, Sie setzen sich.«

»Das ist aber ein ziemliches Klischee.« Sie nahm Platz und sah mich nervös an. »Ist es etwas Schlimmes? Habe ich etwas falsch gemacht?«

Die zweite Frage sagte wohl einiges über sie aus. »Nein. Ich habe gute Nachrichten. Die ältere Dame, von der ich Ihnen erzählt habe, kann sich an Ihre Mutter erinnern.«

Rachel stieß einen Schrei aus, rannte um den Tisch herum und umarmte mich. Nachdem wir uns voneinander gelöst hatten, sah sie mir in die Augen. »Was hat sie gesagt?«

»Sie weiß noch, dass wenige Monate vor dem Tod meines Bruders eine junge, schwangere Frau bei uns eingezogen ist.«

»Kann sie sich an den Namen erinnern?«

»Nein. Tut mir leid.«

Die Aufregung verpuffte. »Dann habe ich also immer noch nichts.«

»Aber sie meinte, mein Vater müsse den Namen kennen.«

»Sie sagten doch, das sei eine Sackgasse.«

»War es auch. Aber sie hat mir die Adresse und Telefonnummer meines Vaters gegeben. Er wohnt in Mesa, Arizona.« Ich holte tief Luft. »Ich überlege ernsthaft, nach Arizona zu fahren. Vielleicht wird es langsam Zeit, dass ich ihn mit der Vergangenheit konfrontiere. Ich könnte ihn auch nach Ihrer Mutter fragen.«

»Danke.« Sie senkte einen Moment den Blick, dann platzte sie heraus: »Darf ich mitkommen?«

Ich sah sie überrascht an. »Sie wollen mit mir nach Arizona fahren?«

»Ich würde gerne persönlich mit Ihrem Vater sprechen.«

»Und Ihr Verlobter wäre damit einverstanden?«

Sie runzelte die Stirn. »Ich müsste erst noch mit ihm reden. Er wird sicher nicht begeistert sein.«

»Sie suchen schon Ihr halbes Leben nach Ihrer Mutter. Warum sollte er sich nicht für Sie freuen?«

»Weil ich gesagt habe, dass ich heute nach Hause komme. Er ist nicht gerade spontan. Außerdem soll ich beim Kochen für eine Bürofeier helfen.« Sie seufzte missmutig. »Ich werde mit ihm reden. Aber in der Zwischenzeit haben wir noch jede Menge Arbeit vor uns. Kommen Sie.« Sie griff nach ihrem Kaffee und trat ins Wohnzimmer.

Jetzt, wo ich Hilfe hatte, wirkte der Anblick des Zimmers weniger entmutigend. Ein paar Minuten, nachdem wir begonnen hatten, meinte Rachel: »Das Klavier ist wunderschön. Ist es wirklich ein Steinway?«

Ich nickte. »Es ist wie die Perle in der Auster. Meine Mutter hat es von ihrem Onkel geerbt. Ich war noch sehr klein, als sie es bekam, und ich kann mich nicht mehr an die Zeit erinnern, als es nicht hier stand.«

»Können Sie spielen?«

»Ein wenig«, erwiderte ich. »Früher war ich richtig gut.«

»Spielen Sie mir etwas vor?«

»Okay.« Ich setzte mich auf die Bank und begann mit James Taylors »Fire and Rain«. Als ich fertig war, drehte ich mich auf der Bank zu ihr um. »Und?«

»Das war wunderschön. Ich liebe diesen Song.«

»Ich auch. Er hat Seele.«

»Wie Sie.«

Wir machten uns wieder an die Arbeit.

Ich stieß auf einige Kartons mit Klaviernoten, von denen ich mich an die meisten erinnern konnte. Ich befreite sie vom Staub und stellte sie neben das Klavier, damit der Spediteur sie ebenfalls mitnehmen konnte.

Ich fand noch mehr Schallplatten, die meine Eltern

immer gespielt hatte und mit denen ich praktisch auf-
gewachsen war. Die Soundtracks der Musicals *South Pa-
cific* und *Camelot* und Herb Alperts *Whipped Cream and
Other Delights*. Das Bild der jungen Frau auf dem Cover
hatte damals meine jugendlichen Hormone ganz schön
durcheinander gebracht. Ich hob das Album hoch und
zeigte es Rachel. »Kennen Sie das? Das Cover hat Kult-
status.«

Sie schüttelte den Kopf. »Nein, aber die Frau ist
hübsch. Können wir es uns anhören?«

»Klar.« Ich legte die Platte in den Plattenspieler und
der Klang von Blechbläsern erfüllte den Raum.

»Diese Musik macht mich glücklich«, sagte Rachel.

Ich lächelte beim Anblick der ungefilterten Freude auf
ihrem Gesicht.

Gegen dreizehn Uhr fuhr Rachel zu einem nahe gelegenen Deli, um uns Mittagessen zu holen. Ich füllte drei
weitere Müllsäcke, bis sie wieder da war. Als ich sie auf
die Haustür zukommen sah, öffnete ich sie für sie.

»Danke«, meinte sie und trat ins Haus. Sie trug das
Essen zum Küchentisch. »Tut mir leid, dass es so lange
gedauert hat. Die Schlange war riesig. Ich habe uns eine
Cola mitgenommen.« Sie reichte mir eine Flasche.

Wir setzten uns an den Tisch. Als ich den Blick hob,
sah ich, dass Rachel den Kopf zum Gebet gesenkt hatte.
Einen Augenblick später sah sie lächelnd auf.

»Beten Sie immer vor dem Essen?«, fragte ich.

»Ja, ich bedanke mich jedes Mal«, antwortete sie.

Ich konnte mich nicht erinnern, wann ich das letzte
Mal gebetet hatte.

Wir begannen zu essen. Nach einer Weile meinte

Rachel: »Ich habe Brandon angerufen, während ich vor dem Deli warten musste.«

»Und?«

»Er war nicht gerade begeistert.« Sie stöhnte leise. »Ehrlich gesagt ist das noch milde ausgedrückt. Er war sehr wütend. Er hat versucht, es mir auszureden.«

»Wegen mir?«

»Nein. Er will nicht, dass ich noch länger unterwegs bin. Und er macht sich Sorgen wegen der Benzinkosten.«

»Er macht sich Sorgen wegen der Benzinkosten, aber nicht, dass Sie mit einem anderen Mann nach Arizona fahren?«

Sie warf mir einen verlegenen Blick zu. »Ich habe ihm nichts von Ihnen erzählt.«

»Okay, dann macht er sich also Sorgen wegen der Benzinkosten, aber nicht darüber, dass sie *allein* von Bundesstaat zu Bundesstaat fahren?«

»Er macht sich sehr wohl Sorgen um mich«, erwiderte sie. »Männer können ihre Gefühle eben nicht so gut ausdrücken.«

»Sie sollten das nicht verallgemeinern. Die meisten Männer haben einen ausgeprägten Beschützerinstinkt.«

»Wenn Sie er wären, würden Sie sich Sorgen machen?«

»Wenn ich er wäre, würde ich mit Ihnen hinfahren.«

Sie stieß leise die Luft aus. »Nun, wir fahren auf jeden Fall. Um die Konsequenzen kümmere ich mich später. Ich hätte ihn gar nicht erst anrufen sollen. Es ist einfacher, um Vergebung als um Erlaubnis zu bitten.« Sie runzelte die Stirn. »Das Problem ist, dass ich leicht zu manipulieren bin, weil ich ständig ein schlechtes Gewissen habe. Wegen allem. Es ist wie ein tonnenschweres Gewicht, das auf mir lastet. Ich kann nicht einmal das letzte Plätzchen nehmen, ohne ein schlechtes Gewissen zu haben.« Sie schüttelte den Kopf. »Brandon ist ganz anders. Ich habe ihn einmal gefragt, warum er kein schlechtes Gewissen hat, und er hat nur gelacht.«

»Sind Sie sicher, dass Sie fahren wollen?«

»Ich muss. Und ich habe das Gefühl, dass ich mich nicht von ihm davon abhalten lassen darf. Wenn ich mir diese Chance entgehen lasse, würde ich es mir niemals verzeihen. Und ihm vielleicht auch nicht. Vielleicht würde ich ihn den Rest meines Lebens dafür hassen, und das wäre nicht gut für unsere Ehe.«

»Nein, das wäre es nicht«, meinte ich. »Die Fahrt dauert neun Stunden. Wenn wir um die Mittagszeit losfahren, sollten wir es bis zum Abend schaffen.«

»Wir können auch früher los.«

»Ja, aber ich kann hier nicht weg, bevor der Spediteur das Klavier geholt hat. Aber danach fahren wir sofort los.«

»Okay«, sagte sie. »Ich werde da sein.«

KAPITEL

13

✳

Um achtzehn Uhr hatten wir mehr als die Hälfte des Zimmers ausgeräumt. Zuletzt stießen wir auf die Puppensammlung meiner Mutter. Es waren etwa sechs Kartons voller Puppen, Kleider und Accessoires. Ich habe keine Ahnung, wann sie damit begonnen hatte, Puppen zu sammeln, aber nachdem sie lediglich zwei Söhne gehabt hatte, hatte sie sie wohl nur für sich selbst gekauft. Rachel meinte, dass sie die Puppen gerne haben würde, falls ich vorhätte, sie zu entsorgen.

Wir waren beide müde und hungrig, also ließen wir es gut sein und ich lud Rachel zum Abendessen in ein italienisches Restaurant ein, an dem ich einige Male vorbeigefahren war. Es musste ziemlich gut sein, denn der Parkplatz war immer voll.

Wir wurden zu einem kleinen Tisch in der Ecke geführt, auf dem eine Kerze brannte. Ich zog einen Stuhl für Rachel heraus und setzte mich ihr gegenüber. Sie wirkte nervös.

»Alles in Ordnung?«, fragte ich.

»Ja, mir geht es gut.« Doch als sie einen Blick in die Speisekarte warf, wurde sie noch unruhiger.

»Sind Sie sicher?«

Sie nickte wenig überzeugend.

»Ist es Ihnen unangenehm, mit mir in der Öffentlichkeit zusammen zu sein?«

Sie legte die Speisekarte beiseite. »Nein. Sonst hätte

ich nicht vorgeschlagen, mit einem Wildfremden auf einen Roadtrip zu gehen.«

»Ich bin kein Wildfremder.«

Sie grinste. »Nicht?«

»Mal ehrlich: Kennen wir überhaupt jemanden wirklich?«

Sie lachte. »Jetzt wird's tiefgreifend. Wir beide haben keine gemeinsame Geschichte.«

»Aber wir sind gerade zusammen durch mehrere Jahrzehnte gereist.«

»Das ist wahr.«

»Und wir mögen beide James Taylor.«

»Ja. Das sagt einiges.«

»Worüber machen Sie sich dann Sorgen?«

»Es ist nur, dass es hier sehr teuer ist. Vielleicht könnten wir woanders hingehen?«

»Nein, nein. Es sieht doch gut aus, oder?«

»Dann teilen wir uns die Rechnung.«

»Ich kann es mir schon leisten.«

»Ich will Ihre Freundlichkeit aber nicht ausnutzen.«

»Das ist erfrischend.«

»Was?«

»Das mich mal jemand *nicht* ausnutzen will.«

Sie schwieg einen Moment lang. »Ich schätze, Leute wie Sie werden oft ausgenutzt.«

»Leute wie ich?«

»Freundliche Leute.«

Ich holte tief Luft. »Vielleicht bin ich doch ein Wildfremder.«

Sie lächelte und griff erneut nach der Speisekarte. »Haben Sie schon einmal diese ... ich kann es nicht korrekt aussprechen ... diese *Gno-tschi* versucht?«

»Es wird *Njoki* ausgesprochen. Das Work kommt von dem italienischen Wort *Nocchio*. Wörtlich übersetzt bedeutet es *Astknorren*.«

»Okay, es ist also schwer auszusprechen. Aber schmeckt es auch gut?«

»Normalerweise ja. Aber amerikanische Restaurants bekommen sie oft nicht richtig hin.«

»Dann werde ich es riskieren. Was nehmen Sie?«

»Die *Spaghetti Vongole*, das sind Spaghetti mit Muscheln. Ich würde Ihnen einen Chianti zu den Gnocchi empfehlen.«

»Wollen Sie mich beeindrucken?«

Ich legte die Speisekarte beiseite. »Ja. Funktioniert es?«

»Ich bin sehr beeindruckt. Immerhin komme ich aus einer Kleinstadt. Die Pastafabrik in St. George ist der einzige Italiener in unserer Gegend.«

In diesem Moment trat der Kellner mit einem Krug Wasser und einen Korb Brot an unseren Tisch. Nachdem wir bestellt hatten, meinte ich: »Also, erzählen Sie mir etwas über sich.«

»Was würden Sie denn gerne wissen?«

»Alles«, erwiderte ich und meinte es auch so. Ich wollte alles über diese Frau wissen.

»Okay. Wo soll ich anfangen?«

»Am Anfang«, schlug ich vor. »Und dann bewegen Sie sich über die Mitte und enden am Ende.«

Sie lächelte. »Wie schon gesagt, ich lebe in einer Kleinstadt nordwestlich von St. George. Schon mal von Ivins gehört?«

»Nein.«

»Die Stadt ist nicht wirklich groß. Meine Eltern sind vor fünfundzwanzig Jahren hingezogen. Es ist hübsch. Überall rote Felsen. Und der Snow Canyon State Park. Als wir hinzogen, wohnten hauptsächlich arme Leute und Farmer in der Gegend. Wir waren ebenfalls ziemlich arm. Ich bin mir sicher, dass meine Eltern hingezogen sind, weil es billig und abgelegen war. Mittlerweile hat sich das geändert. Es kommt eine Menge Geld von außen, und überall wird gebaut und investiert. Früher befanden wir uns mitten im Nirgendwo, jetzt sind wir eine Trabantenstadt mit riesigen Villen. Die meisten Garagen sind größer als unser Haus. Die alten Bewohner wurden verdrängt, und neue Leute ziehen zu. Mein Vater beschwert sich ständig darüber. Vor allem, weil sich Ivins zu einer Art Künstler-Enklave entwickelt. ›Idioten mit Uni-Abschluss‹ nennt er die Leute. Ich habe ihm einen Aufkleber für die Stoßstange gekauft, auf dem steht: *Ich habe schon in Ivins gewohnt, bevor Ivins cool war.* Aber er hat ihn nie aufgeklebt.«

Ich grinste. »Haben Sie Geschwister?«

»Nein. Ich bin ein Einzelkind. Meine Eltern sind schon älter. Sie sind mittlerweile in Rente und Ende siebzig. Sie konnten keine Kinder bekommen und waren schon in den Vierzigern, als sie mich adoptiert haben. Ich wurde gleich nach der Geburt zur Adoption freigegeben. Meine Eltern sind ohnehin sehr verschlossen, aber um dieses Thema haben sie ein besonders großes Geheimnis gemacht, und ich habe erst mit sechzehn erfahren, dass ich nicht ihr leibliches Kind bin. Ich habe es zwar schon früher vermutet, aber nie nachgefragt.«

»Warum haben Sie es vermutet?«

»Wir sehen uns nicht gerade ähnlich. Vor allem meine Augen …«

»Sie haben wunderschöne Augen«, sagte ich.

Sie lächelte schüchtern. »Danke. Sie bringen mich in Verlegenheit. Aber danke.«

»Gern geschehen.«

Sie sah aus, als hätte ich sie aus der Fassung gebracht. »Also, wie gesagt, ich sehe ihnen nicht gerade ähnlich. Aber bedeutender sind wohl die Unterschiede im Charakter. Ich weiß nicht, wie viel auf biologische Vererbung und wie viel auf Erziehung zurückzuführen ist, aber auf der Persönlichkeitsebene bin ich vollkommen anders als meine Eltern. Ich bin eine Art Freigeist, und sie sind ultrareligiös. Meine Mutter ginge als Nonne durch, und mein Vater lebt enthaltsam wie ein Mönch.«

»Es muss schwierig für Sie gewesen sein, so aufzuwachsen.«

»Ich enttäusche sie andauernd. Ich schätze, daher das schlechte Gewissen. Allein mein Name.«

»Rachel ist doch ein hübscher Name.«

»Sie nannten mich Rachel, weil es ein biblischer Name ist. Wörtlich bedeutet er *Mutterschaf.* Ich wurde nach einem Tier benannt.«

Ich lachte. »Tier hin oder her. Es ist trotzdem ein hübscher Name.«

»Danke. Meine Eltern nannten mich so, weil im Matthäus-Evangelium geschrieben steht, dass Gott die Schafe zu seiner Rechten stellen wird, und die Böcke zu seiner Linken.«

»Dann bin ich ein Bock«, erklärte ich.

»Also, wenn ich ein Schaf bin, dann das schwarze. Mit vierzehn war ich mit ein paar Freunden in einem Einkaufszentrum in St. George und ein Mann gab mir seine Visitenkarte und fragte mich, ob ich Interesse an einem Job als Model hätte. Für Magazine oder in TV-Werbungen. Ich war total aufgeregt. Aber als ich meiner Mutter die Karte zeigte, geriet sie vollkommen außer sich. Sie trug mir auf, Buße zu tun, denn Eitelkeit sei eine Sünde und alle Models kämen in die Hölle.«

»Das stimmt vielleicht sogar«, meinte ich.

Sie sah mich an und schien unsicher, ob ich es ernst gemeint hatte oder nicht.

»Das war nur ein Witz«, stellte ich klar. »Aber ich war mit einigen Models aus ...«

Sie grinste. »Dann müssen Sie es ja wissen.«

Ich lachte. »Ich sollte es *besser* wissen, meinen Sie. Wie haben Sie herausgefunden, dass Sie adoptiert wurden?«

»Mit sechzehn fragte mich eine Freundin aus der Schule, wie alt ich gewesen sei, als ich adoptiert wurde, und ich meinte: ›Ich wurde nicht adoptiert.‹ Sie sah mich an, als hätte ich nicht alle Tassen im Schrank und sagte: ›Echt jetzt? Bist du dir sicher?‹ An diesem Abend sprach ich meine Eltern darauf an. Sie mussten gar nichts sagen. Ich erkannte es sofort an ihren Gesichtern. Ich fragte sie, warum sie es mir nicht früher gesagt hatten, aber meine Mutter meinte, sie wollten warten, bis ich älter sei, weil sie Angst hatte, dass ich mich ausgegrenzt fühlen oder denken würde, dass mich meine leibliche Mutter nicht haben wollte.«

»Haben Sie deshalb angefangen, nach ihren leiblichen Eltern zu suchen?«

»Nein, eigentlich nicht. Ich habe meine Eltern nach ihnen gefragt, aber es war eine anonyme Adoption und sie wussten nicht, wer meine Mutter war. Sie wussten nur, dass sie nicht verheiratet gewesen war und der Vater bei der Sache keine Rolle gespielt hatte.« Rachel grinste. »Wobei er zumindest *irgendeine* Rolle gespielt haben muss, denn es war wohl kaum eine unbefleckte Empfängnis.«

»Unwahrscheinlich«, stimmte ich ihr zu.

Ich sah sie einen Moment lang an, dann fragte ich: »Warum wollen Sie sie finden?«

»Das ist eine gute Frage«, erwiderte sie. »Es ist schwer zu sagen. Aber es geht darum, mich selbst zu finden.« Sie musterte mich. »Was ist mit Ihrer Mutter? Sie meinten, Sie hätten sich nicht sehr nahe gestanden?«

»Nein. Ich bin mit sechzehn ausgezogen und war seitdem nie wieder hier.«

»Dann haben Sie Ihre Mutter also vor ihrem Tod nicht

mehr gesehen?«

»Nein.«

»Wünschten Sie, Sie hätten es getan?«

Ich dachte einen Moment lang über ihre Frage nach. »Keine Ahnung. Ein Teil von mir schon. Ein Teil von mir wünscht sich, ich hätte sie gesehen und sie hätte sich entschuldigt. Wahrscheinlicher ist allerdings, dass ich nur wieder enttäuscht gewesen wäre. Vermutlich hätte sie mich gar nicht wiedererkannt.«

»Das tut mir leid.«

Ich seufzte. »Das macht nichts. Ich meine, es macht schon etwas, aber das ist jetzt Vergangenheit.«

»Warum räumen Sie das Haus aus, wenn es Ihnen so viele Schmerzen bereitet?«

»Ich suche immer noch nach Hinweisen.«

»Nach Hinweisen worauf?«

Ich betrachtete sie nachdenklich. »Es gibt da etwas, das ich Ihnen noch nicht erzählt habe. Ich habe schon jahrelang denselben Traum. Ich bin noch klein, und eine Frau hält mich liebevoll in den Armen. Ich habe mich immer gefragt, wer sie war oder ob sie überhaupt existiert hat.« Ich schluckte. »Und mittlerweile frage ich mich, ob es vielleicht Ihre Mutter war.«

In diesem Moment trat der Kellner mit unseren Tellern an den Tisch. »Gnocchi mit Salbeibutter.« Er stellte den Teller vor Rachel ab. »Und Spaghetti Vongole für Sie.« Der zweite Teller fand vor mir Platz.

Dann wandte er sich wieder an Rachel. »Wollen Sie Parmesan dazu?«

»Ja, bitte.«

Er rieb etwas Käse über die Gnocchi.

»Bitte sehr. Darf ich Ihnen noch etwas bringen?«

»Für mich bitte ein Glas Chianti«, sagte ich.

»Natürlich.«

Er wandte sich ab.

»Buon Appetito«, wünschte ich.

Wir aßen eine Weile schweigend, dann meinte Rachel: »Die sind wirklich gut. Möchten Sie probieren?«

»Gerne.«

Sie spießte einige Klößchen auf die Gabel und hielt sie mir entgegen. Ich nahm sie in den Mund. »Köstlich. Wollen Sie bei mir kosten?«

Sie musterte meinen Teller. »Ich bin kein großer Austern-Fan.«

»Das sind keine Austern, sondern Muscheln.«

»Das ist doch dasselbe«, erwiderte sie.

»Gut, dann behalte ich sie.« Ich sah sie an, denn meinte ich: *»Auster*dem sind sie ohnehin viel zu gut zum Teilen.«

Sie lachte. »Das war ja ein schreckliches Wortspiel.«

»Das liegt in der Natur eines Wortspieles. Je schlimmer, desto besser. Ist es schlecht genug, ist es gut genug.«

»Jetzt haben Sie aber gerade noch die Kurve gekriegt«, meinte sie. »Ich verstehe, warum Sie Schriftsteller geworden sind.«

Der Kellner trat erneut an den Tisch und stellte das Weinglas vor mir ab. »Bitte sehr, mein Herr.«

»Danke.«

Ich nahm einen Schluck, dann stellte ich das Glas wieder ab. »Mögen Sie Wein?«

»Ich habe noch nie welchen probiert.«

»Sie haben noch nie Wein getrunken?«

»Nein. Ich sagte ja, dass meine Eltern … streng waren. Alkohol war verboten.«

»Aber es hat sich doch sicher die eine oder andere Gelegenheit ergeben? Wenn Sie allein waren?«

»Auf der Highschool-Abschlussfeier habe ich einen Schluck Bier versucht«, erwiderte sie.

»Dafür kommen Sie definitiv in die Hölle.«

Sie lachte. »Es schmeckte wie die Hölle. Ich mochte es absolut nicht.«

»Man gewöhnt sich an den Geschmack. Wie ... bei Muscheln.«

»Und Austern.«

»Und Austern. Nicht umsonst wird der erste Mann, der Austern aß, als überaus mutig gerühmt.«

»Woher wissen Sie, dass es keine Frau war?«

»Weil Frauen zu intelligent sind, um solche Dinge zu machen.« Ich nahm einen weiteren Bissen von meinen Nudeln. »Erzählen Sie mir von Braydon.«

»Brandon.«

»Entschuldigen Sie. Sind Ihre Eltern mit Brandon einverstanden?«

»Einverstanden? Sie mögen ihn mehr, als sie mich mögen.«

»Warum das?«

»Er ist genau wie sie. Irgendwie ... ernst und streng.« Sie sah mich an. »Das hätte ich nicht sagen sollen. Er ist ein guter Mann.«

»Was macht er beruflich?«

»Er arbeitet für einen Sportausstatter.«

»Dann ist er Sportler?«

Sie lachte auf. »Nein. Er ist Buchhalter. Er wiegt beinahe so viel wie ich. Leider verdient er nicht besonders gut, deshalb gefällt es ihm nicht, dass ich nicht arbeite. Aber irgendwann will er seinen eigenen Laden eröffnen.«

»Ein Sportgeschäft?«

»Nein. Einen Laden für Videospiele. Er spielt sehr viel. Das ist sein Ausgleich.«

»Und Sie?«

»Ich mag keine Videospiele.«

Ich lachte. »Ich meinte: Was ist mit Ihrer Karriere?«

»Ich war gerne Zahnarztassistentin. Und irgendwann

möchte ich Mutter sein. Klingt das zu anspruchslos?«

»Die Welt braucht mehr gute Mütter.«

»Was ist mit Ihnen?«, fragte sie.

»Ich wäre eine schreckliche Mutter.«

Sie lachte. »Ich meinte Ihre Karriere. Ich weiß, dass Sie Schriftsteller sind. Leben Sie davon? Oder machen Sie auch noch etwas anderes?«

Ich lächelte in mich hinein. »Früher habe ich für ein Unternehmen im Gesundheitsbereich gearbeitet und Newsletter und Pressemitteilungen verfasst. Aber inzwischen verdiene ich mit den Büchern meinen Lebensunterhalt.«

Sie nickte. »Ich hätte auch gerne einen kreativen Beruf. Aber dazu muss man zuerst einmal kreativ sein.« Sie aß einen Bissen, dann fuhr sie fort: »Bevor ich nach Hause fahre, muss ich unbedingt noch ein paar Weihnachtseinkäufe erledigen. In Salt Lake gibt es unglaublich viele tolle Läden. Was ist mit Ihnen? Haben Sie Ihre Einkäufe schon erledigt?«

»Ich habe noch gar nicht angefangen. Vermutlich werde ich einkaufen gehen, wenn ich in New York bin.«

»Warum in New York?«

»Ich treffe mich dort mit meiner …« Ich brach ab. »Freundin.«

»Oh.« Sie sah mich an. »Mit Ihrer *Freundin*-Freundin?«

Ich glaubte, eine kaum merkliche Eifersucht in ihrer Stimme zu hören. Aber vielleicht war das nur Wunschdenken. »Ja, kann man so sagen.«

Es folgte eine kurze, unbehagliche Pause. »Ich war noch nie in New York«, meinte sie wehmütig.

»Es ist eine tolle Stadt. Vor allem an Weihnachten. Es sind natürlich viele Leute unterwegs, aber diese Energie findet man sonst nirgendwo.« Ich hielt inne, dann fügte ich hinzu: »Außer vielleicht in Ivins.«

»Hmm. Ich wollte immer schon mal nach New York. Aber vermutlich würde ich mich nur verlaufen.«

»Dann brauchen Sie einen guten Fremdenführer.«

»Wie Sie?«

Ich lächelte. »Ja, ganz genau wie mich.«

Wir hatten erst um etwa zweiundzwanzig Uhr fertiggegessen. Das Restaurant wollte schließen, und man merkte, dass alle schon darauf warteten, dass wir nach Hause gingen. Vor allem, als jemand begann, den Boden um unseren Tisch zu schrubben. Schließlich machten wir uns auf den Rückweg zum Haus. Ich hielt hinter Rachels Auto und machte den Motor aus. Rachel wandte sich zu mir herum. »Das war wirklich ein gutes Restaurant.« Sie grinste. »Auch wenn sie uns am Ende am liebsten hinausgeworfen hätten.«

»Die Gesellschaft war aber auch nicht schlecht.«

Sie lächelte.

»Danke für deine Hilfe heute«, sagte ich. Mittlerweile waren wir zum Du übergegangen.

»Es war mir eine Freude.«

»Als ich beschloss hierherzufahren, hatte ich nicht vor, mich mit jemandem anzufreunden. Du bist ... unterhaltsam.«

»Unterhaltsam ...«

»Heute war ich keine Minute unglücklich.«

»Unglücklich ist Welten entfernt von unterhaltsam.«

»Ganz genau.«

Sie lachte. »Wegen morgen. Bist du sicher, dass es okay ist, wenn ich mitkomme?«

»Natürlich ist es okay für mich. Wie schon gesagt, ich genieße deine Gesellschaft. Hast du Bedenken?«

»Nein. Ich wünschte nur, ich könnte Brandon gegenüber ehrlicher sein, ohne dass er gleich derart ausflippt.« Sie sah mich an. »Was ist mit dir? Hast du Angst davor, deinem Vater gegenüberzutreten?«

»Ein bisschen. Weil ich keine Ahnung habe, wie es laufen wird. Aber ich werde es bald wissen, schätze ich.«

»Wann kommt der Spediteur?«

»Voraussichtlich um elf. Aber ich werde schon früher zum Haus fahren. Ich will noch ein wenig weiterarbeiten, bevor es losgeht.«

»Du musst nur sagen, wann ich da sein soll.«

»Ist acht zu früh?«

»Nein, dann um acht.«

»Ich bringe Kaffee mit«, erklärte ich. »Und ein paar Muffins?«

»Ich liebe Muffins. Danke. Gute Nacht.«

»Gute Nacht«, sagte ich.

Sie beugte sich nach vorne, als wollte sie mich küssen, doch dann hielt sie inne. Sogar im dunklen Auto erkannte ich, dass sie rot wurde. »Es tut mir leid, ich weiß nicht, was gerade in mich gefahren ist.«

»Das war wahrscheinlich nur die Macht der Gewohnheit«, sagte ich. »Mach dir keine Gedanken.«

»Es tut mir leid. Bis morgen um acht.« Sie wirkte durcheinander, als sie ausstieg und zu ihrem Auto ging, doch sie drehte sich noch einmal um und lächelte, bevor sie einstieg. Ich winkte ihr zu. Sie startete den Wagen, machte eine Kehrtwendung und fuhr davon.

Ich sah ihr nach und war mir sicher, dass ich etwas für sie empfand. Richtig oder falsch, ich wünschte, wir hätten uns geküsst.

KAPITEL

14

Freitag, 16. Dezember

Ich wachte früh auf. Zu früh. Um dreiviertel fünf. Es war eine ruhelose Nacht gewesen. Meine Gedanken hatten sich in einem fort gedreht wie ein Roulette, und der Ball war nacheinander auf den zahlreichen wunden Punkten meiner Seele gelandet. Das bevorstehende Treffen mit meinem Vater. Meine Mutter. Das Haus. Rachels Mutter. Rachel.

Eine halbe Stunde später gab ich es auf und ging hinunter ins Fitnesscenter. Ich rannte eine Stunde auf dem Laufband, dann kehrte ich zurück in mein Zimmer und packte für unsere Reise. Eine Stunde später fuhr ich zum Haus.

Ich machte einen Zwischenstopp bei Starbucks und kaufte Kaffee und Blaubeermuffins. Obwohl ich zwanzig Minuten zu früh dran war, stand Rachels Wagen bereits vor dem Haus.

Sie lächelte, als ich mit dem Kaffee und den Muffins auf sie zukam. »Guten Morgen«, sagte sie. »Wie hast du geschlafen?«

»Schlecht. Ich hatte ziemlich seltsame Träume.«

»Worüber denn?«

»So Sachen eben.« Ich gab ihr einen Kaffee, und sie nippte daran.

»Das tut mir leid«, meinte sie schließlich. »Ich hatte auch seltsame Träume. Aber meine waren schön.«

»Worüber denn?«

»So Sachen eben«, erwiderte sie mit einem eigentümlichen Lächeln auf dem Gesicht. Sie wandte sich ab und ging vor mir durch den Schnee und zur Veranda. Vor der Tür reichte ich Rachel meinen Becher, holte den Schlüssel aus meiner Tasche, sperrte die Tür auf und öffnete sie. Dann folgte ich Rachel ins Haus.

Im Inneren war es warm, und ich hörte, dass die Heizung lief. Ich machte Licht und öffnete anschließend die Jalousien.

»Es riecht nicht mehr so schlimm wie gestern«, meinte Rachel, die hinter mir stand.

»Das ist Desinfektionsmittelmagie.«

»Und wir haben noch drei Stunden, bis die Speditionsfirma kommt. Vielleicht werden wir sogar fertig.« Sie stellte ihren Kaffeebecher auf einen bereits leer geräumten Beistelltisch. »Nachdem ich gestern zurück im Hotel war, habe ich bei Amazon nach deinen Büchern gesucht.«

»Und?«

»Ich habe fünf gefunden. Alles Bestseller mit abertausenden Leserinnen und Lesern. Dann war ich auf deiner Facebook-Seite. Du hast Millionen Follower. Es war mir schrecklich peinlich.«

»Warum?«

»Ich habe dich einige Male gefragt, wie du dein Leben finanzierst. Aber du hast mir nicht gesagt, dass du ein berühmter Autor bist und Millionen Bücher verkauft hast.«

»Wenn man den Leuten sagen muss, dass man berühmt ist, ist man es nicht.«

Sie lachte. »Du hättest es mir sagen können.«

»Warum? Damit du dich anders verhalten kannst?«

»Nein. Weil es das ist, was du bist.«

»Nein. Das bin ich eigentlich gar nicht. Es ist ein Image. Du hast gestern, als du dich mit mir durch das Gerümpel gegraben hast, mehr von mir erfahren, als meine Leserinnen und Leser es jemals tun werden.«

Sie nickte. »Das glaube ich dir.«

»Es ist schön, mal nicht der Autor Jacob Churcher zu sein, sondern bloß Jacob.«

»Das verstehe ich«, meinte sie. »Und es tut mir leid. Ich hoffe, ich habe nichts kaputt gemacht.«

»Nein, alles gut«, erwiderte ich und lächelte. »Unser Fundament ist stabil genug.«

»Du meinst, weil ich dich mochte, *bevor* ich herausgefunden habe, dass du berühmt bist?«

Das gefiel mir. »So in etwa.«

»Okay, wie wäre es mit: Ich mag dich immer noch, *obwohl* du berühmt ist?«

»So ist das also.«

Sie lächelte. »Jap. Genau so ist es. Deine fünfzehn Minuten Ruhm sind vorüber. Also, zurück an die Arbeit.«

Ich grinste. »Jetzt klingst du wie meine Agentin.«

Ich saß auf dem Boden vor der Klavierbank und sah einen Karton mit Weihnachtsschmuck durch, als Rachel plötzlich sagte: »Ich glaube, das solltest du dir ansehen.« Ich hob den Blick. Sie hielt ein offenes Kästchen in der Hand.

»Was ist das?«

Sie gab mir das Kästchen. »Ein Tagebuch.«

Ich nahm ihr das Behältnis ab. Im Inneren lag ein in Leder gebundenes Büchlein, in etwa in der Größe eines Taschenbuches. Auf dem Einband prangte in Goldschrift das Wort TAGEBUCH. Ich öffnete es. Das linierte Papier war alt, und die Handschrift elegant und feminin. Die Besitzerin hatte hauptsächlich rote Tinte verwendet. Ich begann zu lesen.

Liebes Tagebuch,

ich beginne heute mit einem neuen Tagebuch, denn morgen fängt mein neues Leben an. Ich fürchte, nach dem heutigen Tag wird nichts mehr so sein, wie es einmal war. Morgen früh werde ich mein Zuhause verlassen. Ich weiß nicht, wann ich zurückkommen werde, oder ob sie mir eine Rückkehr überhaupt erlauben werden. Meine Eltern schicken mich nach Salt Lake City, um mein Baby zur Welt zu bringen. Die Frau, die alles organisiert hat, meinte, dass es normalerweise üblich ist, die Leute, bei denen ich unterkommen werde, vorher kennenzulernen, aber meine Eltern wollen mich so schnell wie möglich loswerden. Meine Mutter sagt, man sieht langsam etwas, obwohl ich doch erst in der elften Woche bin. Gestern Abend haben meine Eltern beim Essen darüber diskutiert, ob sie den Leuten sagen sollen, dass ich zu meiner Tante gezogen bin oder dass ich auf ein Internat komme. Sie haben sich für letztere Erklärung entschieden, weil meine Verwandten sonst vielleicht dahinter gekommen wären. Mir wurde gesagt, dass ich mich ebenfalls an die Geschichte halten soll.

Sie schämen sich für mich. Und ich habe dieses Baby, das ich in Schande in diese Welt setzen werde. Es tut mir so leid, mein Kleines. Ich habe immer noch nichts von Peter gehört. Ich vermisse ihn.

Noel

»Noel«, murmelte ich, dann sah ich zu Rachel hinüber. »Ich glaube, deine Mutter hieß Noel. Und das war ihr

Tagebuch.«

Rachel stemmte sich hoch. »Das Tagebuch gehörte meiner Mutter?« Sie stürzte zu mir. »Ihr Name ist Noel?«

In dem Tagebuch lagen drei Fotos. Das erste zeigte meine Familie. Meine Mutter, meinen Vater, Charles und mich. Ich war in etwa vier Jahre alt, es musste also kurz vor Charles' Tod aufgenommen worden sein. Meine Eltern sahen so jung aus. Ich saß auf dem Schoß meiner Mutter. Sie sah anders aus, als ich sie in Erinnerung hatte. Abgesehen davon, dass sie wesentlich jünger war, war da auch ein Leuchten in ihren Augen. Meine Eltern lächelten. An so etwas konnte ich mich erst recht nicht erinnern.

Das nächste Foto zeigte einen jungen Mann. Er war etwa neunzehn oder zwanzig und saß auf einem Motorrad. Er hatte lange schwarze Haare und trug eine Lederjacke. Er sah voller Selbstvertrauen in die Kamera.

»Wer das wohl ist?«, fragte ich murmelnd.

Ich griff nach dem nächsten Foto und erstarrte. Das war *sie*. Die Frau aus meinen Träumen. Sie war real. Echt und in Farbe. Auf dem Foto war sie mit meinem Vater zu sehen. Er stand in der Küche und wollte gerade die Kerzen auf einem Geburtstagskuchen auspusten. Neben ihm saß eine junge Frau mit einem leicht gewölbten Bauch. Und auf ihrem Schoß saß ich.

Rachel schnappte nach Luft. »Das ist sie. Das ist meine Mutter ...«

Ich gab ihr das Bild.

»Ach ...« Tränen traten in ihre Augen, und sie schlug sich die Hand vor den Mund. Dann begann sie zu schluchzen.

Ich ließ sie einen Moment lang weinen, bevor ich den Arm um sie legte. »Alles okay?«

»Ich kann nicht glauben, dass ich sie endlich vor mir habe. Ich sehe aus wie sie.« Sie hielt sich das Foto wie einen Spiegel vors Gesicht und betrachtete es sprachlos.

»Ihr habt dieselben Gesichtszüge.«

Sie wischte sich neue Tränen von den Wangen. »Ich kann es nicht glauben.« Dann legte sie den Kopf auf meine Schulter und brach weinend zusammen. Ich schlang die Arme um sie und massierte ihr sanft und beruhigend den Rücken. Sie meinte immer nur. »Sie existiert. Sie ist real.«

Ich nahm noch einmal das zweite Bild zur Hand. »Ich frage mich, ob das hier dein Vater ist.«

Sie nahm mir das Bild ab und starrte es an. Dann drehte sie es um. Auf der Rückseite stand in derselben Handschrift wie in dem Tagebuch nur ein einziges Wort:

Peter

Ich hielt das Foto hoch und betrachtete Rachel. »Es gibt eine gewisse Ähnlichkeit.«

Noch mehr Tränen stiegen in ihre Augen. Als sie wieder sprechen konnte, meinte sie: »Ich muss sie sehen. Ich habe so viele Fragen.«

Ich atmete tief ein. »Jetzt weiß ich, warum du mir von Anfang an so bekannt vorkamst. Deine Mutter ist die junge Frau aus meinen Träumen.«

KAPITEL

15

＊

Die Frau aus meinen Träumen existierte also wirklich. Und auf gewisse Weise erlebten Rachel und ich gerade dasselbe. Wir hatten uns unser ganzes Leben lang Gedanken über dieselbe Frau gemacht, und nun war sie da. Auf einem Foto. Es war surreal, als hätten wir plötzlich ein Foto von Bigfoot oder dem Ungeheuer von Loch Ness in der Hand gehalten.

Ich las laut aus Noels Tagebuch vor:

18. Juni 1986

Liebes Tagebuch,

das Haus, in das ich geschickt wurde, gehört einer Familie namens Churcher. Es ist klein, aber gemütlich.

Die Familie ist nett. Scott, der Mann, ist Sozialarbeiter. Das ist auch der Grund ist, warum ich hier gelandet bin. Er ist nett. Seine Frau heißt Ruth. Sie ist höflich, aber schweigsam. Ich weiß nicht, ob sie mich wirklich im Haus haben möchte. Sie haben zwei Jungen: einen sehr aufgeweckten Achtjährigen namens Charles und einen süßen kleinen Vierjährigen namens Jacob. Sein zweiter Vorname ist Christian. Christian Churcher. Das ist irgendwie süß. Er ist bezaubernd und hat mich sofort in seinen Bann gezogen. Ich glaube, wir werden gute Freunde werden.

Noch immer nichts von Peter. Wo ist er nur?

Noel

Ich warf einen Blick auf Rachel, die andächtig lauschte und offensichtlich noch mehr hören wollte. Ich blätterte um.

25. Juni 1986

Liebes Tagebuch,

Peter ist Geschichte. Ich habe meine Freundin Diane angerufen. Sie hat ihn mit einer anderen gesehen. Rebecca. Ich fühle mich wie nach einem Unfall mit Fahrerflucht. Wie konnte er mir das nur antun? Er hat gesagt, dass er mich liebt. Natürlich hat er das. Er wollte mich.

Ich habe jetzt das erste Drittel meiner Schwangerschaft hinter mir. Die Zeit vergeht sehr langsam. Ich habe die seltsamsten Gelüste. Neulich wollte ich sogar den Staub am Fensterbrett essen. Ich habe das Gefühl, als würde ich den Verstand verlieren. Aber es ist nicht alles schlecht. Ich lag in meinem Zimmer und weinte, da kam der kleine Jacob zu mir. Er legte seine Stirn auf meine. Es ist, als wüsste er, dass ich leide. Er stand einfach nur da. Ich habe ihn in die Arme genommen, und er schmiegte sich an mich. Es ist, als wäre er zu mir gekommen, um mir zu zeigen, wie schön es sein kann, Mutter zu sein.

Noel

Als Schriftsteller war es surreal, über sich selbst in der dritten Person zu lesen, als wäre man eine Figur im Roman eines anderen. Dennoch brachte das, was ich gerade gelesen hatte, eine sanfte, leicht verschleierte Erinnerung zurück.

Jemand klopfte an die Tür. Ich warf einen Blick aus dem Fenster und sah einen großen weißen Truck mit dem Bild einer Klaviertastatur auf der Seite. Ich übergab Rachel das Tagebuch.

»Ich glaube, die Spediteure sind da«, sagte ich, stand auf, ging zur Tür und öffnete sie. Ein massiger Polynesier stand vor mir. Er trug eine schwarze Beanie, einen Hoodie und Lederhandschuhe. Sein Atem gefror vor ihm in der Luft. »Wir kommen wegen des Klaviers.«

»Es ist gleich dahinten. Kommen Sie herein.«

Er trat ins Wohnzimmer. »Das ist aber groß«, meinte er. »Ein Steinway. Hübsch.« Er trat wieder vor die Tür und winkte dem Fahrer des Lkws zu. Dieser fuhr rückwärts in die Einfahrt, gab Gas und brach durch die Schneewechte, um schließlich etwa zwei Meter vor dem Container anzuhalten. Dann machte er den Motor aus.

»Hol dir eine Schneeschaufel«, rief der Mann auf der Veranda, als der Fahrer aus dem Lkw stieg.

»Tut mir leid«, entschuldigte ich mich. »Ich hätte schippen sollen, aber ich habe gar keine Schaufel. Ich wohne hier nicht. Wir räumen nur das Haus leer.«

»Keine Sorge, Mann.«

Die Männer brauchten etwa eine Stunde, um das Klavier zum Schutz sorgfältig zu verpacken, es auf eine Trage zu heben, nach draußen zu befördern und in den Lkw zu laden. Ich gab ihnen meine Adresse und die Nummer meiner Haushälterin Lilia, damit sie sie kontaktieren konnten, sobald sie in der Nähe wären. Dann rief ich Lilia an und bat sie, im Wohnzimmer Platz für das Klavier zu machen und die Spediteure ins Haus zu lassen.

Nachdem sie gefahren waren, wandte ich mich an Rachel. »Können wir losfahren?«

Sie las noch immer in dem Tagebuch. »Kann ich das hier mitnehmen?«

»Natürlich.«

Sie steckte es sich vorsichtig unter den Arm.

Ich machte das Licht in der Küche aus, schloss die Hintertür ab und drehte den Thermostat nach unten. Als ich zurück ins Wohnzimmer trat, hörte ich ein Klopfen an der Tür. Draußen in der Kälte stand Elyse. Sie trug einen langen roten Wollmantel und Stiefel.

»Gut, dass ich dich noch erwische«, meinte sie. »Ich habe den Umzugswagen gesehen.«

»Die Spediteure haben nur das Klavier abgeholt. Ich lasse es zu mir nach Hause bringen.«

Sie warf einen Blick auf Rachel. »Hallo, wir kennen uns noch nicht.«

»Ich bin Rachel Garner.«

Elyse streckte die Hand aus. »Elyse Foster. Ich wohne zwei Häuser weiter, aber ich glaube, Sie waren schon einmal bei mir.«

»Ja, das stimmt.«

»Ich weiß noch, dass Ihre Mutter auch sehr hübsch war.«

»Sie erinnern sich an meine Mutter?«

»Nur sehr vage. Sie war nicht lange hier und seitdem sind viele Jahre vergangen.«

»Kommen Sie doch herein«, bot ich an.

»Danke.« Sie lächelte kaum merklich, als sie auf die Couch zutrat. »Diese Couch hat mir schon immer gefallen.« Sie sah mich an. »Als ich den Umzugswagen fortfahren sah, hatte ich schon Angst, dass du heute fährst.«

»Das tue ich auch.«

Sie wirkte traurig. »Nach Hause?«

»Nein. Nach Phoenix zu meinem Vater.«

»Oh.« Sie musterte mich bedächtig. »Er wird sich sehr freuen, dich zu sehen.«

»Das hoffe ich.«

»Ich weiß es.«

»Woher wollen Sie das wissen?«

»Weil er sehr enttäuscht war, dass er dich bei der Beerdigung nicht gesehen hat.« Sie rang sich ein Lächeln ab. »Weißt du denn schon, was du ihm sagen wirst, wenn du ihm gegenüberstehst?«

»Keine Ahnung. Aber ich habe ja noch die ganze Fahrt, um mir darüber Gedanken zu machen.« Ich sah zu Rachel hinüber. »Auf jeden Fall will ich ihn nach Rachels Mutter fragen.«

»Vielleicht weiß er tatsächlich etwas«, meinte Elyse und warf Rachel einen schnellen Blick zu.

»Haben Sie vielleicht einen Rat für mich?«, fragte ich. »Wie sollte ich meinem Vater am besten gegenübertreten?«

Sie überlegte einen Augenblick, dann meinte sie: »Voller Gnade.«

Ich sah sie zweifelnd an. »Meinen Sie, dass er sich das verdient hat?«

»Wenn er Gnade verdienen würde, wäre es keine Gnade, oder?« Sie sah mir in die Augen. »Im Nachhinein ist es immer leichter zu sagen, wie etwas hätte ablaufen sollen. Er wusste nicht, wie krank deine Mutter war. Es wurde erst Jahre nach seinem Abschied richtig schlimm. Er hätte das alles niemals zugelassen.«

»Und das wissen Sie bestimmt?«

»Ich kannte ihn. Er hatte immer eine schützende Hand über euch Jungs. Deshalb war er nach Charles' Tod auch ein gebrochener Mann.« Sie seufzte. »Aber jetzt halte ich dich nicht länger auf. Kommst du noch einmal zurück, bevor du nach Hause fährst?«

»Ja. Ich muss noch einige rechtliche Dinge klären.«

»Sehr gut. Dann komm doch bitte vorbei und erzähl mir, wie es dir ergangen ist. Ich bete dafür, dass alles gut geht und du findest, wonach du suchst.«

»Danke.«

Sie sah an mir vorbei zu Rachel. »Ihnen auch alles Gute, Liebes. Und frohe Weihnachten.«

»Danke. Ihnen auch frohe Weihnachten.«

Elyse wandte sich ab und trat durch die Tür. Ich half ihr die Treppe hinunter und ging dann wieder hinein. Rachel saß auf dem Sofa.

»Was denkst du?«, fragte ich.

»Sie ist nett. Es ist nur seltsam für mich, dass sie meine Mutter gekannt hat. So, als ob die Leute, die mit ihr Kontakt hatten, eine Nahtoderfahrung hatten, zurückkommen und mir von Gott erzählen.«

»Ich bin mir ziemlich sicher, dass deine Mutter nicht Gott ist.«

»Nein, aber sie haben etwas gemeinsam.«

»Und das wäre?«

»Ich habe beide noch nie gesehen.«

KAPITEL

16

‹*›

2. Juli 1986

Liebes Tagebuch,

mittlerweile ist mir morgens immer ein wenig übel. Nein, nicht nur ein wenig. Eigentlich ist es ziemlich schlimm. Ich muss mich oft übergeben. Ich bin jetzt seit drei Wochen hier, und ich habe immer noch nichts von meinen Eltern gehört. Ich weiß, ich habe Mist gebaut, aber warum wollen sie nicht einmal mit mir reden? Wenn ich an unsere letzten Gespräche denke, hat das allerdings vielleicht sogar etwas Gutes.

Noel

Ich holte Rachels Koffer aus ihrem Auto und legte ihn in meinen Kofferraum, dann fuhren wir getrennt ins Hotel »Grand America«. Wir tauschten die Autos, sodass ich ihren Wagen in die Tiefgarage stellen konnte. Danach fuhr ich mit dem Aufzug nach oben, um mich mit Rachel in der Lobby zu treffen.

Sie stand in der Mitte des großen Raumes, neben einem gewaltigen Blumenarrangement und bewunderte die Weihnachtsdekoration. Im hinteren Teil der Lobby spielte eine junge Frau »Greensleeves« auf einer Harfe. »Das Hotel ist wirklich hübsch«, meinte Rachel. »Wohnst du immer hier?«

»Ich war nicht mehr in Utah, seit ich als Teenager von hier fort bin. Damals gab es das Hotel noch nicht einmal«, erklärte ich.

»Die Weihnachtsdeko ist wunderschön.«

»Den Flur dort hinunter gibt es Fensterbilder und ein riesiges Lebkuchenhaus. Wenn wir zurück sind, können wir es uns vielleicht zusammen ansehen.«

Sie lächelte. »Sehr gerne.«

»Dann haben wir ein Date.«

Sie sah mich an.

»Na ja, nicht wirklich ein *Date*«, korrigierte ich mich. »Eher einen Termin.«

»Termin klingt so kalt. Wie wäre es mit einem Versprechen?«

Ich grinste. »Du bist schon jemand anderem versprochen. Bleiben wir bei Date. Aber rein platonisch.«

»Du bist der Sprachexperte.«

»Sollen wir noch zu Mittag essen, bevor wir losfahren, oder holen wir uns unterwegs irgendwo etwas?«

»Essen wir lieber unterwegs«, schlug sie vor. »Wir sollten versuchen, noch vor Einbruch der Dunkelheit dort zu sein.«

Wir gingen nach draußen, und Rachel reichte mir meinen Schlüssel. »Los geht's.«

Die Auffahrt auf die I-15 war nur wenige Blocks vom Hotel entfernt. Wir fuhren in Richtung Süden durch das Salt Lake Valley nach Provo und legten weitere hundertfünfzig Kilometer zurück, bevor wir in Nephi zum Tanken hielten. Wir redeten kaum. Rachel las beinahe die ganze Fahrt im Tagebuch ihrer Mutter, und ich wollte sie nicht stören.

Nachdem ich getankt hatte, ging ich in den Shop und

kaufte Energydrinks und eine Tüte Nüsse, dann kehrte ich zum Wagen zurück. »Es ist schon nach vierzehn Uhr. Wir sollten uns etwas zum Essen besorgen«, schlug ich vor. »Was möchtest du?«

»Mir ist es egal«, erwiderte Rachel. Um die Tankstelle herum gab es mehrere der typischen Fast-Food-Läden, direkt an die Tankstelle angebaut befand sich ein kleines Restaurant. »Was ist mit dem Laden dort drüber? ›J.C. Mickelson's‹?«

»Es sind einige Autos auf dem Parkplatz, das ist ein gutes Zeichen.«

»Und es hat deine Initialen«, bemerkte Rachel. »Dann muss es gut sein.«

Das Innere des Restaurants war so bodenständig, wie der Name vermuten ließ. Es gab sogar eine Modelleisenbahn, die auf Schienen durch das gesamte Lokal fuhr.

Ich bestellte ein Sandwich mit Roast Beef und Bratkartoffeln, und ein Glas Eistee, Rachel nahm eine Suppe und einen Salat und einen hausgemachten Scone mit Honigbutter, was zu einer kurzen Diskussion über die richtige Definition von »Scone« führte. In Utah ist ein Scone nämlich ein frittierter Brotteig, den man andernorts auch unter dem Namen *Skillet Bread* oder *Sopaipilla* kannte. Wie auch immer es hieß, Rachel bekam zwei Stück, die wir uns teilten.

Um Viertel nach drei fuhren wir weiter. Unsere Route führte uns auf der I-15 in Richtung Süden, an dem kleinen Ort Beaver vorbei (wo eine Plakatwand für das wohlschmeckendste Wasser in Amerika warb) und auf der I-20 nach Osten durch das Bear Valley. Anschließend fuhren wir auf der I-89 erneut nach Süden durch die Ausläufer des Bryce Canyons und des Zion National Park, durch Kanab und schließlich noch einmal nach Osten und über die Grenze nach Page, Arizona, wo wir erneut

tankten. Es war nach zwanzig Uhr, als wir zum Abendessen hielten – wobei es eigentlich erst neunzehn Uhr
war, denn wir hatten durch den Grenzübertritt eine
Stunde gewonnen.

Wir aßen in einem kleinen mexikanischen Restaurant,
bevor wir in südlicher Richtung durch das Navajo-Reser-
vat nach Flagstaff weiterfuhren.

Obwohl es von Flagstaff nur noch etwa zwei Stunden
bis nach Phoenix waren, beschloss ich, dass es zu weit
war. Es war bereits nach ein Uhr nachts. Rachel schlief
seit mehreren Stunden, und der Kick der Energydrinks
ließ langsam nach.

Ich hielt an dem ersten Hotel, das mir unterkam –
einem »Holiday Inn«. Rachel wachte auf, als ich vor dem
beleuchteten Haupteingang parkte. Sie sah süß aus, die
Haare leicht zerzaust, die Augen schlaftrunken.

»Sind wir schon da?« Ihre Stimme war kratzig. So
musste sie am Morgen klingen.

»Wir sind in Flagstaff«, antwortete ich. »Ich bin zu
müde, um weiterzufahren.«

Ich öffnete die Fahrertür. »Bleib einfach sitzen. Ich
frage, ob sie noch zwei freie Zimmer haben.« Ich stieg
aus und ging ins Hotel. Die Rezeption war leer, und ich
musste läuten. Eine Sekunde später begrüßte mich ein
müder Angestellter. Seine Augen waren blutunterlaufen,
und er sah aus, als hätte ich ihn geweckt. »Was kann ich
für Sie tun?«

»Haben Sie zwei freie Zimmer?«

»Klar. Klein oder groß?«

»Egal. Hauptsache ruhig.«

»Es ist ruhig.«

Ich gab ihm meine Kreditkarte und einen Ausweis, und
er erstellte zwei Schlüsselkarten.

»Danke.« Ich ging hinaus zum Auto. »Sie haben noch

etwas frei.« Ich parkte das Auto und holte die Koffer. Rachel wirkte wie eine Schlafwandlerin. Oder als wäre sie betrunken.

»Komm.« Ich führte sie zum Aufzug und wir fuhren in den zweiten Stock. Das erste Zimmer lag nur zwei Türen entfernt vom Aufzug. Ich stellte das Gepäck ab, öffnete die Tür und machte Licht. »Bitte sehr. Ruh dich ein wenig aus.«

»Wo ist dein Zimmer?«, fragte sie benommen.

»Gleich nebenan.«

»Wir hätten uns ein Zimmer teilen können«, meinte sie leicht lallend. »Um Geld zu sparen.«

»Schon okay«, erwiderte ich. Ich führte sie ins Zimmer. Es gab zwei Doppelbetten. Ich brachte sie zu einem davon, kniete mich nieder und half ihr aus den Schuhen.

Sie lächelte. »Du bist wirklich nett. Habe ich dir schon mal gesagt, dass du wirklich nett bist?«

»Ja, gerade eben.« Ich schlug das Bett auf. »Bitte sehr.«

»Ich wünschte, du könntest bleiben.«

Ich grinste. »Gut, dass du keinen Alkohol trinkst«, meinte ich. »Gute Nacht.« Ich beugte mich nach vorne und drückte ihr einen Kuss auf die Stirn. Sie schlang die Arme um mich. »Danke.« Sie küsste meine Wange und hielt inne. Ihre Arme waren immer noch um mich geschlungen.

»Komm, mein Schatz«, sagte ich. »Zeit fürs Bett.« Ich legte die Hände auf ihre Arme und löste sie sanft von mir. »Schlaf einfach weiter.«

Sie kicherte. »Ich muss mir noch die Zähne putzen.«

»Dein Koffer steht gleich neben dem Bett. Und ich bin nebenan. Ruf an, wenn du morgen früh wach bist. Gute Nacht.«

»Gute Nacht, mein Hübscher.«

»Gute Nacht.« Auf dem Weg aus ihrem Zimmer hoffte ich, dass sie sich am nächsten Tag nicht mehr an das erinnern könnte, was sie gerade gesagt hatte. So, wie ich sie kannte, würde sie sich bloß dafür schämen und ein schlechtes Gewissen bekommen. Ich trat in meine Unterkunft, schlüpfte aus den Schuhen und ließ mich aufs Bett fallen. Im nächsten Moment war ich in meinen Straßenklamotten auf der Überdecke eingeschlafen.

KAPITEL

✶

Liebes Tagebuch,

mein Körper verändert sich. Ich habe eine sogenannte Schwangerschaftsmaske. Das sind braune Flecken im Gesicht, die aussehen, als müsste ich mich mal wieder waschen. Auch an meinen Brustwarzen und um den Bauchnabel wird die Haut dunkler. Mrs. Churcher hält mich auf Trab und lässt mich in einem fort das Haus putzen und auf die Jungen aufpassen. Glücklicherweise ist das Haus nicht sehr groß, und ich mag die Jungen. Charles ist sehr klug. Er stellt Fragen zu meiner Schwangerschaft, und einige sind ziemlich unangemessen. Also erzähle ich seiner Mutter lieber nichts davon. Mrs. Churcher ist oft mit Freunden unterwegs. Mr. Churcher ist sehr nett. Ich habe gegenüber Männern mittlerweile ein schlechtes Gefühl. Ich wurde von allen Männern in meinem Leben im Stich gelassen. Ich fühle mich wie Fantine in »Les Misérables«. Aber ich muss zugeben, dass Mr. Churcher netter zu mir ist, als die Frauen in meinem Leben es bisher waren.

Noel

Samstag, 17. Dezember

Ich hatte schon wieder einen seltsamen Traum gehabt. Und als ich aufwachte und mich daran erinnerte, hoffte ich inständig, dass er nicht real wäre. Oder ein Vorbote dessen, was bald passieren würde. Ich hatte wieder von der Frau geträumt. Doch dieses Mal stellte mein Vater sich zwischen uns, sobald ich die Hand ausstreckte, und sie verschwand hinter ihm, obwohl sie ebenfalls die Hände nach mir ausstreckte.

Als ich die Augen aufschlug, schien die Sonne in mein Zimmer. Ich brauchte einen Moment, um mich zu erinnern, wo ich war. Ich setzte mich auf, rieb mir die Augen, gähnte, stieg aus dem Bett und ging zum Fenster. Obwohl wir in Arizona waren, lag immer noch Schnee. Flagstaff war eine der wenigen großen Städte in Arizona, in der es vier Jahreszeiten gab.

Diese kleine Information hatte ich während meiner Recherchen für eines meiner Bücher erworben. Eine meiner Figuren fuhr die Route 66, die direkt durch Flagstaff führt. Ich wusste nicht nur, dass es hier durchschnittlich zweieinhalb Meter Schnee im Jahr hatte, sondern auch, dass es der höchste Punkt der Route 66 ist.

Ich warf einen Blick auf die Uhr. Es war beinahe neun. Es überraschte mich nicht, dass ich so lange geschlafen hatte. Ich war am Vortag um fünf Uhr aufgestanden und erst nach ein Uhr ins Bett gekommen. In diesem Moment klingelte mein Handy. Es war Laurie. Ich setzte mich aufs

Bett und ging dran.

»Bist du zu Hause?«

»Nein. Ich bin in Arizona.«

Eine lange Pause. »Was machst du in Arizona?«

»Mich aufwärmen.«

»Dazu hättest du einfach einen Pullover anziehen können. Ich schätze, du bist mit dem Auto hingefahren?«

»Natürlich.«

»Darf ich fragen, warum du in Arizona bist?«

»Ich bin auf der Suche nach meinem Vater.«

Sie seufzte leise. »Und wann wolltest du mir das sagen?«

»Wenn es sich ergeben hätte.«

»Manchmal leide ich tatsächlich Schmerzen wegen dir, weißt du das?«

»Man tut, was man kann. Deshalb verkaufen sich meine Bücher ja so gut. Es ist der Schmerz, den ich mit meinen Leserinnen und Lesern teile. Es ist die Empathie.«

»Empathie«, wiederholte sie, und ich konnte beinahe sehen, wie sie die Augen verdrehte.

»Du musst mir einen Gefallen tun«, meinte ich.

»Schieß los.«

»Ich brauche zwei Zimmer im ›Phoenician‹.«

»Es ist kurz vor Weihnachten. Dir ist schon klar, dass sie ausgebucht sein werden, oder?«

»Ja, das ist mir klar. Deshalb bitte ich *dich* darum. Du kannst wahre Wunder bewirken.«

Sie stöhnte. »Was ich nicht alles für dich tue.«

»Deshalb liebe ich dich. Ruf an, wenn du die Zimmer hast.«

Sie stöhnte erneut. »Ciao.«

»Bye.« Ich legte auf und rief Rachel über das Zimmertelefon an. Sie antwortete nach dem ersten Klingeln.

»Guten Morgen«, begrüßte sie mich fröhlich.

»Du solltest doch anrufen.«

»Ich weiß. Ich wollte dich nicht wecken. Du brauchtest den Schlaf. Wie lange bist du schon wach?«

»Ich bin gerade erst munter geworden. Und du?«

»Etwa eine Stunde. Ich habe mich schon fertig gemacht.«

»Ich muss noch duschen. Ich bin in einer halben Stunde fertig. Ich klopfe dann bei dir.«

»Bis dann.«

Ich duschte und zog mich an, wobei ich mich für etwas dünnere Kleider entschied als am Vortag. Es war zwar nicht warm genug für kurze Ärmel, aber im Vergleich zu Utah war es brütend heiß. Als ich aus der Tür trat, kam Rachel mit ihrem Koffer aus ihrem Zimmer.

»Guten Morgen«, sagte ich.

»Hi«, erwiderte sie leise und strich sich die Haare aus dem Gesicht. »Unten gibt es kostenloses Frühstück.«

»Gut. Ich brauche einen Kaffee. Oder zwei.«

Ich nahm ihren Koffer und wir stiegen die Treppe nach unten. Der Frühstücksraum war ein kleines Zimmer neben der Lobby. Ich aß Rührei mit Petersilie, Croûtons und Schweizer Käse, und Rachel bestellte eine Schale Haferbrei und englische Muffins, die sie dick mit Orangenmarmelade bestrich. Abgesehen von einem alten Mann, der CNN guckte, waren wir die Einzigen im Speisezimmer.

Wir begannen zu essen. Nach einer Weile fragte Rachel: »Wann sind wir gestern eigentlich hier angekommen?«

»Kurz nach halb zwei.«

»Oh.« Sie schien etwas sagen zu wollen, doch dann widmete sie sich wieder ihrem Haferbrei.

Ich sah ihr eine Weile zu, dann meinte ich: »Ist alles in Ordnung?«

Sie sah mich nervös an. »Habe ich mich gestern in Verlegenheit gebracht?«

»Nein.«

»Das glaube ich dir nicht.«

»Du warst ein wenig … anhänglich.«

Sie stöhnte. »Es tut mir so leid. Ich werde in der Nacht immer ganz irre.«

»Nachts ist doch die beste Zeit, um irre zu werden«, erwiderte ich.

»Das war schon immer so. Wenn ich richtig müde bin, verwandle ich mich in einen anderen Menschen. Meistens erinnere ich mich nicht einmal mehr daran, was ich gesagt habe. Bitte erzähl niemandem davon.«

Ich legte den Kopf schief. »Wem sollte ich denn davon erzählen? Oh, Moment. Ich könnte deinen Verlobten anrufen!«

»Das würde nicht gut ausgehen.«

»Oder ich verwende es in einem Buch.«

»Das würdest du nicht wagen.«

»Du hast keine Ahnung, was ich mich alles traue.«

Sie sah mich an, als wäre sie sich nicht sicher, ob ich scherzte oder nicht. »Das würdest du doch nicht tun, oder?«

»Nein. Sonst verklagst du mich womöglich.« Ich wechselte das Thema. »Ich hatte gestern Nacht wieder einen seltsamen Traum.

Deine Mutter war auch da. Aber dieses Mal stand mein Vater vor ihr und versuchte, uns voneinander fernzuhalten.«

»Ich glaube nicht, dass er sich uns in den Weg stellen würde.«

»Keine Ahnung.«

»Abgesehen von meiner Mutter gibt es doch sicher noch andere Dinge, über die du mit ihm reden möchtest.«

»Ich möchte nur wissen, warum er mich in einem Haus zurückgelassen hat, in dem ich misshandelt wurde. Und warum er nie wieder zurückgekommen ist.«

»Vielleicht hat er dich auch misshandelt.«

Ich nippte an meinem Kaffee. »Vielleicht. Ich kann mich an nichts Derartiges erinnern. Aber möglich wäre es. Vernachlässigung ist auch eine Form der Misshandlung.« Ich lächelte finster. »Vielleicht ist es wie in ›A Boy Named Sue‹.«

Rachel sah mich fragend an. »Was ist das?«

»Hast du noch nie davon gehört?«

Sie schüttelte den Kopf.

»Es ist ein alter Johnny-Cash-Song. Ein Vater nennt seinen Jungen Sue und verlässt ihn dann. Der Junge geht mit einem Mädchennamen durchs Leben und lernt dadurch, zu kämpfen und für sich selbst einzutreten. Als Erwachsener beschließt er, seinen Vater zu töten, falls er ihn jemals wieder sieht. Als sie wieder aufeinander treffen, erklärt ihm sein Vater, dass er von Anfang an wusste, dass er sich nicht um seinen Jungen kümmern würde können, und dass er ihm den Namen gegeben hat, um ihn abzuhärten.«

»Das ergibt doch keinen Sinn. Er hat ihm einen Mädchennamen gegeben, um ihn abzuhärten?«

»Genau. Die beiden geraten aneinander, und am Ende gewinnt der Junge und steht kurz davor, seinen Vater zu töten. Und sein Vater meint: Du solltest mir danken, bevor ich sterbe. Dafür, dass ich dich hart gemacht habe.«

»Warum hat Sue seinen Namen nicht einfach geändert?«

Ich grinste. »Dann hätte es keinen Song gegeben.«

Sie nahm einen Bissen von ihrem Muffin. »Warum müssen wir es immer auf die harte Tour lernen?«

Mein Handy vibrierte, und ich warf einen Blick darauf. Es war eine Nachricht von Laurie.

Habe nur ein Zimmer bekommen – eine Suite mit zwei Schlafzimmern. Unter deinem Namen. Du schuldest mir etwas, Mr. Bestseller! ☺

Ich hob den Blick.

»Wer war das?«

»Meine Agentin. Ich habe Sie gebeten, uns zwei Hotelzimmer zu reservieren.«

»Wirklich? So etwas tut sie für dich?«

»Sie tut, was notwendig ist.«

»Notwendig wofür?«

»Um mich glücklich zu machen.«

»Das klingt nett.«

Ich sah auf die Uhr. »Es ist fast halb elf. Wenn wir bald fahren, sind wir um eins in Scottsdale.«

»Scottsdale?«

»Laurie hat uns Zimmer im ›Phoenician Resort‹ gebucht. Also eigentlich ist es bloß ein Zimmer. Eine Suite. Sie musste alle Hebel in Bewegung setzen, um sie zu bekommen. Ist es in Ordnung, wenn wir sie uns teilen? Oder sollen wir etwas anderes suchen?«

»Nein, das ist okay«, erwiderte sie. »Ich vertraue dir.«

Ich grinste. »Nach letzter Nacht stellt sich wohl eher die Frage, ob ich *dir* vertraue.«

Sie rieb sich über die Stirn. »Ich schäme mich so. Können wir es vielleicht einfach vergessen, bitte?«

Ich lachte. »Okay, schon passiert.«

»Danke.«

»Ich würde sagen, wir fahren ins Hotel und essen zu Mittag. Wahrscheinlich wären wir damit gegen fünfzehn Uhr durch.«

»Wie weit ist es von Scottsdale nach Mesa?«

»Nur zwanzig Minuten. Ich würde lieber erst gegen Abend bei ihm sein, also müssen wir noch einiges an Zeit totschlagen.«

»Wir könnten einen Zwischenstopp in Sedona einlegen«, schlug Rachel vor. »Es ist nur eine Stunde von hier entfernt, und ich wollte schon immer mal hin. Man sagt, dass es eine Quelle der guten Energie ist. Es gibt dort irgendwelche Kraftstrudel oder so.«

»Gute Energie kann ich immer gebrauchen.«

»Wie deine Energydrinks?«

»Ich nehme, was ich bekommen kann.«

KAPITEL

18

✳

16. Juli 1986

Liebes Tagebuch,

heute hat Jacob mich Mommy genannt. Mir ist klar, dass kleine Kinder ab und zu unabsichtlich ihre Lehrerin Mommy nennen. Es ist also keine große Sache. Leider passierte es vor Mrs. Churcher. Sie war nicht sehr glücklich darüber.

Das Leben fließt dahin. Ich werde immer dicker. Nächste Woche kommt meine Freundin Diane aus Logan, um mich zu besuchen. Ich bin oft einsam. Es ist seltsam, so etwas zu sagen, obwohl ein anderer Mensch in mir wächst. Ich frage mich, wie er oder sie wohl sein wird. Ich frage mich, ob wir wohl eines Tages Freunde werden. Ich frage mich, ob mein Baby mir jemals vergeben wird.

Noel

Ich checkte uns aus dem Hotel aus, trug unsere Koffer zum Auto, und wir verließen die Stadt. In Flagstaff geht der Highway I-89 in den Highway I-17 über, und wir fuhren weiter in Richtung Süden.

Wir legten einige Kilometer in angenehmes Schweigen gehüllt zurück, dann meinte Rachel: »Ist es schwer, romantische Geschichten zu schreiben?«

»Ich schreibe eigentlich keine romantischen Geschichten. Ich schreibe Liebesgeschichten.«

»Was ist der Unterschied?«

»Liebesgeschichten sind universeller.«

»Was bedeutet das?«

»Es geht um mehr als darum, dass Mann und Frau zusammenfinden. Die Geschichten haben universelle Themen, mit denen sich jeder identifizieren kann.«

»Mit romantischen Beziehungen kann sich doch auch jeder identifizieren.«

Ich sah sie an. »Wirklich?«

Sie biss sich auf die Lippe. »Vielleicht auch nicht.«

»Außerdem kann in einer Liebesgeschichte das Ende variieren. Hast du den Film *Titanic* gesehen?«

»Ja.«

»Das war eine Liebesgeschichte. Rose verliebt sich in Jack, das Standard-Szenario reiches Mädchen/armer Junge. Aber am Ende sinkt das Schiff und Jack ertrinkt.«

»Ja, das war ziemlich ätzend.«

Ich lachte. »Romantische Geschichten sind eher schablonenhaft. Der Mann lernt eine Frau kennen, der Mann verliert die Frau, und am Ende kommen die beiden doch zusammen. Denk an Cinderella. Der Prinz tanzt auf dem Ball mit ihr, sie läuft um Mitternacht davon, und er findet sie aufgrund des Schuhs wieder, den sie verloren hat. Cinderella stellt ihre hässlichen Stiefschwestern bloß, und der Prinz und sie sind glücklich bis an ihr Lebensende.«

»Sind sie denn immer glücklich bis an ihr Lebensende?«

»In der romantischen Literatur ja. Bei Liebesgeschichten kommt es darauf an.«

»Worauf?«

Ich grinste. »Ob eine Fortsetzung geplant ist oder nicht.«

Als wir an dem ersten Wegweiser nach Sedona vorbeikamen, fragte Rachel: »Kennst du den Song ›There is No Arizona‹?«

»Von wem ist der?«

»Jamie O'Neal.«

»Noch nie gehört.«

»Wirklich nicht? Du veralberst mich, oder?«

»Hey, lass gut sein. Du hast noch nie von ›A Boy Named Sue‹ gehört, und Johnny Cash ist definitiv bekannter als diese Jamie O'Neal.« Ich sah zu ihr hinüber. »Also, worum geht es in dem Lied?«

»Um eine Frau, deren Mann nach Arizona geht und ihr verspricht, dass er sie nachholt, wenn er alles geregelt hat. Er schickt ihr immerzu Postkarten, aber eigentlich ist alles nur eine große Lüge. Am Ende kommt sie zu dem Schluss, dass es Arizona gar nicht gibt.«

»Daher also der Titel. Das ist tragisch.«

»Sehr. Definitiv keine romantische Geschichte.«

»Aber auch keine Liebesgeschichte.« Ich sah noch einmal zu ihr. »Wie bist du gerade darauf gekommen?«

»Im Refrain heißt es: ›There is no Arzinona, no painted desert, no Sedona.‹«

»Da hat sich Miss O'Neal getäuscht. Ich habe gerade einen Wegweiser gesehen.«

In Sedona war vom Winter nichts mehr zu sehen. Vor uns ragten zerklüftete rote Sandsteinformationen aus dem Boden der Sonora-Wüste.

Unser Abstecher dauerte knapp vier Stunden. Wir fuhren in die Innenstadt und schlenderten die Hauptstraße entlang und durch einige Seitengassen mit Straßencafés, Kunstgalerien, Schmuckläden und Touristenshops, die T-Shirts und Andenken verkauften.

Danach fuhren wir hinauf zur *Chapel of the Holy Cross*, die das gesamte Tal überblickte. Die meisten Leute in der Kapelle waren Touristen. Abgesehen von Sedonas Ruf als New-Age-Mekka ist es eigentlich eine sehr religiöse Stadt und zwischen den Steinkathedralen befindet sich eine Vielzahl an Kirchen.

Wir hätten noch mehr Zeit mit Sightseeing verbringen können, aber ich bekam langsam das Gefühl, als würde ich etwas künstlich hinauszögern – was natürlich der Fall war. Ich bin sehr begabt darin, Ablenkungen zu finden, wenn etwas Unangenehmes bevorsteht. Es ist unglaublich, wie viele Dinge mir in den Sinn kommen, wenn ich keine Lust zum Schreiben habe.

Schließlich kehrten wir auf die I-17 zurück und nahmen die letzten zwei Stunden nach Scottsdale in Angriff. Die Temperatur in Phoenix war angenehm, es hatte um die zwanzig Grad. Rachel war froh über die Wärme, denn sie war Kälte nicht so gewöhnt wie ich. St. George, die nächstgelegene Stadt in Ivins, ist einer der wärmsten Orte in Utah, und es wird dort nie richtig kalt. Die Leute aus Salt Lake fahren im Winter gerne zum Golfen nach St. George oder fliehen vor dem graubraunen Nebel, der von den Bergen nach unten gedrückt wird.

Die Anlage des ›Phoenician Resorts‹ wirkte wie ein grüner Teppich inmitten der staubigen Steine des Camelback Mountain. Rachel sah sich staunend um, als wir die makellose, von Palmen gesäumte Zufahrt entlangfuhren, und ihr Blick fiel auf die gepflegten Grünflächen.

»Das ist wirklich hübsch«, meinte sie. »Ein Zimmer hier muss ein Vermögen kosten.«

»Es ist nicht billig«, gab ich zu. »Vor allem um diese

Zeit im Jahr.«

»Wir hätten auch in einem billigeren Hotel übernachten können.«

»Das hätten wir. Aber ich versuche immer noch, dich zu beeindrucken.«

Sie lächelte. »Und es funktioniert immer noch.«

Wir fuhren am Haupteingang des Hotels vorbei zum höher gelegenen Teil der Anlage, wo sich die luxuriösen Canyon-Suiten befanden. Ich schätze, ich gab tatsächlich ein bisschen an. Oder etwas mehr als *ein bisschen*.

Unter dem Säulenvorbau warteten bereits zwei junge Männer in identischen Uniformen, bestehend aus jägergrünen Shorts, Kappen und kittelartigen Hemden auf uns. Einer übernahm mein Auto, während der andere unser Gepäck auf einen Kofferwagen lud und ins Haus schob.

Rachel und ich betraten die herrliche Lobby mit dem Marmorboden und checkten bei einer attraktiven älteren Frau ein. Sie gab uns die Schlüssel und meinte: »Willkommen in den Canyons, Mr. Churcher. Bitte entschuldigen Sie meinen Überschwang, aber ich bin ein großer Fan Ihrer Arbeit. Ich hoffe, Sie und Mrs. Churcher genießen Ihren Aufenthalt bei uns. Wenn ich irgendetwas tun kann, um ihn noch angenehmer zu gestalten, dann zögern Sie nicht, mich anzurufen.«

Ich wollte sie gerade darüber aufklären, dass Rachel und ich nicht verheiratet waren, doch Rachel war schneller: »Danke, Claire. Wir freuen uns sehr auf die Flitterwochen.«

»Bitte entschuldigen Sie!«, erwiderte Claire. »Ich wusste nicht, dass es Ihre Flitterwochen sind. Gratulation. Ich lasse Ihnen eine Flasche Champagner aufs Zimmer bringen.«

»Danke«, erwiderte ich und erhob mich.

Nachdem wir uns abgewandt hatten, meinte ich: »Unsere Flitterwochen?«

Rachel lächelte. »Ich schütze nur Ihren guten Ruf, Mr.

Churcher. Ich will ja nicht, dass Ihre Fans einen falschen Eindruck von Ihnen bekommen.«

Ich nickte. »Das war sehr umsichtig. Und es hat uns eine Flasche Champagner eingebracht.«

Wir folgten dem Pagen mit unserem Gepäck einen mit Teppich ausgelegten Flur entlang bis zu unserer etwa dreißig Meter entfernten Suite. Ich öffnete die Tür, und der Page brachte unsere Koffer ins Zimmer.

Die Suite war sehr geräumig und wunderschön, und Rachels Augen weiteten sich staunend. Sie trat vor die doppelflügelige Glastür, die auf eine große Terrasse mit Blick auf den Golfplatz führte. Vor dem Fenster befand sich ein bunter Kakteengarten. »Was für eine Aussicht.« Sie ging weiter und verschwand in einem angrenzenden Zimmer. Nachdem der Page gegangen war, machte ich die Klimaanlage an. »Was meinst du dazu?«

Rachel kam zurück ins Wohnzimmer. »So leben also die anderen zwei Prozent.«

Ich ließ mich auf die Couch sinken. »Ich kann immer noch versuchen, irgendwo ein Airbnb aufzutreiben.«

»Nein, das passt schon«, erwiderte sie. »Die Suite ist echt riesig.«

»Es sind fast hundertsiebzig Quadratmeter. Das ist größer als das Haus meiner Mutter. Natürlich brauche ich normalerweise nur ein Einzelzimmer.«

»Dann warst du schon mal hier?«

»Schon oft. In Phoenix gibt es einige alteingesessene Buchläden, in denen ich Signierstunden abhalte.«

»Du führst ein unglaubliches Leben.«

»Ein unglaublich einsames Leben«, erwiderte ich. »Einmal war ich im Hochsommer hier. Es hatte siebenundvierzig Grad.«

»Das klingt schrecklich.«

»Am Anfang dachte ich dasselbe. Aber es war ganz angenehm. Es war kaum jemand da, und ich hatte den Pool und die Angestellten praktisch für mich allein. Wo wir gerade vom Pool reden, ich dachte, wir könnten in der Poolbar zu Mittag essen.«

»Soll ich einen Badeanzug anziehen?«

»Wenn du schwimmen möchtest.«

»Ich bin gleich wieder da.«

Ein paar Minuten später kam sie in einem leuchtend roten Tankini wieder. Sie hatte eine wunderschöne Figur, die sie züchtig bedeckte. Sie sah mich an, als erwartete sie meine Zustimmung. Ich war sprachlos.

»Und? Gefällt er dir?«

»Wow.«

»Wow?«

»Er ist wunderschön.« Ich sah ihr in die Augen. »*Du* bist wunderschön.«

Sie warf mir einen zweifelnden Blick zu, dann sah sie auf ihren Tankini hinunter. »Ist er nicht zu … gewagt?«

»Im neunzehnten Jahrhundert vielleicht«, erwiderte ich.

»Tut mir leid, ich bin etwas gehemmt.«

»Die meisten Frauen, mit denen ich aus war, hätten so wenig wie irgendwie möglich getragen, hätten sie so einen Körper wie du gehabt.«

»Nein, nein, das ist nicht wahr.« Sie warf einen Blick in den Spiegel. »Das ist der Tankini. Er schmeichelt mir.«

»Das ist, als wenn man behaupten würde, die Mona Lisa wirke nur wegen ihres schönen Rahmens.«

Sie lachte. »Hör auf damit.« Sie sah mich an. »Brandon findet ihn unzüchtig.«

»Den Badeanzug?«

Sie nickte. »Ich habe ihn einmal getragen und dann fortgeräumt. Manchmal glaube ich, er würde mich in eine Burka stecken, wenn er könnte.«

»Ein Licht wie deines sollte man doch nicht unter den

Scheffel stellen.«

Sie lachte erneut. »Hast du keine Badehose dabei?«

»Ähm …« Ich war nicht scharf darauf, meinen Körper zur Schau zu stellen. »Doch. Aber ich warne dich. Ich habe eine Schriftstellerfigur.«

»Du hast doch eine nette Figur.«

»Jetzt hast du wirklich sämtliche Glaubwürdigkeit verloren. Gib mir einen Moment.«

Ich ging ins Badezimmer, schlüpfte in meine schwarze Badehose und ein Green-Day-Shirt, dann kehrte ich zu Rachel zurück.

»Okay, gehen wir.«

Die Anlage hatte einen eigenen, von Palmen umrandeten Pool mit luxuriösen Holzliegestühlen und bernsteinfarbenen Umkleidehäuschen. Es waren mehrere Dutzend Gäste am Pool, aber keine Kinder, weshalb es ruhig war. Wir setzten uns an einen Tisch in der Nähe des Wassers, und der Kellner trat zu uns.

»Guten Tag. Möchten Sie etwas essen?«

»Ja«, erwiderte ich.

Er gab uns die Mittagskarte. »Darf ich Ihnen etwas zu trinken bringen?«

»Ich nehme eine Diätcola mit Zitrone, und sie …« Ich warf Rachel einen Blick zu.

Sie sah den Kellner an. »Ich hätte gerne einen Ananassaft mit einem Schuss Cranberry.«

»Mit Wodka?«

Die Frage schien sie zu überraschen. »Nein, Sir.«

»Einen *Virgin Sea Breeze* und eine Diätcola, kommt sofort.«

Er kam schon wenige Augenblicke später mit unseren

Drinks wieder und nahm die Essensbestellung auf. Ich nahm einen Wrap mit Hühnerfleisch auf mediterrane Art. Rachel bestellte einen Caesar Salad mit Hühnchen und Kohl.

Während wir aßen, unterhielten wir uns über das Resort und das Klima in Arizona im Vergleich zu St. George. Die Verlockung, den Grund unseres Besuchs in Phoenix zu vergessen, war groß. Vor allem, weil jedes Mal die Angst in mir hochstieg, wenn ich daran dachte.

War ich zu voreilig gewesen, was die Fahrt hierher betraf? War ich nur wegen Rachel hier? Ich hatte keine Ahnung, wie mein Vater auf das Wiedersehen reagieren würde. Ich war mir nicht einmal sicher, wie es mir dabei gehen würde.

Elyse hatte gesagt, dass er mich sehen wollte. Aber warum? Bereute er die Vergangenheit und wollte Wiedergutmachung leisten? Oder war es einer dieser klischeehaften Fälle, in denen die Eltern plötzlich wieder Interesse zeigten, nachdem das Kind Berühmtheit erlangt hatte? Was, wenn er mich um Geld bäte? Oder um eine Niere?

Ich denke, man sieht, warum ich nicht darüber nachdenken wollte.

Seltsamerweise brachte auch Rachel das Thema nicht zur Sprache. Vielleicht spürte sie aber auch meine Zurückhaltung und wollte warten, bis ich es selbst anschnitt. Nach einer Weile ging sie zum Pool, tauchte zuerst die Zehen ins Wasser und glitt anschließend ganz hinein. Der Pool war etwas über einen Meter tief, also seicht genug, um darin zu stehen und sich mit mir zu unterhalten.

»Es ist herrlich. Komm doch rein!«

Ich lächelte. »Nein, danke.«

»Ach, komm schon. Komm rein.«

»Ich kann nicht. Ich habe gerade gegessen. Man sollte nach dem Essen eine halbe Stunde warten, bis man ins Wasser geht.«

»Das ist ein Mythos. Wenn du einen Krampfanfall bekommst, rette ich dich. Versprochen.«

Ich grinste. »Na gut. Mir gehen die Ausreden aus. Aber nicht gucken, wenn ich mein T-Shirt ausziehe. Die weiße Haut könnte dich blenden.«

»Danke für die Vorwarnung«, meinte sie.

Ich schlüpfte aus dem Shirt und tauchte in den Pool. Sie hatte recht, das Wasser war herrlich. Rachel lehnte sich an den Rand und legte die Arme auf die Kante. »Erinnerst du dich, worüber wir heute Morgen beim Frühstück gesprochen haben?«

»Du meinst …« Ich zögerte. »Wie du dich gestern Abend verhalten hast.«

Sie runzelte die Stirn. »Du hast versprochen, nicht mehr davon zu reden.«

»Hab ich ja nicht. Ich dachte, du würdest darauf hinauswollen.«

»Das würde ich nie.«

»Okay, was meinst du dann?«

»Wir haben über den Song A *Boy Named Sue* gesprochen und ich habe mich gefragt, warum wir es immer auf die harte Tour lernen müssen.«

»Ich erinnere mich.«

»Ich habe darüber nachgedacht. Und ich glaube, ich habe die Antwort gefunden. Wir glauben, wir sind es nicht würdig, Glück zu finden. Oder Liebe.« Sie sah mir in die Augen. »Zumindest kommt es mir so vor.«

»Ich verstehe, was du meinst«, meinte ich. »Ich bin schon immer der Meinung, dass wir nicht das Leben wählen, das wir gerne hätten, sondern das Leben, von dem wir denken, wir hätten es verdient. Wir sabotieren uns, um uns selbst zu bestrafen.«

»Warum sollten wir uns selbst bestrafen?«, fragte Rachel. »Bestraft uns die Welt nicht schon genug?«

Ich runzelte die Stirn. »Warum sollten wir uns nicht bestrafen wollen? Wir leben in einer Welt, in der man für die Liebe arbeiten muss. Es ist eine Frage von Ursache und Wirkung. Und die Geschichte meiner Kindheit. Wenn ich gut genug bin, liebt mich meine Mutter vielleicht.«

»Das Problem ist, dass man irgendwann herausfindet, dass man niemals gut genug sein kann. Und dann wird es einem plötzlich zu viel. Man erreicht einen Punkt, an dem man bloß noch brüllen will: ›Liebe mich so, wie ich bin, oder zieh Leine.‹

»Deshalb habe ich mich nie für Religion interessiert. Alle, mit denen ich über dieses Thema gesprochen habe, meinten im Grunde immer bloß, ich müsste eben echt hart arbeiten, um mir Gottes Liebe zu verdienen. Dabei habe ich mein halbes Leben echt hart um die Liebe meiner Mutter gekämpft, und es hat nicht funktioniert. Andere meinten wiederum, dass wir unseren Weg zurück zu Gott selbst finden müssen. Ich muss dabei immer daran denken, wie es wäre, ein Kind mitten in China auszusetzen und ihm zu sagen: ›Ich verschwinde jetzt. Es ist deine Aufgabe, zu mir zurückzufinden. Unzählige Menschen werden dich in verschiedene Richtungen schicken und dir unterschiedliche Wege beschreiben, und du wirst nie wissen, ob der Weg, den du eingeschlagen hast, der richtige ist. Aber wenn du es vermasselst, darfst du nie wieder nach Hause kommen.‹ Ich weiß, wie es ist, wenn man von den Menschen, die man am meisten liebt, aus dem Haus geworfen wird und nicht einmal weiß, warum. Wenn Gott bloß eine allmächtige Version meiner Mutter ist, dann will ich nichts mit ihm zu tun haben.«

Rachel betrachtete mich nachdenklich. »Ich habe dir ja erzählt, dass meine Eltern sehr streng sind. Ihr Glaube an Gott hält sich streng an die Vorgaben. Gott ist für sie eine Art kosmischer Verkehrspolizist. Auf jede Handlung muss eine gleichwertige, entgegengesetzte Reaktion erfolgen. Wenn man einen Fehler macht, muss man bestraft werden. Deshalb waren sie sehr freigiebig, was Strafen anging. Ich kann dir gar nicht sagen, wie oft sie mich geschlagen haben. Und das Schlimme daran war, dass sie mir damit ihre Liebe bewiesen. Es war ziemlich krank.«

»Deine Eltern haben dich geschlagen?«

»Regelmäßig. Und mit hehren Absichten. Manchmal haben sie dabei sogar die Bibel zitiert. Sprüche 13.24: *Wer seine Rute schont, der hasst seinen Sohn.* Sprüche 23.14: *Du haust ihn mit der Rute, aber errettest seine Seele vom Tode.* Sie hatten es eigens herausgeschrieben.«

»Es tut mir leid.«

»Ja, mir auch. Aber die Sache ist die: Ich glaube, die Sprüche repräsentierten vor allem König Salomons Erziehungsstil. Und dessen Sohn und Nachfolger Rehabeam war ein bösartiger, grausamer Anführer, den alle hassten und der beinahe von seinen eigenen Leuten umgebracht worden wäre. Salomon sagte damit also indirekt: ›Meine Erziehungstipps sind scheiße, und wenn ihr ein Kind wie meinen Sohn wollt, dann erzieht es so, wie ich es getan habe.‹«

Ich lachte. »Woher weißt du so viel über die Bibel?«

»In meiner Familie wurde jeden Tag vor der Schule die Bibel studiert.«

»Ich bin beeindruckt.«

»Das musst du nicht«, erwiderte sie. »Ich hatte keine Wahl. Am Anfang habe ich einfach hingenommen, wie meine Eltern die Dinge dargelegt haben. Doch je älter ich wurde, desto mehr erkannte ich, dass sie ihre eigenen Interpretationen und Persönlichkeiten in die Geschichten einfließen ließen, also begann ich selbst mit dem Bibelstudium. Nicht, um ihnen eine Freude zu machen, sondern um herauszufinden, was wirklich in der Bibel stand. Ich begann, Fragen zu stellen.«

»Was haben sie dazu gesagt?«

»Sie sahen es als Rebellion. Sie wollten wie die meisten Leute lieber ihren eigenen Glauben bestätigt sehen und schützen, als die Wahrheit zu erkennen. Ich fand fortlaufend Widersprüche in dem, was ich las, und dem, woran meine Eltern glaubten. Mit sechzehn fragte ich meinen Vater, was Gnade bedeutet, und er meinte: ›Gnade bedeutet, dass du alles tun musst, was auch nur irgendwie in deiner Macht steht, und dann – aber nur dann – ist Gottes Gnade groß genug, um dich zu erretten.‹ Ich war verzweifelt und dachte: ›Das ist unmöglich.‹ Niemand kann alles tun, was in seiner Macht steht. Denn man kann doch immer eine Sekunde länger beten, einen Dollar mehr an die Armen spenden und ein Wort mehr in der Bibel lesen. Man kann immer mehr tun. Außerdem macht jeder irgendwann einen Fehler, und das allein bedeutet, dass man nicht alles getan hat, was möglich gewesen wäre.«

Sie stieß genervt die Luft aus. »Ich habe Menschen gesehen, die ihr ganzes Leben einem spirituellen Sinn nachgejagt sind, wie eine Katze ihrem Schwanz, und die am Ende einfach bloß erschöpft waren. Leute, die an Gott als Verkehrspolizist glauben, sind entweder voller Scham, oder strotzen vor wahnhafter Selbstgerechtigkeit. Ich denke, das beschreibt meine Eltern ganz gut. Und zwar beides. Wenn du sie fragst, ob sie gute Menschen sind, sagen sie Nein. Aber wenn du sie fragst, ob sie Sünder sind, wären sie beleidigt. Das Schwierige daran ist, dass man zwar weiß, dass es nicht richtig ist, aber sobald man einmal darauf programmiert wurde, hilft diese Erkenntnis nichts mehr. Man hat trotzdem ständig das Gefühl, sich gegen das Richtige aufzulehnen, auch wenn man weiß, dass es eben nicht richtig ist.« Sie sah mich mit schmalen Augen an. »Ergibt das einen Sinn?«

Ich nickte. »Mehr als alles, was ich seit langer Zeit gehört habe«, erwiderte ich. »Außerdem frage ich mich immer mehr, ob ein nicht anwesender Vater vielleicht sogar besser war.«

»Nicht besser. Nur anders. Es ist wie die Frage, ob Misshandlung oder Vernachlässigung schlimmer ist. Du hast ja schon gesagt, dass auch Vernachlässigung eine Form von Misshandlung ist. Der einzige Unterschied ist, dass sie passiv ist.«

Ich dachte eine Zeit lang darüber nach, dann warf ich einen Blick auf die Uhr. »Oh, es ist schon nach fünf. Wir sollten uns langsam auf den Weg machen.«

Wir kletterten aus dem Pool, trockneten uns ab und gingen zurück in unsere Suite. Ich zog mich im Badezimmer an, während Rachel sich ins Schlafzimmer zurückzog.

Die Vorbereitungen für das Treffen mit meinem Vater waren wie damals, an meinem ersten Tag an meiner neuen Schule, und ich überlegte fieberhaft, was ich anziehen sollte. Am Ende beschloss ich, dass es keine Rolle spielte, und schlüpfte in ein T-Shirt, Khaki-Shorts und Sportschuhe ohne Socken. Wenn mein Vater mich in einem T-Shirt nicht sehen wollte, würde es in einem Jackett von Armani auch nicht anders sein.

Der Portier fuhr meinen Wagen vor und gab mir den Schlüssel. »Ich wünsche Ihnen einen schönen Abend.«

»Danke.«

Ich hatte Rachel bereits die Tür geöffnet, und sie rutschte neben mich.

»Bist du bereit?«, fragte sie.

»Nein. Du?«

»Nein. Lass uns fahren.«

Ich lächelte. Die Einstellung dieser Frau gefiel mir.

KAPITEL

19

*

23. Juli 1986

Liebes Tagebuch,

morgen ist der 24. Juli, Pioneer Day und ein großer Feiertag hier in Utah. Wir fahren alle gemeinsam auf den Salt-Lake-County-Jahrmarkt, wo auch ein Rodeo stattfinden soll. Ich bin sehr aufgeregt. Ich war in letzter Zeit kaum unterwegs. Auch bei uns in Logan gab es Rodeos, und das Zuschauen hat immer Spaß gemacht. Mein Bauch wächst und wächst. Ich habe Schmerzen in einem Bein. Mrs. Churcher sagt, das ist der Ischias und keine große Sache. Es wird wieder vergehen. Darüber bin ich sehr froh. Ein Baby zu bekommen, ist eine große Verpflichtung. Nichts, woran man denkt, während man von einem Jungen ausgezogen wird. Ich frage mich, ob ich Peter jemals wiedersehen werde. Und was ich ihm sagen würde, falls es dazu kommen sollte.

Vermutlich wird es das nicht. Aber das ist okay. Ich habe einen Freund. Sein Name ist Jacob, und er liebt mich mehr, als jemals ein Junge ein Mädchen geliebt hat. Das hat er mir selbst gesagt.

Noel

Ich gab die Adresse meines Vaters ins Handy ein, und Rachel und ich fuhren los. Die Fahrt von Scottsdale nach Mesa dauerte gerade mal fünfundzwanzig Minuten.

Glücklicherweise war Samstag, sonst wären wir in den Berufsverkehr geraten. Wir fuhren auf der 101 in Richtung Süden, zur US 60, wo wir nach Osten bis zur Ausfahrt South Gilbert fuhren und dann nach Norden nach Broadway. Hier bogen wir nach Osten ab und brachten ein kurzes Stück auf der Fünfundzwanzigsten Straße hinter uns, bis es einen Block weit nach Süden in die Calypso Avenue ging, in der sich das Haus meines Vaters befand.

Es war ein einfacher Mittelklassevorort mit kleinen Häuschen. Die Hausnummern standen in schwarzweißen Zahlen auf dem Randstein. Das Haus meines Vaters hatte die Nummer 2412.

Es gehörte zu den älteren Gebäuden in der Straße, ein nichtssagendes, gelbverputztes, einstöckiges Haus mit einer Doppelgarage und einem Terrakottadach. Der Vorgarten wirkte nüchtern. Rotes Lavagestein mit einem kleinen Kakteengarten in der Mitte. In der Nähe der Eingangstür stand ein großer Tontopf mit einem kleinen Zitronenbaum, der neben dem Weihnachtskranz an der Tür irgendwie seltsam aussah. Ich hielt am Bordstein vor dem Haus.

»Das ist es«, sagte ich.

»Sieht nett aus«, meinte Rachel. »Schlicht.«

Ich warf ihr einen schnellen Blick zu. »Was meinst du? Bist du bereit, ihm gegenüberzutreten?«

»Ich glaube, ich sollte lieber hierbleiben. Ich komme mit, wenn du es willst, aber es ist ein großer Moment. Und meine Anwesenheit macht es vielleicht nur komplizierter.«

Ich dachte kurz nach, dann erwiderte ich: »Vielleicht hast du recht. Wenn es gut läuft, komme ich dich holen.«

»Alles Gute«, sagte sie. »Ich werde für dich beten.«

Ich stieg aus, ging zur Tür und sah mich nach einem Lebenszeichen um. Auf der Veranda vor der Tür lag eine gefaltete Ausgabe der *Arizona Republic*.

Ich klingelte, und im Haus begann ein Hund zu bellen.

Er klang klein und japsend.

Ich hörte Schritte, und die Tür öffnete sich. Eine große, schlanke Frau mit einzelnen grauen Strähnen erschien. Sie hatte freundliche Augen.

»Kann ich Ihnen helfen?«, fragte sie zuvorkommend.

»Ich möchte zu Scott Churcher.«

»Scott ist nicht hier. Kann ich Ihnen helfen?«

»Wissen Sie, wann er wiederkommt?«

Sie musterte mich einen Augenblick lang, dann sagte sie: »Sie sind Jacob.«

Ich sah sie überrascht an. »Woher wissen Sie das?«

»Sie sehen aus wie Scott. Möchten Sie reinkommen?«

»Danke, ich habe jemanden im Auto. Wann erwarten Sie ihn zurück?«

»Er ist heute in Tucson, aber morgen Nachmittag ist er wieder da. Ist das in Ordnung?«

»Ja, das ist gut«, erwiderte ich.

»Ich werde ihm sagen, dass Sie hier waren. Wann werden Sie morgen kommen?«

»Wann kommt er denn?«

»Gegen drei. Aber wenn er erfährt, dass Sie hier waren, wird es sicher früher.«

»Drei ist in Ordnung. Ich komme morgen wieder.«

»Möchten Sie vielleicht Ihre Telefonnummer hier lassen?«

»Nein.«

»Okay«, erwiderte sie freundlich. »Dann sehen wir Sie morgen.«

Ich wandte mich gerade ab, als sie leise meinen Namen wiederholte. »Jacob.«

Ich sah sie an. »Ja?«

»Danke, dass Sie vorbeigekommen sind. Er wird sich sehr freuen, Sie zu sehen.«

Ich nickte kaum merklich, dann kehrte ich zum Wagen zurück.

KAPITEL

20

∗

30. Juli 1986

Liebes Tagebuch,

ich war nicht beim Rodeo. Die Churchers konnten nichts dafür. Mein Vater rief an und fragte, ob sie Pläne für den 24. hätten. Als Scott ihm von dem Rodeo erzählte, verbot mir mein Dad mitzukommen, weil er wusste, dass viele Leute aus Logan dort sein werden. Ich glaube nicht, dass sich meine Eltern wirklich um mich sorgen. Für sie ist nur wichtig, wie sie vor den Nachbarn dastehen, mit denen sie zur Messe gehen.

Ich habe so etwas einmal in der Bibel gelesen. Leute wurden mit Grabkammern verglichen – außen strahlend weiß, aber im Inneren voller Knochen toter Männer. Genau so sind meine Eltern. Ihr Leben ist eine Lüge. Aber ich würde lieber ein ehrliches Leben führen, als eine von allen bewunderte Lüge zu leben. Außerdem freut sich doch ohnehin niemand wirklich für Leute, denen nur Gutes geschieht. Die Menschen hassen sie, weil sie hinter ihren eigenen Masken ebenfalls Schmerz erleiden.

Ich verbringe viel Zeit beim Kuscheln mit dem kleinen Jacob. Er ist mein Kumpel. Ich liebe Charles genauso, aber er steht mir nicht so nahe wie Jacob. Am Anfang gefiel es Charles, wenn ich ihm vorgelesen habe, aber jetzt liest er bereits selbst. Ich glaube, er mag mich nicht, weil er seine Mutter ver-

misst. Seit ich hier bin, hat sie kaum noch Zeit für die Jungen. Ich glaube, dass sie schon vor meiner Ankunft schrecklich müde war und jetzt ihre Freiheit genießt. Meine Mutter hat mir einen Brief geschrieben. Ich habe ihn nicht geöffnet.

Noel

Ich stieg ins Auto. Rachel sah mich erwartungsvoll an. »War er da?«

»Nein. Er ist in Tucson. Er kommt morgen Nachmittag wieder.«

»Und wir auch?«

Ich startete den Wagen. »Ja.« Ich fuhr los, begierig darauf, das Haus hinter mir zu lassen. Ich schwieg sicher fünf Minuten lang, bis Rachel schließlich fragte: »Ist alles in Ordnung?«

Ich hielt den Blick nach vorne gerichtet. »Keine Ahnung.«

»Fahren wir zurück ins Hotel?«

Ich warf einen Blick in ihre Richtung. »Ja. Es sei denn, du willst woanders hin?«

»Nein. Möchtest du einen Spaziergang machen, wenn wir zurück sind?«

Ich antwortete nicht sofort. »Mal sehen.«

Zwanzig Minuten später waren wir im Resort angekommen. Der Portier öffnete Rachel die Tür, während ich auf der anderen Seite ausstieg. Ich gab ihm den Autoschlüssel.

»Es ist ein herrlicher Abend«, meinte Rachel. »Machen wir nun einen Spaziergang oder nicht?«

»Versuchst du, mich abzulenken?«

»Ja.«

»Okay.« Ich wandte mich an den Portier, der gerade in meinen Wagen steigen wollte. »Wo gibt es hier einen netten Spazierweg?«

»Es gibt einen schönen Wanderweg rauf zum Gipfel des Camelback, aber dafür sind Sie heute schon zu spät dran. Der Weg dort drüben führt um das Gelände herum und am Kakteengarten vorbei. Es ist ein netter Rundgang.«

»Danke«, erwiderte ich.

»Wenn Sie wirklich mal auf den Camelback gehen, nehmen Sie unbedingt genügend Wasser mit.«

»Danke.«

Wir begaben uns auf den Pfad, der uns hinunter zur Hauptanlage führte. Der Weg war herrlich und wurde von einer Vielzahl verschiedener Kakteen und riesigen magentafarbenen Bougainvilleas gesäumt. Alles sah wunderbar aus, doch die Stacheln waren nicht zu unterschätzen, was mich an viele der Frauen erinnerte, mit denen ich in letzter Zeit ausgegangen war.

Rachel schwieg, aber vermutlich vor allem deshalb, weil ich auch kein Wort sagte. Nach etwa fünfzig Metern fragte sie erneut: »Ist alles okay?«

Ich senkte den Blick. »Ich habe immer noch keine Ahnung. Tut mir leid, aber ich bin im Moment wohl etwas neben der Spur.«

»Schon gut. Ich kann mir vorstellen, wie schwer das alles sein muss.«

Wir gingen weiter und waren bereits in der Nähe des Golfplatzes, als Rachels Handy klingelte. »Tut mir leid, ich habe vergessen, es auszumachen. Sie warf einen Blick auf das Display, dann hob sie ab. »Hi.«

Eine männliche Stimme begann zu brüllen. Ich konnte nichts verstehen, sondern hörte nur die wütende, nasale Schimpftirade, die sich über Rachel ergoss.

»Es tut mir leid, ich …« Gebrüll. »Ich habe vergessen … es tut mir leid …« Gebrüll. »Es tut mir wirklich leid.« Noch mehr Gebrüll. Rachel stiegen Tränen in die Augen. »Ich weiß. Es tut mir leid. Bitte verzeih mir.« Ein weiterer Wutausbruch. »Ich … ich …« Ein Schluchzen. »Es tut mir leid. Er war nicht da. Es tut mir leid.« Die Stimme beruhigte sich ein wenig. »Okay. Ich werde es versuchen. Ruf später noch mal an. Ich liebe dich auch. Bye.«

Sie legte auf, dann wandte sie sich von mir ab.

»Alles okay?«, fragte ich.

»Es tut mir leid …«

»Du musst dich nicht bei mir entschuldigen.«

»Es tut mir leid.« Sie schüttelte den Kopf. Offenbar war sie so konditioniert darauf, sich zu entschuldigen, dass sie gar nicht anders konnte.

»Weißt du eigentlich, wie oft du dich gerade bei ihm entschuldigt hast?«

Plötzlich wirkte sie wütend. »Warum? Hast du mitgezählt?«

Ich sah sie ruhig an. »Ich wollte dich damit nicht beleidigen. Ich wollte nur deutlich machen, dass …« Ich seufzte. »Redet er immer so mit dir?«

Sie antwortete nicht.

»Das ist respektlos. Und keine gesunde Art, eine Beziehung zu führen.«

»Gibst du mir jetzt schon Beziehungstipps? Weil deine Weisheiten bei dir selbst ja so gut klappen?«

Ihre Worte taten weh. Ich sah sie einen Augenblick lang an und war wie vor den Kopf geschlagen. Dann stieß ich den Atem aus. »Es tut mir leid. Das geht mich nichts an.« Ich wandte mich ab und ging weiter.

Nach ein paar Schritten rief sie mir nach: »Jacob.«

Ich wandte mich um. Sie kam auf mich zu.

Sie hatte Tränen in den Augen. »Es tut mir leid.« Sie schlang die Arme um mich. »Bitte verzeih mir. Ich habe es nicht so gemeint. Ich bin völlig durcheinander.«

Ich schwieg einen Moment, dann meinte ich: »Schon gut. Lass uns zurück ins Hotel gehen.«

Sie wischte sich die Augen trocken. »Ich muss jetzt allein sein.«

Ich sah sie an, dann nickte ich. »Ich bin auf unserem Zimmer.« Ich griff in meine Tasche und zog die Schlüsselkarte heraus. »Hier ist der Schlüssel. Pass auf dich auf.«

Ich beugte mich nach vorne und drückte ihr einen Kuss auf die Stirn. Dann wandte ich mich erneut ab und machte mich auf den Rückweg ins Hotel.

Ich war immer noch verletzt, als ich zurück in die Suite kam. Was sie gesagt hatte, hatte weh getan. Die Wahrheit tut immer weh, nicht wahr? Aber es waren nicht nur ihre übergriffigen Worte gewesen. Ich war wütend auf Rachels Verlobten. Und wütend auf Rachel, weil sie zuließ, dass er sie so mies behandelte.

Während ich darüber nachdachte, erkannte ich, dass ich auch wütend auf mich selbst war. Ich war wütend, weil ich mich langsam in sie verliebte. Ich verliebte mich gerade in eine Frau, die mit einem anderen verlobt war. Nein, ich verliebte mich nicht *gerade*. Ich war bereits verliebt. Ich war bereits ins kalte Wasser gesprungen. Und nun war ich nass bis auf die Knochen.

Und um alles noch viel schlimmer zu machen, war sie auch noch mit einem Mann zusammen, der sie meiner Meinung nach nicht verdient hatte. Natürlich konnte ich es nicht mit Sicherheit wissen. Ich hatte ihn nie kennengelernt und mein Urteilsvermögen war zweifellos beeinträchtigt. Andererseits wusste ich sehr wohl, dass ich niemals auf die Art mit ihr geredet hätte, wie er es gerade getan hatte. Je mehr ich darüber nachdachte, desto klarer wurde mir, dass ich ihr sagen musste, was ich empfand.

Ich holte eine Miniflasche Jack Daniel's aus dem Kühlschrank, mixte ihn mit Cola und Eis und trank. Nach wenigen Schlucken änderten meine Gedanken ihre Richtung. *Was hatte ich mir nur dabei gedacht?* Diese Frau würde bald heiraten. Sie hatte bereits die Blumen bestellt und den Saal reserviert. Ich kannte sie erst seit ein paar Tagen. Es war ein gewaltiges Risiko, ihr meine Gefühle zu gestehen. Sie würde mich vielleicht einfach abweisen. Nein, es war besser, sich an den Plan zu halten.

Ich griff nach der Fernbedienung, setzte mich in den Lehnstuhl und machte den Fernseher an. Auf einem Kanal wurde ein Football-Spiel übertragen. Die *Arizona Cardinals* spielten gegen die *Denver Broncos*. Ich sah einige Minuten zu, obwohl mich keines der beiden Teams interessierte. Ich brauchte bloß eine Ablenkung, während ich trank.

Nach dem zweiten Glas erinnerte ich mich an Noels Tagebuch. Rachel hatte es auf den Nachttisch neben ihrem Bett gelegt. Ich nahm es, machte den Fernseher aus, schlüpfte aus den Schuhen und legte mich auf mein Bett.

6. August 1986

Liebes Tagebuch,

etwas unbegreiflich Schreckliches ist geschehen. Während ich beim Arzt war, ist Charles auf einen Baum geklettert und hat sich an einer Stromleitung festgehalten. Der Stromschlag hat ihn getötet. Der kleine Jacob war bei ihm. Er ist nach Hause gerannt und hat seine Mutter geholt. Als ich zurückkam, stand ein Krankenwagen vor der Tür, doch niemand schien in Eile. Ich trat näher, und mein Blick fiel auf eine kleine Gestalt unter einem Laken. Ich muss zuge-

*ben, dass ich sofort befürchtete, es wäre mein kleiner
Jacob. Ich fühle mich schuldig deswegen. Ich weiß
nicht, was jetzt mit mir passieren wird.*

*Vielleicht schicken sie mich zu einer anderen Fam-
ilie. Nicht zu meiner eigenen, natürlich. Das wird nie
passieren. Ich habe den Brief von meiner Mutter immer
noch nicht gelesen. Ich weiß nicht, ob ich es jemals tun
werde. Da ist so viel Schmerz auf dieser Welt.*

Noel

13. August 1986
Liebes Tagebuch,

*die Hälfte meiner Schwangerschaft ist vorüber.
Es ist schwer, in dieser Zeit einen Gedanken an mich
oder das Baby zuzulassen. Letzten Donnerstag wurde
Charles beerdigt. Es war das Traurigste, das ich je
erlebt habe. Als sie den Deckel des kleinen Sarges
schlossen, fiel Mrs. Churcher schluchzend auf die
Knie. Ich mache mir Sorgen um sie. Sie kann nicht
aufhören zu weinen. Sie isst nichts. Sie liegt den ganzen Tag in ihrem dunklen Zimmer im Bett. Sie hat mir
mindestens fünfmal gesagt, dass sie am liebsten sterben würde. Einmal hat sie mich um Schlaftabletten
gebeten. Doch als ich zu ihr kam, schrie sie mich an,
dass sie die ganze Packung wollte. Ich bin einfach
aus dem Zimmer gegangen. Ich wusste, dass sie mir
nicht folgen würde. Sie kommt nie heraus.*

Noel

✴

20. August 1986

Liebes Tagebuch,

die Dinge werden weder schlechter noch besser. Die Welt befindet sich in einem Schwebezustand, in dem es keine Hoffnung gibt. Überall ist Dunkelheit. Es ist, als hätten sie vergessen, dass sie noch einen Sohn haben. Mein armer kleiner Jacob. Er weicht mir nicht mehr von der Seite und klammert sich an mich. Ich halte ihn fest. Er gibt mir einen Kuss, wenn ich ihn abends ins Bett bringe. Ich bin im Moment alles, was er hat. Mr. und Mrs. Churcher hatten einen riesigen Streit. Ich hörte etwas zerbrechen. Mr. Churcher kam aus dem Zimmer. Er sah mich an, und ich sah den Schmerz in seinen Augen.

Ich habe mich endlich dazu entschlossen, Mutters Brief zu öffnen. Ich wünschte, ich hätte es nicht getan. Sie erklärt mir darin, was für eine Enttäuschung ich für die Familie bin und dass sie sich den Kopf darüber zerbrochen hat, was sie falsch gemacht haben könnte. Doch dann hat Gott ihr die Wahrheit verraten. Sie hatte nichts falsch gemacht – es war allein mein Werk. Sie wurde von ihrer Schuld befreit, doch nun ist sie in Sorge um meine Seele. Sie bezeichnete mich als ausgelutschten Kaugummi, den niemand mehr haben will. Ich wünschte, sie würde sich weniger um meine Seele und mehr um mich sorgen. Oder um das Baby, das in ihrer Welt nicht einmal existiert. Ich wünschte, ich hätte den Brief nie geöffnet. Ich wünschte, ich wäre nie geboren worden. Dann würde ich nicht so viel Ärger machen.

Noel

＊

27. August 1986

Liebes Tagebuch,

ich bekomme ein kleines Mädchen. Ein süßes kleines Mädchen. Es ist schwer, ihr keinen Namen zu geben. Bevor ich hierher kam, hat mein Vater mir verboten, dem Baby einen Namen zu geben. Er meinte, es würde mir sonst viel schwerer fallen, es abzugeben. Dann hat er mir erzählt, dass er als kleiner Junge auf einer Farm lebte und seine Familie Schweine hielt. Er nannte eines der Ferkel Wilbur, nach dem Schwein in dem Kinderbuch Wilbur und Charlotte. Wilbur wurde zu Weihnachten geschlachtet, und für meinen Vater war es das schlimmste Fest aller Zeiten. Für mich hingegen war es die schlimmste Geschichte aller Zeiten. Verglich er mein Baby tatsächlich mit einem Schwein?

Ich werde ihr keinen Namen geben.

Noel

Es war bereits dunkel, als ich hörte, wie sich der Türknauf drehte und sich die Tür öffnete. Ich sah auf meine Uhr. Es war viertel nach neun. Ich ging in den Vorraum. Rachel versuchte, möglichst leise zu sein.

»Hi.«

Sie wandte sich zu mir um. »Oh, hi. Ich dachte, du wärst vielleicht schon im Bett.«

»Nein. Ich bin eine Nachteule.«

Sie kam auf mich zu. »Ich schäme mich dafür, was ich

zu dir gesagt habe. Ich weiß nicht, woher das kam. Ich bin ein emotionales Wrack. Ich werde in vier Monaten heiraten. Ich hätte nicht hierherkommen sollen. Es war selbstsüchtig von mir.«

Ich sah sie an. Enttäuscht von dem Schluss, zu dem sie gekommen war. »Es ist nicht selbstsüchtig, sich um das eigene Wohlergehen zu kümmern. Vor allem nicht, wenn es niemand sonst tut.«

Sie zwang sich zu einem Lächeln, auch wenn ihre Augen immer noch glanzlos und geschwollen waren. »Es war ein langer Tag. Ich dusche und gehe ins Bett. Danke für das wunderschöne Zimmer.« Sie drückte mir einen Kuss auf die Wange. »Gute Nacht.« Sie ging in ihr Zimmer, schloss die Tür, drehte den Schlüssel im Schloss und ließ mich zurück, während meine Gedanken und mein Herz rasten. Vor allem mein Herz.

Mein Herz tat weh. Ich war verliebt. Ich war dumm und unachtsam gewesen. *Wann hatten meine Gefühle für sie die Grenze überschritten?* Ich kehrte in mein Zimmer zurück und legte mich aufs Bett. Laurie hatte recht. Ich hätte nie in der Asche wühlen sollen.

KAPITEL

21

*

3. *September 1986*

Liebes Tagebuch,

ich weiß, ich habe geschrieben, dass ich meinem Baby keinen Namen geben werde, aber ich konnte nicht anders. Auch wenn ich weiß, dass sie ihn nicht behalten wird. Ich nenne sie Angela. Weil sie ein Engel ist. Und wenn sie an Weihnachten geboren wird wie ich, dann wird sie ein Weihnachtsengel. Es war eine ziemlich gute Woche. Nichts Großes oder Wichtiges ist passiert. Vielleicht war es deshalb eine gute Woche. Das Wetter wird langsam kälter. Aber egal, wie das Wetter werden wird, ich glaube, es wird ein langer, langer Winter.

Noel

*

17. *September 1986*

Liebes Tagebuch,

ich habe heute beim Arzt in einer Ausgabe von National Geographic geblättert und ein Foto einer Boa constrictor gesehen, die gerade ein ganzes Schwein verschluckt hatte. Und ich dachte bei mir: »Genau so sehe ich aus.« Na ja, ohne die Schuppen und Zähne natürlich. Aber ich bin riesig. Eine Frau im Wartezimmer fragte mich, ob mein Mann sich einen Jungen oder ein Mädchen wünschen würde. Ich habe ihr erklärt, dass er mit beidem einverstanden sei. Ich fühle mich so allein. Das Verlangen, mich bei Peter zu melden, ist groß, aber ich werde ihm nicht nachgeben. Ich habe in meinem Leben schon genug Fehler gemacht. Wenn er mich liebt, wird er zu mir zurückkommen. Und wenn er mich nicht liebt, gibt es keinen Grund, ihn wieder in meinem Leben haben zu wollen.

Noel

Sonntag, 18. Dezember

Am nächsten Morgen war ich früh wach. Rachel schlief noch, also schrieb ich ihr eine kurze Nachricht, schlüpfte in meine Badehose und ging hinaus zum Pool. Die Ereignisse von gestern Abend schmerzten noch immer. Ich kochte vor Eifersucht, und ich hatte keinen Grund zu der Annahme, dass Rachel ihren Verlobten verlassen würde. Ein Teil von mir wollte sie gar nicht sehen.

Es waren nur eine Handvoll Gäste im Poolbereich, und nur ein anderer Gast im Wasser.

Ich sprang in den Pool und begann, meine Bahnen zu ziehen. Nach etwa einer halben Stunde sah ich, dass Rachel am Beckenrand stand. Sie winkte mir zu, und ich schwamm zu ihr. Sie sah aus, als würde sie sich besser fühlen als am Vorabend. Sie wirkte leichter.

»Überanstrenge dich nicht«, meinte sie und ging am Beckenrand in die Hocke. »Ich dachte, nachdem wir genug Zeit haben, könnten wir die Wanderung auf den Camelback machen? Hast du Lust? Die Pförtnerin meinte, eine Strecke dauert etwa zwei Stunden. Sie hat mir eine Karte mitgegeben.«

»Ich bin dabei«, erwiderte ich. Ich stieg aus dem Wasser und ging zurück ins Zimmer, um mich umzuziehen. Als ich aus dem Badezimmer kam, saß Rachel auf der Couch.

»Wie geht es dir heute?«, fragte ich.

Sie sah mich mit sanften Augen an. »Ich fühle mich immer noch mies, wenn ich an mein Verhalten gestern Abend denke. Du warst immer nett zu mir.« Sie schüttelte den Kopf. »Es war das schlechte Gewissen. Und ich habe es an dir ausgelassen.«

»Wir müssen nicht darüber reden«, sagte ich. »Ich verstehe schon.«

Sie lächelte schief. »Wenigstens kann das einer von uns beiden behaupten.«

Ich nahm ihre Hand, um sie von der Couch hochzuziehen. »Komm, lass uns einen Berg bezwingen.«

Nachdem sie stand, ließ sie meine Hand immer noch nicht los. Sie lächelte peinlich berührt. »Tut mir leid.«

Wir machten am Hotelkiosk halt, um uns mit Lippenbalsam, Sonnencreme und Wasser einzudecken. Ich kaufte einen Hut für mich und ein Bandana für Rachel und half ihr beim Binden. Sie sah wirklich süß damit aus.

Wir parkten am Fuße des Berges und wanderten den Cholla Trail entlang in Richtung Gipfel. Der Weg war gut beschildert und die Landschaft war zerklüftet und wunderschön. Überall ragten Saguaro-Kakteen in den Himmel.

Wir brauchten etwas mehr als eineinhalb Stunden auf den felsigen Gipfel. Hier oben hatte man einen 365-Grad-Rundblick auf Phoenix – einem Schachbrett aus staubig grüner Landschaft, roten Dächern und blauen Swimmingpools. Aus der Ferne sah die Stadt alles andere als weihnachtlich aus. Es wehte ein angenehmer, ruhiger Wind, und ich setzte mich auf einen flachen, breiten Stein, um den Augenblick zu genießen.

Es waren mindestens ein Dutzend andere Wanderer am Gipfel, die alle großzügig Wasser verteilten. Ein Mann hatte unzählige Flaschen mitgeschleppt, nur um sie auf dem Weg auszuteilen. Er erzählte mir, dass vor zwei Monaten ein Mann aus Frankreich auf dem Gipfel ums Leben gekommen war. Er hatte einen Sonnenstich erlitten und nicht genug Wasser dabei gehabt.

Rachel schlenderte auf dem Gipfel umher, und wenig überraschend versuchten mehrere Männer, mit ihr zu flirten. Sie lachte mit ihnen, und auch wenn es vollkommen unschuldig war, versetzte es mir jedes Mal einen Stich. Ich wartete darauf, dass sie sich zu mir setzte, doch sie tat nichts dergleichen. Schließlich erhob ich mich. »Wir gehen besser wieder hinunter.«

»Moment«, sagte sie und kam zu mir. »Ich möchte ein Foto von uns beiden machen.«

Sie winkte einen der flirtenden Männer zu uns, damit er ihr Handy nehmen konnte. Er war offensichtlich Bodybuilder und trug ein ärmelloses Muskelshirt. Seine Oberarme waren in etwa so dick wie meine Waden. Er machte das Telefon an und schoss ein Selfie. »Tut mir leid«, meinte er. »Jetzt hab ich doch glatt ein Foto von mir gemacht. Du kannst es gern behalten. Kostet auch nichts.«

Rachel glitt neben mich auf den Felsen. »Okay, jetzt aber richtig«, meinte sie. Obwohl sie sich für den vergangenen Abend entschuldigt hatte, war ich immer noch verhalten und wollte ihr nicht zu nahe kommen. Oder vielleicht wollte sie mir nicht zu nahe kommen, und ich reagierte deshalb verhalten. Jedenfalls wirkten wir alles andere als natürlich. Schließlich lehnte sie sich an mich und meinte in einem Tonfall, den ich nicht deuten konnte: »Es ist okay, wenn du so tust, als würdest du mich mögen.«

Mir war nicht klar, ob es flapsig sein sollte oder ob sie es ernst meinte. Trotzdem legte ich wortlos den Arm um sie, und Rachel ließ den Mann ein Dutzend Fotos schießen. Sie bedankte sich bei ihm, nahm ihr Handy und setzte sich anschließend wieder zu mir auf den Felsen. Dann streckte sie mir ihre Wasserflasche entgegen. »Hier, trink.«

»Schon gut.«

»Trink«, wiederholte sie. »Das ist ein Befehl.«

Ich nahm die Flasche, trank die Hälfte und gab sie ihr wieder. »Bist du jetzt glücklich?«

»Wie könnte ich nicht glücklich sein?«, fragte sie und erhob sich. »Ich bin mit dir zusammen.« Sie nahm meine Hand. »Komm, gehen wir.«

Es war beinahe ein Uhr, als wir zurück ins Hotel kamen. Ich nahm eine schnelle Dusche und kehrte dann ins Wohnzimmer der Suite zurück, wo Rachel auf mich wartete. Wir gingen zum Ausgang. Ich hatte mein Auto vom Zimmer aus angefordert, und es stand zur Abfahrt bereit.

»Soll ich die Adresse noch einmal ins Handy eingeben?«, fragte Rachel.

»Nein. Ich habe sie mir gemerkt.«

Ich bog vom Parkplatz und wir machten uns auf den Weg nach Mesa.

Es war Sonntag und auf den Straßen war es wesentlich ruhiger als am Vortag. Wir kamen zehn Minuten zu früh vor dem Haus meines Vaters an. Dieses Mal parkte ein weißer Subaru Impreza in der Einfahrt.

»Nervös?«, fragte Rachel.

Ich sah sie an und zwang mich zu einem Lächeln. »Warum sollte ich nervös sein?«

Sie betrachtete mich mitfühlend. »Was macht dich am meisten nervös?«

»Keine Ahnung. Ich meine, warum bin ich eigentlich hier?«

»Aus demselben Grund, warum ich meine Mutter suche. Du möchtest dich selbst finden.«

»Ich bin nicht er.«

»Nein, aber er ist ein Teil von dir.«

Ich holte tief Luft. »Okay. Bringen wir es hinter uns.« Ich sah sie an. »Ist es okay, wenn du wieder im Auto wartest? Es könnte eine Weile dauern.«

»Schon gut. Wenn es zu lange wird, mache ich einen Spaziergang.«

»Ich lasse dir den Schlüssel hier.«

Sie grinste. »Du meinst, falls wir schnell die Flucht ergreifen müssen?«

Ich grinste ebenfalls. »Genau.«

Ich öffnete meine Autotür und ging auf das Haus zu. Die Haustür ging auf, bevor ich klingeln konnte. Vor mir stand mein Vater. Ich wusste sofort, dass er es war. Er war immer noch attraktiv, obwohl er eine Glatze hatte. Tatsächlich hatte er überhaupt keine Haare im Gesicht, nicht einmal Augenbrauen oder Wimpern. Tausende Gedanken stürzten gleichzeitig auf mich ein. *Krebs. Würde er bald sterben? War es ihm deshalb so wichtig, mich zu sehen? Als eine Art späte Reue, bevor sein Leben zu Ende ging?*

Abgesehen von den fehlenden Haaren wirkte er gesund. Er hatte strahlende Augen und einen sanft gewölbten Bauch, der seine Khaki-Hose und das kurzärmelige Tommy-Bahamas-Hawaiihemd ausfüllte. Einen Moment lang sagte keiner ein Wort. Dann stiegen ihm Tränen in die Augen. »Jacob.«

Ich schluckte und meine Gefühle drehten sich im Kreis wie ein Roulette, während ich darauf wartete, dass die Kugel fiel. »Scott.«

Wir standen uns gegenüber, und keiner wusste, was er tun sollte. Seine Frau – oder zumindest die Frau, mit der ich am Vortag gesprochen hatte – trat hinter ihn. Sie lächelte. »Scott, warum bittest du deinen Sohn nicht einfach herein?«

Es war, als wäre er aus einer Trance erwacht. »Natürlich. Komm rein. Bitte.«

»Danke.« Ich trat ins Haus. Im Inneren war es kühl und hell. Die Sonne fiel durch die Dachfenster, und es war modern eingerichtet und sauber.

»Darf ich dir etwas zu trinken anbieten?«, fragte Scott.

»Klar. Ich nehme ein Bier, wenn du eines da hast.«

»Ich hole es«, bot die Frau an.

»Das ist meine Frau Gretchen«, erklärte Scott.

»Wir haben uns gestern bereits kennengelernt«, erwiderte ich.

»Es ist schön, Sie wiederzusehen«, meinte Gretchen. Sie wandte sich an Scott. »Möchtest du auch etwas?«

»Bitte. Auch ein Bier.« Er wandte sich wieder an mich. »Nimm doch Platz.« Er deutete auf eine hellgraue Couch mit verchromten Beinen und leuchtend roten Kissen. Auf einem der Beistelltische stand ein gerahmtes Foto von meinem Vater und mir. Wir standen auf der Veranda meines Elternhauses. Ich trug einen Mantel und hatte einen Hut auf dem Kopf, mein Vater hielt meine Hand.

Auf dem gläsernen Couchtisch stand eine Santa-Claus-Figur aus Porzellan, und daneben lag eine Hardcover-Ausgabe meines neuesten Buches. Ich nahm an, dass er es hingelegt hatte, damit ich es sähe. Was vermutlich auch für das Foto galt.

Ich setzte mich, und er ließ sich auf die zur Couch passende Chaiselongue sinken. Seine Augen waren immer noch gerötet. Ich sah, dass er sich unwohl fühlte, aber es war auch deutlich zu erkennen, dass er sich freute, mich zu sehen.

Trotzdem wussten wir beide nicht, was wir sagen sollten. Immerhin gibt es kein allgemeingültiges Drehbuch für solche Situationen. Ich dachte: *Eigentlich schade, dass ich eine solche Begegnung noch nie in einem meiner Bücher beschrieben habe. Aber zumindest ist es eine Anregung für später.*

Scott war der Erste, der den Graben überwand. »Also, was führt dich nach Phoenix?«

»Du.«

Er nickte bloß.

»Wie geht es dir?«, fragte ich.

»Ganz gut.« Er deutete auf seinen Kopf. »Nur meine Haare sind fort.«

»Krebs?«

»Ja. Die Hoden. Die Chemo hat mich meine Haare gekostet.«

»Hat sie geholfen?«

»Die Ärzte glauben, dass alles weg ist. Abgesehen vom Alter fühle ich mich ziemlich gut.«

»Das ist schön«, meinte ich.

Er nickte kaum merklich. »Und du wohnst inzwischen in Coeur d'Alene?«

»Woher weißt du das?«

Er deutete auf mein Buch. »Es steht im Klappentext.« Er lächelte. »Ich habe alle deine Bücher gelesen. Jedes einzelne. Sie sind großartig. Das Talent hast du sicher nicht von mir.«

Gretchen kam mit zwei Bierkrügen zurück. Das Bier hatte die Farbe von dunklem Bernstein. »Das ist Scotts Lieblingsbier.«

»Danke«, sagte ich.

»Danke, Liebling«, meinte Scott.

Nachdem sie fort war, nahm ich einen Schluck und fragte: »Liegt bei dir immer eines meiner Bücher auf dem Couchtisch?«

Er grinste. »Nein, das habe ich hingelegt, nachdem du dich angekündigt hattest.«

»Ehrlichkeit ist immer gut.« Ich nickte. »Und das Foto von mir?«

»Das steht schon immer dort. Seit wir vor zwanzig Jahren hierhergezogen sind.«

Ich ließ die Neuigkeit sacken. »Also, was machst du inzwischen beruflich?«

»Ich bin quasi in Rente, aber ich arbeite noch ab und zu im Sozialbereich. Als Berater. Ich arbeite mit Krankenhäusern und deren Psychotherapeuten zusammen. Gestern war ich in Tucson. Es gibt mir eine Beschäftigung. Und du? Ist Bücherschreiben ein Vollzeitjob?«

»Bücher schreiben, promoten, und der ganze Mist, der noch dazu gehört.«

»Klingt aufregend.«

»Es gibt so Momente …«

Schweigen senkte sich über uns. Wir nahmen beide noch einen Schluck. Dann lehnte Scott sich zurück. »Danke, dass du gekommen bist. Als Gretchen mir erzählt hat, dass du hier warst, habe ich … na ja, ich habe letzte Nacht kaum geschlafen. Ich hatte gehofft, dich auf der Beerdigung deiner Mutter zu sehen. Ich war nicht überrascht, dass du nicht dort warst, aber ich hatte es gehofft. Wie ich hörte, hat sie dir das Haus hinterlassen.«

»Ich habe es ausgeräumt.«

Er sah mich neugierig an. »Warum?«

»Weil es in einem grauenhaften Zustand war. Sie war ein Messie.«

»Ich weiß. Ich meinte eher, warum *du*? Du bist ein wichtiger Mann. Du könntest jemanden dafür bezahlen.«

»Ich schätze, ich wollte mich einfach selbst durch die Erinnerungen graben. Vielleicht ein paar Fragen beantworten.«

»Ich kann mir vorstellen, dass so etwas eine reinigende Erfahrung sein kann«, meinte er. »Hat es geholfen?«

Ich nahm noch einen Schluck, dann stellte ich den Krug zurück auf die Serviette. »Nicht wirklich. Aber vielleicht war es gut, sich dem Schmerz zu stellen.«

Er nickte wissend. »Würdest du mich gerne etwas fragen?«

Ich sah ihn einen Moment lang an. Dann schossen die Worte einfach so aus meinem Mund wie eine Kanonenkugel. »Warum hast du mich dort zurückgelassen?«

Die Frage hing wie Rauch zwischen uns. Er senkte den Blick und wirkte mit einem Mal todtraurig. Er nahm einen Schluck, wischte sich den Mund ab und trank erneut. Dann sah er mich mit roten Augen an. »Weil ich dumm war. Damals dachte ich, es wäre das Beste für dich.« Er stieß die Luft aus. »Der Weg zur Hölle ist mit guten Vorsätzen gepflastert, nicht wahr?«

Er schüttelte den Kopf. »Ich war damals selbst ein Wrack. Ruth gab mir die Schuld an Charles' Tod. Ich gab mir selbst die Schuld daran. Ich hatte das Gefühl, ihr bereits einen Sohn genommen zu haben. Ich konnte ihr nicht noch ein Kind nehmen. Außerdem hätten es die Behörden ohnehin nicht zugelassen. Männer bekommen in den seltensten Fällen das Sorgerecht, das war mir klar.«

Er ließ langsam die Luft entweichen. »Als ich ihr sagte, dass ich mich scheiden lassen wollte und dich mitnehmen würde, meinte sie: ›Du willst mir noch ein Kind wegnehmen? Willst du ihn auch umbringen?‹«

Ich schluckte.

»Ich konnte es nicht tun. Ich hatte kein Recht dazu. Ich hatte ein Besuchsrecht, aber ich habe es nicht in Anspruch genommen. Nicht, dass ich es nicht wollte – ich habe dich schrecklich vermisst –, aber ich konnte dich nicht sehen. Ich war von Trauer und Schuld zerfressen und tat das Schlimmste, was man in einer solchen Situation tun kann. Ich begann zu trinken.« Er sah mich an. »Lange Rede, kurzer Sinn: Vier Jahre später schaffte ich den Absprung. Ich heiratete noch einmal und wagte mich zurück ins Leben. Ich wollte dich unbedingt wiedersehen, aber es war viel Zeit vergangen und ich wusste nicht, wie ich es anstellen sollte, ohne dir zu viele Schmerzen zu bereiten.« Er sah mir in die Augen. »In meinem Beruf habe ich Klienten betreut, die plötzlich wieder Kontakt zu einem verloren geglaubten Elternteil hatten, und manche hat es vollkommen aus der Bahn geworfen. Es hat ihnen noch mehr Schmerzen zugefügt, anstatt Schmerzen zu lindern. Es schien mir nicht fair, dich dem auszusetzen. Ich hatte das Gefühl, ich hätte kein Recht dazu.«

Sein Gesicht wurde ernst.

»Du musst mir glauben, dass ich keine Ahnung von Ruths Zustand hatte. Ich wusste nicht, was sie dir antat. Erst Jahre später erfuhr ich, dass sie dich womöglich misshandelt hatte. Ich rief einen Anwalt an, um das Sorgerecht für dich zu bekommen. Ich habe sogar meine alten Freunde beim Jugendamt kontaktiert und gebeten, einige Fäden zu ziehen. Dann habe ich Ruth angerufen. Ich sagte ihr, dass ich dich holen komme. Dass ich einen Fehler gemacht hatte. Sie verlor vollkommen den Verstand. Als ich das nächste Mal mit ihr sprach, warst du fort. Du warst fortgelaufen.«

»Ich bin nicht fortgelaufen«, stellte ich klar. »Sie hat mich rausgeworfen. Ich kam eines Abends nach Hause, und alle meine Sachen lagen im Vorgarten.«

»Es tut mir so leid«, sagte er und schüttelte den Kopf. »Ich wollte dir helfen, aber selbst das habe ich nicht hinbekommen.« Plötzlich stiegen ihm Tränen in die Augen. »Es tut mir so leid, dass ich nicht stärker war. Ich weiß, dass es absurd ist, mich jetzt dafür zu entschuldigen. Es ist viel zu wenig und kommt viel zu spät.« Er sah mir erneut in die Augen, und eine Träne bahnte sich den Weg über seine Wange. »Ich erwarte nicht, dass du mir verzeihst. Ich erwarte gar nichts von dir. Aber egal, was du tust oder sagst, es tut mir wirklich leid.«

Seine Entschuldigung ließ mich unberührt. Eine tiefe Stille senkte sich über uns.

Nach einer Weile sagte er: »Ich habe versucht, dich ausfindig zu machen, weißt du? Ich habe dich nie vergessen. Ich dachte einfach, ich würde das Richtige tun. Aus meiner Sicht war es richtig. Ruth war immer eine gute Mutter. Sie war eine bessere Mutter, als ich ein Vater war. Sie war ein guter Mensch. Zumindest damals, als ich mit ihr zusammenlebte. Und sie hat euch beide geliebt. Charles' Tod war das Schlimmste, das sie jemals erleben musste. Ich verstand, dass sie sich gegen mich wandte – ich schätze, sie brauchte jemanden, dem sie die Schuld geben konnte –, aber ich hätte nie gedacht, dass sie es auch an dir auslassen würde.«

Er stieß die Luft aus. »Im Nachhinein wünschte ich, ich wäre bei ihr geblieben. Es wäre für euch beide besser gewesen. Aber im Nachhinein ist man immer klüger, nicht wahr?«

Trotz des Schmerzes in mir nickte ich langsam. Dann sah ich ihm in die Augen. »Ich habe dich gehasst.«

»Das dachte ich mir«, erwiderte er leise. »Und du hast jedes Recht dazu. Ich habe dich im Stich gelassen. Und ich kann dir nicht wiedergeben, was du verloren hast.« Er verzog das Gesicht und wischte sich die Augen trocken, bevor er mir in die Augen sah. »Wenn es irgendetwas gibt, was ich für dich tun kann, werde ich es tun.« Erneut stiegen Tränen in seine Augen. »Selbst wenn du mir sagst, dass ich mich auch in Zukunft aus deinem Leben heraushalten soll.«

Es herrschte neuerliches Schweigen. Mein Vater hatte alles vor mir ausgeschüttet, was er in sich getragen hatte, und nun wurde es Zeit für meine Antwort. Meine Gedanken rasten. Ich war mir nicht sicher, was ich mir von unserem Wiedersehen erwartet hatte, aber das war es nicht gewesen. Ein Teil von mir hatte wohl gehofft, er würde sich für seine Taten rechtfertigen wollen und mir einen Grund geben, ihn weiter zu hassen. Aber das hatte er nicht. Er war demütig und selbstkasteiend. Er hatte sich praktisch selbst den Wölfen zum Fraß vorgeworfen.

Da kamen mir mit einem Mal Elyses Worte über die Wahrheit in den Sinn. Innerhalb von nicht einmal einer Stunde hatte sich meine Perspektive auf die Welt, die Vergangenheit, die Gegenwart und die Zukunft drastisch verändert. Und ehrlich gesagt hätte ich in seiner Situation vielleicht genau dasselbe getan wie er.

Ich konnte ihm seine Fehler zum Vorwurf machen und an seiner Weisheit zweifeln, aber nicht an seinem Herzen. Er hatte offensichtlich sehr unter seinen Fehlern gelitten. Er litt noch immer. Ich verspürte keinen Wunsch, zu seinem Schmerz beizutragen. Wieder hörte ich Elyses Stimme: *Gnade.*

Gnade.

Als ich meinen Vater erneut ansah, wirkte er verändert. Es war, als würde ich in einen Spiegel blicken. Wir waren dieselbe Person, am selben Ort und suchten nach denselben Dingen – nach Frieden und Aussöhnung mit der Vergangenheit. Es hatte keinen Sinn, den Schmerz mit in die Zukunft zu nehmen.

»Es gibt tatsächlich etwas, das du tun kannst«, meinte ich schließlich.

»Alles, was du willst«, erwiderte er.

»Es gibt jemanden, den du kennenlernen solltest. Sie wartet draußen im Auto.«

KAPITEL

22

＊

24. September 1986

Liebes Tagebuch,

heute hatte mein kleines Mädchen Schluckauf. Der Gedanke, dass sie ein eigenständiges Lebewesen ist, ist seltsam. Ich wünschte, ich könnte mit ihr in meinem Bauch sein, wo mich niemand sieht.

Heute hat Jacob gefragt, ob ich schon einmal auf dem Mond war. Ich meinte: »Nein.« Er sagte: »Ich schon.« Ich fragte, wie es gewesen sei, und er antwortete: »Charles war da.«

Ich liebe diesen kleinen Jungen.

Noel

Scott musterte Rachel neugierig, als ich mit ihr ins Haus zurückkam.

»Das ist Rachel«, erklärte ich.

Er streckte ihr die Hand entgegen. »Schön, Sie kennenzulernen.«

»Danke. Ebenfalls.«

»Bitte, nehmen Sie Platz.«

Rachel und ich setzten uns auf die Couch, Scott auf die Chaiselongue. »Also, seid ihr beide … verheiratet?«

»Nein«, antwortete ich. »Rachel ist eine gute Freundin.«

»Tut mir leid. Ihr gebt ein nettes Paar ab.«

Rachel lächelte. »Sie sind nicht der Erste, der das behauptet.«

»Wollen Sie etwas trinken?«

»Nein, danke«, erwiderte sie.

»Jacob meinte, dass Sie mich etwas fragen wollen.«

»Ja.« Sie warf mir einen schnellen Blick zu, dann wandte sie sich wieder an meinen Vater. »Wohnte in Ihrem Haus einmal eine junge Frau? Etwa um die Zeit, in der Sie Charles verloren haben?«

Mein Vater starrte sie einen Moment lang an, dann meinte er: »Deshalb kommen Sie mir so bekannt vor. Sie sehen aus wie Ihre Mutter.«

Rachel zog scharf die Luft ein. Ich griff nach ihrer Hand und drückte sie.

»Die Antwort auf Ihre Frage ist Ja. Sie hieß Noel Ellis und kam aus Logan. Sie war im dritten Monat schwanger, als sie bei uns einzog.«

Ich sah zu Rachel hinüber. Sie zitterte. »Wissen Sie, wo sie jetzt wohnt?«

»Es ist eine Weile her, seit ich das letzte Mal Kontakt zu ihr hatte. Nach ihrer Heirat ist sie nach Provo gezogen. Danach haben wir uns aus den Augen verloren. Aber bis dahin hat sie regelmäßig angerufen.«

»Warum?«, fragte ich.

Mein Vater sah mich an. »Wegen dir, glaube ich. Sie hatte dich sehr gern. Ich war damals noch zu Hause, aber sie wusste, wie hart die Situation deine Mutter getroffen hatte. Ihre Intuition war wohl besser als meine.«

»Wenn sie geheiratet hat, trägt sie mittlerweile einen anderen Nachnamen«, vermutete Rachel.

»Genau«, bestätigte Scott. »Sie hat einen Mann namens King geheiratet. Ich glaube, sein Vorname war Keith. Oder vielleicht auch Kevin.« Er lehnte sich in seinem Stuhl zurück und trank seinen Bierkrug leer. Dann meinte er:

»Noel King. Wenn sie sich nicht scheiden hat lassen und in einen anderen Bundesstaat gezogen ist, sollte es nicht allzu schwer sein, sie zu finden.«

»Ich danke Ihnen so sehr«, meinte Rachel.

»Schön, dass ich behilflich sein konnte.«

In diesem Moment kam Gretchen ins Zimmer. »Langsam fühle ich mich ein wenig ausgeschlossen.« Sie trat zu mir. »Willkommen zu Hause, Jacob.«

»Danke.«

Sie wandte sich an Rachel. »Und wer sind Sie, Liebes?«

»Ich bin Rachel. Schön, Sie kennenzulernen.«

»Und?«, meinte sie und ließ den Finger zwischen uns hin und her wandern. »Sie beide sind ...«

»Bloß Freunde«, antwortete Rachel etwas zu schnell.

Mein Herz zog sich zusammen.

»Oh«, erwiderte Gretchen. »Wie schade! Sie sehen so süß zusammen aus.«

»Das habe ich auch gesagt«, meinte Scott. »Nur, dass ich sie nicht als *süß* bezeichnet habe.«

Gretchen lächelte. »Nun, das Essen ist bald fertig. Es gibt gegrillten Lachs, und mir wurde gesagt, dass er mir immer sehr gut gelingt. Wenn Sie also mit uns essen wollen, wäre es uns eine große Freude.«

Ich sah Rachel an.

»Ich liebe Lachs«, meinte sie.

»Wir bleiben gern«, sagte ich.

»Wunderbar. Rachel, wollen Sie mir in der Küche Gesellschaft leisten, bis alles fertig ist? Ich hätte mal wieder Lust auf ein Frauengespräch.«

»Natürlich«, erwiderte Rachel und erhob sich.

Nachdem die beiden fort waren, wandte ich mich an meinen Vater. »Gretchen scheint nett zu sein.«

»Sie ist eine gute Frau«, erwiderte er. Dann senkte er den Blick. »Ich bin ein glücklicher Mann, Jacob. Ich habe zwei wundervolle Frauen geheiratet. Und ich bin für beide dankbar.«

Ich sah ihn fragend an. »Trotz allem, was Mom getan hat?«

»Weißt du, was sie noch getan hat?«, fragte er sanft. »Sie hat mir Liebe geschenkt. Sie hat mir *dich* geschenkt.« Tränen stiegen in seine Augen. »Du musst wissen, dass ich auf ihrer Beerdigung um sie geweint habe. Im Grunde ist sie schon vor langer Zeit gestorben. Ich kannte die Frau, die sie einmal war, Jacob. Und diese Frau liebe ich noch immer. Das wird niemals anders sein.« Er schüttelte den Kopf. »Sie hat mein Mitgefühl und selbst mein Mitleid für das, was aus ihr geworden ist. Aber ich verachte sie nicht dafür. So viel Respekt hat sie verdient.« Er sah mir in die Augen. »Sie hat mir dich und Charles geschenkt. Das zählt.«

KAPITEL

23

✳

22. Oktober 1986

Liebes Tagebuch,

ich bin in letzter Zeit müder als sonst. Die ganze Zeit mit einer Bowlingkugel herumzulaufen, macht es nicht gerade einfacher, aber es ist mehr als das. Manchmal würde ich gerne den ganzen Tag im Bett liegen, wie Mrs. Churcher, aber das kann ich nicht. Ich bin mittlerweile allein für das Kochen und Putzen zuständig. Ich fühle mich wie Jacobs Mutter, denn außer mir hat er niemanden. Wenn Scott nicht zu spät nach Hause kommt, hilft er mir. Er arbeitet viel, obwohl ich mich frage, ob es ihm nicht vielleicht schwerfällt, nach Hause zu einer Frau zu kommen, die sich total zurückzieht, und deshalb bleibt er lieber fort. Er trauert genauso. Ich weiß, dass er sich die Schuld an allem gibt. Warum muss das Leben so hart sein? Ich hoffe, meine Haut hört bald auf zu jucken. Es macht mich wahnsinnig.

Noel

Ich war froh, dass wir die Einladung zum Abendessen angenommen hatten. Nicht nur, weil es hervorragend schmeckte, sondern weil Gretchen zweifellos den Großteil des Tages in der Küche verbracht hatte, obwohl nur eine ziemlich geringe Chance bestanden hatte, dass wir mit ihnen essen würden.

Als Vorspeise gab es einen Rucola-Avocado-Salat, danach servierte Gretchen Lachs mit glasierten Karotten, grünen Bohnen in Knoblauch und knusprig gebratenen Frühkartoffeln. Zur Nachspeise genossen wir Gretchens gekühlte Erdbeer-Crème-brûlée, die im Gegensatz zu einer echten Crème brûlée nicht pochiert und ohne Karamellkruste serviert wird.

Nach dem Essen blieben wir am Tisch sitzen und redeten. Scott holte eine vier Jahre alte Flasche Rioja Blanco, die er für einen besonderen Anlass aufgespart hatte. Der Wein passte perfekt zum Essen, und selbst Rachel trank ein Glas. Es war zwar nicht viel, aber die Auswirkungen waren sofort zu bemerken.

Rachel meinte zu Gretchen: »Ich trinke fast nie. Also, eigentlich nie.«

»Dann sollten Sie sich zurückhalten«, riet Gretchen.

»Nur noch ein kleines Schlückchen«, erwiderte Rachel.

Mein Vater schenkte ihr ein halbes Glas ein. »Bitte sehr, Liebes.«

»Danke.« Sie wandte sich an mich. »Ich bin zur Säuferin geworden.«

Da mussten wir alle lachen.

Es war ein angenehmer Abend, und ehrlich gesagt nicht ansatzweise so, wie ich es erwartet hatte. Irgendwann meinte mein Vater: »Eines müsst ihr mir aber noch erklären. Obwohl ihr beide im Prinzip einmal im selben Haus gelebt habt, habt ihr euch nie kennengelernt. Wie habt ihr trotzdem zusammengefunden?«

Rachel sah mich an und lächelte. »Das war mein Werk. Ich bin immer wieder zu dem Haus gefahren, weil ich hoffte, jemanden zu treffen, der etwas über meine Mutter weiß. Und eines Tages war Jacob da. Es war ... Zufall.«

»Ja, es war ein Zufall«, sagte er. »Von der guten Art.«

Rachel lächelte immer noch. »Für uns beide.«

Ich räusperte mich. »Rachel ist verlobt, müsst ihr wissen.«

Gretchen sah Rachel an. »Wirklich? Wer ist der Glück-liche?«

»Sein Name ist Brandon«, antwortete Rachel. »Er ist aus St. George und arbeitet als Buchhalter.«

»Also, dieser Brandon muss ein Wahnsinnstyp sein«, vermutete mein Vater. »Nicht nur, weil Jacob eine harte Konkur-renz ist, sondern weil Sie definitiv ein guter Fang sind.«

»Bringen Sie mich nicht in Verlegenheit«, rief Rachel lächelnd, dann wandte sie sich an mich. »Glaubst du auch, dass ich ein guter Fang bin?«

»Auf jeden Fall.«

Sie warf mir einen merkwürdigen Blick zu. Scott und Gretchen sahen ihn offenbar auch, denn einen Moment lang sagte niemand ein Wort. Dann meinte Gretchen: »Hätte noch gerne jemand einen Kaffee? Ich habe auch koffeinfreien im Haus.«

»Nein, danke«, erwiderte Rachel.

»Danke«, meinte ich. »Aber es war ein langer Tag. Wir sollten zurück ins Hotel fahren.«

»Es war mehr als ein langer Tag. Es war ein richtig guter Tag.«

»Hört, hört«, sagte ich und hob mein Glas.

An der Haustür meinte Scott: »Danke, dass du mir eine Chance gegeben hast.«

Ich nickte bedächtig. »Danke, dass du mir die Wahrheit erzählt hast. Und dafür, dass du Rachel geholfen hast.«

»Gerne.«

»Ich bin neugierig. Du hast uns einiges über Rachels

Mutter erzählt – durftest du die Informationen überhaupt weitergeben?«

Er schüttelte den Kopf. »Nein. Das hätte ich eigentlich nicht gedurft.«

»Kannst du deshalb in Schwierigkeiten kommen?«

Er zuckte mit den Schultern. »Ich schätze, ja.«

»Aber du hast es trotzdem getan.«

»Ich habe dir ja gesagt, dass ich alles für dich tun würde. Und ich stehe zu meinem Wort. Also habe ich dir verraten, was ich weiß, als du mich darum gebeten hast.«

»Danke. Du kannst dir nicht vorstellen, wie viel ihr das bedeutet.«

»Du kannst dir nicht vorstellen, wie viel es *mir* bedeutet. Ich bin froh, dass ich ihr helfen konnte.«

»Ich auch.«

Er seufzte, dann meinte er leise: »Sag Rachel, dass sie sich keine allzu großen Hoffnungen machen soll.«

»Warum?«

»Noels Eltern haben einen großen Aufwand betrieben, um ihre Schwangerschaft geheim zu halten und vermutlich verlangt, dass sie niemandem davon erzählt. Es ist möglich, dass ihr Mann nicht weiß, dass sie bereits ein Kind geboren hat, bevor sie geheiratet haben. Es wäre nicht das erste Mal. Ich habe so etwas in meinen Eheberatungen einige Male erlebt.«

Ich nickte nachdenklich. »Ich werde es ihr sagen. Danke.«

»Wann darf ich dich wiedersehen?«, fragte er.

»Wann du willst.«

»Du bist derjenige mit dem vollen Terminplan. Du sagst wann, und wir werden da sein. Gretchen und ich fahren gerne mit dem Auto. Ich bin kein Fan von Flugzeugen.«

Ich nickte. »Daher habe ich das also.«

KAPITEL

24

*

29. Oktober 1986

Liebes Tagebuch,

vor zwei Tagen dachte ich, die Wehen hätten eing-esetzt. Mr. Churcher kam von der Arbeit nach Hause und hat mich zusammen mit Jacob ins Kranken-haus gefahren. Die Ärzte bezeichneten es als falsche Wehen, sogenannte Braxton-Hicks-Kontraktionen. (Natürlich wurden die Schmerzen nach einem Mann benannt. Als hätte er jemals darunter gelitten. Ich wäre jedenfalls nicht stolz darauf, wenn falsche Wehen nach mir benannt werden würden.) Es war mir unangenehm, dass ich Mr. Churcher Mühe bereitet hatte. Der kleine Jacob war ganz durcheinander. Er verstand nicht, dass er nicht mit ins Untersuchungs-zimmer durfte, und begann zu weinen. Er wollte nicht einmal bei seinem Vater bleiben. Nur bei mir.

Noel

Rachel war so glücklich, wie ich sie noch nie erlebt hatte. Es war eine kühle Nacht und ich öffnete die Autofenster einen Spalt, um etwas frische Luft ins Innere zu lassen. Auf der Fahrt zurück ins Hotel meinte ich schließlich: »Was für ein Abend. Ich dachte, es würde schrecklich werden, dabei war es perfekt.«

»Er hat sich so gefreut, dich zu sehen«, meinte sie, dann fügte sie hinzu. »Und ich freue mich auch, dich zu sehen.« Ich warf ihr einen Blick zu und sie lachte. »Ich fühle mich so gut.«

»Das ist der Wein«, erklärte ich.

»Ich sollte das öfter machen.«

»Klar. Aber nicht heute Abend.«

»Warum nicht?«

»Weil du genug hast.«

Je näher wir dem Hotel kamen, desto schweigsamer wurde Rachel, und ich fragte mich, ob der Alkohol sie müde machte. Ich übergab meinen Autoschlüssel dem Portier, nahm Rachel am Arm und führte sie in die Lobby.

Auf dem Weg durch den langen Flur zu unserer Suite lehnte sie den Kopf an meine Schulter. Ich legte einen Arm um ihre Mitte. Wir traten ins Zimmer und Rachel wandte sich mit einem sanften Lächeln zu mir um. »Danke, dass du mir bei der Suche nach meiner Mutter geholfen hast.«

»Gern geschehen. Ich denke, wir haben einander geholfen.«

Sie sah mir in die Augen. »Hast du das vorhin ernst gemeint?«

»Was denn?«

»Hältst du mich wirklich für einen tollen Fang?«

»Ja, das tue ich. Nicht nur, weil du unglaublich hübsch bist. Du bist auch ein wirklich guter Mensch. Du bist süß.«

Sie kicherte. »Ich bin süß.« Sie legte einen Finger auf meine Brust. »Magst du mich?«

»Natürlich.«

»Ich glaube nicht, dass Brandon mich mag. Ich glaube, er will mich heiraten, aber er würde sicher eine Menge an mir ändern, wenn er könnte. Ich glaube, er wird mich an die kurze Leine legen.«

Ich lachte leise auf. »Dann ist er ein Idiot. Und du bist definitiv betrunken.«

»Es war doch nur ganz wenig.«

»Ich weiß. Aber für dich ist *ganz wenig* schon sehr viel.«

Ihr Blick wurde weicher, und sie sah mir mit der Verletzlichkeit eines Kindes in die Augen. »Liebst du mich?«

Die Frage hatte mehr Macht, als sie jemals erahnen hätte können. Mein Herz pochte in meiner Brust. Ich erwiderte ihren Blick. »Ja.«

»Ich liebe dich auch. Ich liebe dich mehr als irgendjemanden zuvor.« Sie beugte sich nach vorne, und wir küssten uns. Zuerst sanft, dann immer leidenschaftlicher. Nach einigen Minuten trat sie einen Schritt zurück und griff nach meiner Hand. »Komm.« Sie führte mich in ihr Schlafzimmer, und wir fielen aufs Bett. Wir wurden voneinander angezogen wie zwei Magneten, und ihre zarten Lippen verschmolzen mit meinen. Dann streckte sie die Hand aus, um mich auszuziehen. Ich nahm ihre Hand und hielt sie fest.

»Nein«, sagte ich und richtete mich auf. »Das können wir nicht tun.«

»Natürlich können wir«, sagte sie atemlos. »Ich will es.«

»Nein. Du wirst mich morgen dafür hassen. Du bist mit einem anderen verlobt.«

»Ich will aber nicht mehr verlobt sein.«

»Das solltest du in deinem jetzigen Zustand nicht entscheiden. Ich will dich nicht verlieren, indem ich die Situation jetzt ausnutze.«

Sie begann zu weinen. »Du wirst mich nicht verlieren.«

»Doch, das werde ich. Die Schuld wird dich bei lebendigem Leibe zerfressen. Du willst es vielleicht nicht, aber es wird so sein.«

Ihre feuchten Augen betrachteten mich flehend. »Willst du mich denn nicht?«

»Mehr, als ich jemals eine Frau gewollt habe.« Ich küsste sie erneut. Dann blickte ich ihr tief in die Augen und erhob mich. »Wir reden morgen früh, Rachel. Dann werden wir sehen, wie es weitergeht.«

Ich verließ nicht nur das Zimmer, sondern gleich die Suite. Ich machte einen kleinen Spaziergang über das Gelände, um wieder zur Besinnung zu kommen.

Ich war mir ziemlich sicher, dass ich Rachel mehr wollte als sie mich. Aber ich war mir auch sicher, dass ich sie für mehr als eine Nacht an meiner Seite wollte. Und nach ihrem letzten Zusammenbruch war mir klar, dass ihr schlechtes Gewissen und die Schuld so groß waren, dass sie nicht damit zurechtkommen würde.

Zurück im Hotel genehmigte ich mir noch einen Drink aus der Minibar. Ich hoffte, er würde mich besser schlafen lassen. Als ich einige Zeit später im Bett lag, kam mir eine Zeile aus Hamlet in den Sinn: »So macht Gewissen Feige aus uns allen.«

KAPITEL

25

＊

25. November 1986

Liebes Tagebuch,

ich habe jetzt einige Wochen nichts mehr geschrieben. Ich wusste nicht, was ich schreiben soll. Es gab keine Neuigkeiten. Am Donnerstag ist Thanksgiving. Niemand hier hat es auch nur mit einem Wort erwähnt. Ich weiß, dass Mrs. Churcher nichts vorbereiten wird. Auch wenn ich immer noch müde bin, habe ich Mr. Churcher gesagt, dass ich mich gerne um das Essen kümmern würde. Er meinte, das sei nett. Morgen nehme ich Jacob mit zum Einkaufen. Ich weiß nicht, wie man einen Kürbiskuchen macht, aber ich glaube, es ist nicht allzu schwer. Ein Kuchen wird für uns alle reichen. Meine Mutter macht leckere Kuchen. Sie wird einen Apfelkuchen, einen mit Nüssen und gehackten Trockenfrüchten, einen Kürbiskuchen und einen Kirschkuchen backen. Es wird einen großen Truthahn geben. Die ganze Familie und Tante Genielle mit ihren unzähligen Kindern werden da sein. Ich vermisse meine Familie. Ob sie wohl beim Essen über mich reden werden und sich fragen, wie ich in der Schule vorankomme? Falls ja, wird meine Mom sagen: »Ach, ihr kennt doch Noel, sie hatte schon immer gute Noten.«

Ich glaube nicht, dass hier in diesem Haus irgendjemand für irgendetwas dankbar ist. Wenn ein Me-

teorit vom Himmel fallen und genau auf uns landen würde, wären wir wahrscheinlich alle besser dran. Außer Jacob. Wenn ein Meteorit auf uns fällt, würde ich mich über ihn werfen und ihn mit meinem Körper schützen. Ich würde für diesen kleinen Jungen mein Leben lassen. Zumindest ich weiß, wofür ich an Thanksgiving dankbar bin. Ich bin dankbar für ihn.

Noel

Montag, 19. Dezember

Am nächsten Morgen erwachte ich mit einem leichten Kater. Ich hatte ein wenig verschlafen. Es war beinahe neun Uhr. Kater hin oder her, ich musste trotzdem grinsen. Es war, als hätte ich in der Lotterie gewonnen. Rachel mochte mich ebenfalls.

Ich schlüpfte in Shorts und T-Shirt, dann machte ich mich auf den Weg zu ihrem Zimmer. Ich öffnete langsam die Tür, um nicht zu viel Licht ins Zimmer zu lassen. Zu meiner Überraschung war es taghell. Die Jalousien waren geöffnet, das Zimmer war leer.

»Rachel?«

Wahrscheinlich macht sie einen Spaziergang, dachte ich.

Ich trat durch die Tür. »Rachel.« Ich sah im Badezimmer nach. Ihr Koffer war fort. Alles war fort. Sie war fort.

Ich ging in das Vorzimmer der Suite. Auf der Ablage neben der Tür lag eine Nachricht.

Lieber Jacob,

ich bin mitten in der Nacht aufgewacht und mein Herz versank in Dunkelheit. Vor allem aber habe ich mich geschämt. Was mache ich hier, in einem Zimmer mit einem anderen Mann? Was für eine Frau begibt sich auf eine Reise mit einem anderen Mann und versucht dann auch noch, ihn zu verführen? Ich schäme mich so. Ich habe versucht, mir einzureden, dass letzte Nacht ein Ausrutscher war. Dass es der Wein war. Aber ich kenne die Wahrheit. Ich musste deinen Vater nicht persönlich sehen. Alles, was er uns verraten hat, hättest du mir genauso gut im Nachhinein erzählen können. Die Wahrheit ist, dass ich mitkommen wollte, weil ich mit dir zusammen sein wollte. Und das ist falsch. Es ist falsch, dass mir gefällt, dass du eifersüchtig auf Brandon bist. Es ist falsch, dass ich lieber mit dir zusammen bin als mit ihm. Aber vor allem ist es falsch, dass ich Brandon betrügen wollte, obwohl er all sein Vertrauen in mich gesetzt hat.

Gestern Abend hast du mir gesagt, dass du mich liebst, weil ich ein guter Mensch bin. Offensichtlich bin ich das nicht. Ich will es sein. Aber ich bin es nicht. Du verdienst eine gute Frau. Du hast gestern Abend das Richtige getan. Ich nicht. Ich bin nicht die Frau, die ich dachte zu sein. Danke, dass du mich so sehr respektierst und meine Sünde nicht noch schlimmer gemacht hast. Bitte verzeih mir. Ich werde nie aufhören, an dich zu denken.

In Liebe – für immer

Rachel

PS: Danke, dass ich das Tagebuch meiner Mutter lesen durfte. Ich wollte es mitnehmen, aber es gehört mir nicht. Ich habe erkannt, dass sie genauso ein Teil deines Lebens ist.

Ich legte die Nachricht zurück auf die Ablage und trat mit dem Fuß gegen die Schranktür darunter.

KAPITEL

26

·✳·

27. November 1986

Liebes Tagebuch,

Thanksgiving war nett. Sogar Mrs. Churcher kam kurz aus ihrem Zimmer. Sie aß ein paar Bissen vom Truthahn und ein wenig von den Beilagen. Danach bedankte sie sich bei mir und ging zurück in ihr Zimmer. Mr. Churcher war am Boden zerstört. Das konnte ich sehen. Nach dem Essen machte ich den Abwasch, und er kam und half mir. Er stand neben mir, und ich sah, dass er weinte. Ich legte die Arme um ihn, und er senkte den Kopf auf meine Schulter und begann zu schluchzen. Es sah vermutlich sehr seltsam aus, aber die Trauer verdient nun mal keinen Schönheitspreis. Jacob klammerte sich an mein Bein (ich glaube, er war eifersüchtig). Ich fragte mich, wo Gott gerade war, aber vielleicht war es Bestimmung, dass ich genau zu dieser Zeit in dieses Haus gekommen bin, denn manchmal habe ich das Gefühl, dass ich die Einzige bin, die es zusammenhält.

Als ich Jacob ins Bett brachte, fragte er mich, warum wir Thanksgiving gefeiert haben. Ich erzählte ihm von den Pilgervätern und dann sagte ich: »Wir feiern dieses Fest, um uns daran zu erinnern, wofür wir dankbar sein sollen.« Er fragte mich, was »dankbar« bedeutet, und ich antwortete: »Wenn man dankbar ist, ist man froh, dass man etwas hat.« Und er meinte:

»Dann bin ich dankbar für dich.« Ich hätte beinahe zu weinen begonnen. Aber dann sagte er: »Und für Schlagsahne.« Da küsste ich ihn lachend.

Was die Schwangerschaft betrifft, ist das Baby nach unten gewandert. Meine Brüste werden groß und schwer. Ich habe das Gefühl, als hätte jemand die Kontrolle über meinen Körper übernommen. Aber Moment, genau so ist es ja.

Noel

Es wurde Zeit, nach Hause zu fahren. Nicht nur zurück nach Salt Lake, sondern wirklich nach Hause. Nach Coeur d'Alene.

Der Verkehr aus der Stadt hinaus war grauenhaft. Tatsächlich war die ganze Fahrt nach Salt Lake grauenhaft. Fast genauso schlimm wie mit dem Flugzeug. Nein, eigentlich sogar noch schlimmer, denn vor einem Flug konnte ich wenigstens Beruhigungsmittel schlucken. Außerdem dauerte es mit dem Auto zehnmal länger. Ich überlegte ernsthaft, mein Auto in Phoenix stehen zu lassen und mit dem nächsten Flugzeug nach Salt Lake zu fliegen.

Ich nahm dieselbe Route, und es war, wie eine Wiederholung einer eingestellten Fernsehserie anzusehen. Ich hörte ständig Rachels Stimme. *Hier hat Rachel das gesagt. Hier hat Rachel gelacht.* Wie gesagt, es war grauenhaft. Und das Schlimmste war, dass mein Leben in naher Zukunft grauenhaft bleiben würde. Immerhin heiratete die Frau, die ich liebte, aus schlechtem Gewissen, Pflichtgefühl oder religiöser Schuldigkeit heraus einen manipulativen, kleingeistigen Kerl und würde für den Rest ihres Lebens unglücklich sein. Und ich würde den Rest *meines* Lebens an sie denken und mit ihr leiden.

Ich war seit Jahren nicht mehr so verzweifelt gewesen.

Ich fuhr gerade durch Panguitch, eine kleine Stadt im Süden Utahs, als Laurie anrief.

»Wo bist du?«

»Ich fahre nach Hause.«

»Nach Hause nach Coeur d'Alene?«

»Nein. Salt Lake.«

»Du klingst nicht gut.«

»Wie klinge ich denn?«

»Wütend. Als würdest du gleich Amok laufen.«

»Ich spiele ernsthaft mit dem Gedanken.«

»Dann ist das Wiedersehen mit deinem Vater also nicht gut gelaufen.«

»Nein, es lief besser als erwartet. Aber ich habe Rachel verloren.«

»Wer ist Rachel?«

Ich zögerte. »Niemand.«

Laurie war klug genug, nicht nachzufragen. »Das tut mir wirklich leid. Kann ich etwas für dich tun?«

»Nein. Ich brauche bloß Abstand.«

»Alles klar. Fahr vorsichtig und pass auf dich auf. Melde dich, wenn du zurück in Coeur d'Alene bist. Abgesehen davon kannst du natürlich jederzeit anrufen. Ich bin für dich da.«

»Danke.«

»Mach's gut. Und pass auf dich auf.«

»Bis dann.«

Ich fuhr schnell. Tatsächlich schaffte ich es vor neun Uhr abends zurück ins Hotel »Grand America«. Das Wetter in Salt Lake war kalt und trostlos. Genau, wie ich mich im Moment fühlte. Ich wusste nicht, was ich tun sollte. Nein, eigentlich wusste ich es sehr wohl. Ich musste nach Hause, mich eine Woche lang betrinken und anschließend mein einsames Leben wieder aufnehmen, in der Hoffnung, dass meine aufflammenden Gefühle für

Rachel bald erlöschen würden.

Doch ich hatte hier in Salt Lake noch einiges zu erledigen. Ich musste zu Brad und die Unterlagen unterzeichnen, damit das Haus verkauft werden konnte. Und anschließend musste ich die Frau aus meinen Träumen ausfindig machen. Ich hatte vor, diese beiden Dinge so bald wie möglich abzuhaken, und mich dann wieder in mein altes, einsames Leben zurückzuziehen.

Wenigstens gibt es genug Stoff für ein neues Buch, dachte ich, als ich schließlich zu Bett ging.

KAPITEL

27

*

3. Dezember 1986

Liebes Tagebuch,

heute Vormittag habe ich Jacob mit seinem Wunschzettel an Santa Claus geholfen. Er fragte mich, was ich zu Weihnachten bekommen würde. Ich meinte: »Ein Baby.« Er sagte: »Das ist wie bei Jesus. Er war auch ein Weihnachtsgeschenk.« Ich weiß nicht, wie er drauf gekommen ist. Niemand hier spricht über Jesus. Dann meinte er: »Jesus hat goldenen Weihrauch zu Weihnachten bekommen. Was bekommt dein Baby?« Und ich antwortete, ohne nachzudenken: »Eine neue Mutter.«

Da fragte Jacob mich, warum ich weine.

Noel

Dienstag, 20. Dezember

Als ich aufwachte, war es neun Uhr fünfzehn, und das Handy klingelte. Ich rollte mich zur Seite, doch es war zu spät. Ich warf einen Blick auf das Display. Es war Brad Campbell gewesen. Ich rief ihn zurück.

»Churcher«, begrüßte er mich. »Wie geht's?«

»Gut.«

»Ich habe am Sonntag beim Haus Ihrer Mutter vorbeigeschaut, aber Sie waren nicht da.«

»Ich war in Phoenix.«

»Sie Glücklicher. Ich könnte auch mal eine Auszeit von diesem Wetter hier gebrauchen. Vielleicht finde ich ja eine Ausrede, um nach Phoenix zu fliegen. Oder nach St. George.«

Bei St. George musste ich sofort an Rachel denken. Mein Herz zog sich schmerzvoll zusammen. »Haben Sie die Unterlagen für mich?«

»Ja. Ich kann Sie Ihnen ins Hotel bringen, wenn Sie möchten.«

»Das wäre super.«

»Haben Sie Zeit für ein gemeinsames Mittagessen? Das ›Grand America‹ hat ein hervorragendes Restaurant.«

»Klar«, erwiderte ich.

»Wann können Sie denn?«

Ich dachte nach. »Um halb zwölf. Ich checke heute aus.«

»Halb zwölf ist okay. Geht's nach Hause?«

»Ich muss nur noch eine Sache erledigen, bevor ich fahre.«

»Es war auf jeden Fall schön, Sie bei uns zu haben. Ich hoffe, es war ein erinnerungswürdiger Aufenthalt.«

»Das auf alle Fälle«, meinte ich. »Wir sehen uns um zwei.«

Ich ließ das Training und das Frühstück ausfallen, aß stattdessen einen Proteinriegel und nahm eine Dusche. Ich setzte mich auf den Boden und ließ das Wasser auf mich niederprasseln. *Was hatte ich bloß falsch gemacht?* Ich hatte versucht, das Richtige zu tun. Den schweren Weg zu gehen. Aber es war mir alles um die Ohren geflogen.

Andererseits gab es »das Richtige« vielleicht gar nicht, und egal, was ich getan hätte, es hätte zum selben Ergebnis geführt. Hätte ich anders gehandelt, wer weiß, wie übermächtig Rachels Schuldgefühle gewesen wären.

Ich warf ständig von Neuem einen Blick auf mein Handy und hoffte, dass sie sich gemeldet hätte, doch das hatte sie nicht. Sie würde sich nicht melden.

Ich hinterlegte mein Gepäck an der Rezeption und traf mich mit Brad im hoteleigenen »Garden Café«. Kurz nachdem das Essen serviert worden war, fragte Brad: »Also, was haben Sie mit dem Haus vor?«

»Ich werde es verkaufen«, antwortete ich.

»Brauchen Sie einen örtlichen Immobilienmakler?«

»Das wäre hilfreich. Kennen Sie einen guten?«

»Einige. Sie werden sich um Sie kümmern.« Er hob seine Lederaktentasche. »Ich habe die Dokumente dabei.« Er legte einen Stapel Papiere neben meinen Teller. Es gab zahllose Post-its, die die zu unterschreibenden Stellen kennzeichneten.

»Ich habe keinen Stift«, erklärte ich.

»Sie können meinen haben.« Er reichte mir einen schwarzen Kugelschreiber mit dem Namen seiner Kanzlei.

Ich unterschrieb die Dokumente und gab sie ihm zurück.

»Danke, Sir. Damit endet unsere derzeitige Geschäftsbeziehung. Sollten Sie einmal einen Anwalt brauchen, wissen Sie, wo Sie mich finden.«

»Ich habe Ihre Nummer bereits gespeichert«, erwiderte ich und hob den Kugelschreiber. »Und hier steht sie auch.«

»Dann verlieren Sie den Stift besser nicht.«

Ich griff nach der Rechnung, doch er legte die Hand darauf. »Das übernehme ich. Betriebsausgaben.«

»Danke fürs Essen. Oder besser gesagt: Danke für alles. Vor allem dafür, dass Sie sich während ihrer letzten Tage um meine Mutter gekümmert haben.«

Er sah mich mit einem seltsam zufriedenen Lächeln an. »Sie haben wirklich jede Menge geschafft, nicht wahr?«

Wir verabschiedeten uns, und ich fuhr mit dem Wagen vor den Haupteingang und ließ den Pagen mein Gepäck nach draußen bringen. Ich legte den Koffer in den Kofferraum und öffnete ihn, um das in Leder gebundene Tagebuch herauszuholen. Dann warf ich den Kofferraumdeckel zu und gab dem Pagen zehn Dollar Trinkgeld.

»Beehren Sie uns bald wieder«, meinte er.

»Unwahrscheinlich«, erwiderte ich. »Haben Sie noch einen schönen Tag.«

Ich stieg in mein Auto, machte einen Sender mit Weihnachtsmusik an, fuhr die Hotelauffahrt hinunter und machte mich auf den Weg nach Süden.

Zu Noel.

Der Name Noel King war nicht gerade gängig, und so war sie auch nicht schwer zu finden. Tatsächlich gab es nur zwei Frauen mit diesem Namen in den Vereinigten Staaten, und nur eine davon lebte in Utah.

Sie wohnte allerdings nicht mehr in Provo, sondern war nach ihrer Hochzeit in die etwa zwanzig Kilometer weiter südlich gelegene Kleinstadt Spanish Fork gezogen, die sich wiederum weniger als eine Stunde südlich von Salt Lake befand. Ironischerweise waren Rachel und ich auf dem Weg nach Phoenix direkt daran vorbeigefahren.

Spanish Fork hat etwa fünfunddreißigtausend Einwohner, und es war nicht schwer, das Haus der Kings zu finden. Noel King, die Frau, die mich seit mehr als dreißig Jahren in meinen Träumen begleitete, wohnte in einer Straße mit dem klingenden Namen *Wolf Hollow Drive*, südlich eines Parks und zwischen dem einzigen Friedhof und der einzigen Highschool der Stadt.

Das Haus war sogar noch kleiner als mein Elternhaus. Ein schachtelförmiges Gebäude mit einem Steildach und einer langen Veranda an der Vorderseite.

Es lag genauso viel Schnee wie in Salt Lake, doch die Einfahrt war frei und trocken, genau wie der Weg zum Haus und der Bürgersteig davor.

Das Haus war mit bunten Lichterketten weihnachtlich geschmückt, und im Vorgarten stand eine beinahe lebensgroße Krippe aus ausgebleichtem Plastik. Ich sah Josef und Maria, die neben der Krippe mit dem Jesuskind knieten, und außerdem die Heiligen Drei Könige, einen Hirten, ein Kamel und einen Esel. Es war eine ambitionierte Darstellung für einen derart kleinen Garten.

Ich parkte auf der gegenüberliegenden Straßenseite und bewunderte immer noch die Krippe, als ein Lieferwagen in die Einfahrt bog. Auf der Seite prangte die Zeichnung eines Mannes mit einer Krone und einer Rohrzange, die er wie ein Zepter in die Höhe hielt. Daneben stand:

Kevin King – Klempnermeister

**Der Klempner-König für alle Abflüsse
und Rohre in Ihrem Schloss**

Ein stämmiger Mann in einer Levis und einem gestreiften Hemd stieg aus und ging auf die Eingangstür zu.

»Mein Engel ist mit dem Klempner-König verheiratet«, murmelte ich.

Ich griff nach dem Tagebuch, stieg ebenfalls aus und ging ihm nach zur Eingangstür, die mit einem großen Kranz aus Tannenzweigen, roten Bändern und goldenen und blauen Kugeln geschmückt war. Die Klingel war mit

Isolierband verklebt, also klopfte ich. Nach einer Weile öffnete der Mann aus dem Lieferwagen die Tür. Er hatte ein rundes rotes, mit Bartstoppeln überzogenes Gesicht. Auf seinem Hemd prangte ein aufgenähtes Schild mit dem Namen KEVIN.

Das Erste, was er sagte, war: »Ist das Ihr Porsche da drüben?«

Ich warf einen verstohlenen Blick auf mein Auto. »Ja.«

»Einer von diesen Porsche-SUVs. Heutzutage machen die auch schon aus allem einen SUV, was? Würde mich nicht wundern, wenn es bald einen Rolls SUV gibt. Was hat Sie der gekostet? Fünfzig, sechzig Riesen?«

»Es ist ein Turbo S, also hundertsechzig in etwa.«

Seine Kinnlade klappte nach unten. »Heilige Mutter Gottes ... Sie schaufeln wohl jede Menge Kohle, Sir. Ich bin offensichtlich im falschen Geschäft. Was machen Sie so?«

»Ich schreibe Bücher. Romane.«

»Das sollte ich auch mal versuchen. Ich habe jede Menge zu erzählen, das können Sie mir glauben. Was man so in den Häusern der Leute sieht. Da vergeht es einem. Also, was führt Sie hierher?«

»Ich bin auf der Suche nach Noel King. Ich nehme an, sie ist Ihre Frau?«

»Was wollen Sie denn von meiner Frau? Na, egal, Sie können sie haben. Ich tausche sie gegen den Porsche.« Er lachte. »Nicht? Das will ich auch meinen. Ich rufe sie.«

Er drehte sich um. »No-el! Hier ist jemand an der Tür für dich.« Dann wandte er sich wieder an mich. »Hier kommen nicht viele Fremde vorbei. Nur der eine oder andere Vertreter. Aber in den letzten Tagen waren es gleich zwei. Heute Sie, und gestern diese junge Frau ...«

Rachel.

»Eine junge Frau war gestern hier?«

»Hübsches Ding. Aber irgendwie durcheinander. Hat wohl zu viel geraucht oder so.«

»Warum das?«

»Also erstens hat sie meine Frau gefragt, ob sie vor dreißig Jahren ein Kind bekommen hat. Ich habe ihr gesagt, dass sie damals ja noch nicht mal verheiratet war. Noel hatte Mitleid mit der jungen Frau. Sie meinte, es tue ihr leid, aber sie müsse sich wohl täuschen.«

Genau davor hatte mich mein Vater gewarnt. »Was hat die junge Frau dann gemacht?«

»Sie hat angefangen zu heulen und meine Frau angestarrt. Es war unangenehm. Dann ist sie fort. Seltsamerweise hat sie meiner Frau tatsächlich ähnlich gesehen. Zumindest, als sie noch jünger war. Fast wie Zwillinge. Meine bessere Hälfte war danach auch ganz durcheinander. Hat die ganze Nacht geweint.«

»Sind Sie sicher, dass sie nicht ihre Tochter war?«

Der Mann sah mich an, als hätte ich nicht alle Tassen im Schrank. Dann verschränkte er die Arme vor der Brust. »Aber klar doch. Ich bin seit siebenundzwanzig Jahren mit ihr verheiratet. Ich schätze, ich wüsste, wenn ich sie geschwängert hätte. Außerdem kann Noel gar keine Kinder bekommen, verdammt.«

»Sie haben keine Kinder?«

»Das sagte ich doch gerade. Sie kann keine bekommen. Sie ist unfruchtbar.«

»Unfruchtbar«, wiederholte ich.

Er grinste. »Na ja, ich kann Ihnen versichern, dass das *Rohreverlegen* in diesem Haus einwandfrei funktioniert. Und damit kenne ich mich aus.«

Ich ließ mir meinen wachsenden Unmut nicht anmerken. »Sie sind der Klempner-König.«

Er lachte.

Ich hörte Schritte, und eine Frau trat hinter den Mann.

Mein Herz setzte aus. Sie war es. Die Frau aus meinen Träumen stand leibhaftig vor mir. Sie sah jünger aus, als ich erwartet hatte, und hatte immer noch starke Ähnlichkeit mit der Frau auf dem Foto, das ich im Tagebuch gefunden hatte. Sie war nach wie vor schön.

Ich hatte mich jahrelang gefragt, wie dieser Moment wohl ablaufen würde – wenn es denn jemals dazu kommen würde. Ich hatte gedacht, es würde so sein, wie wenn man plötzlich einem berühmten Schauspieler oder Rockstar gegenüber steht. Aber so war es nicht im Geringsten. Natürlich war es in gewisser Weise surreal. Aber es war nicht unangenehm. Vermutlich deshalb, weil sie keine Fremde für mich war. Wie auch? Sie war all die Jahre an meiner Seite gewesen.

Sie musterte mich mit seltsamem Blick, und ich fragte mich, ob ein Teil von ihr mich ebenfalls wiedererkannte. Leider ließ uns ihr Mann nicht allein, sondern blieb neben uns stehen wie ein neugieriges Kind, das nicht ausgeschlossen werden wollte.

»Kann ich Ihnen helfen?«, fragte sie freundlich.

»Sind Sie Noel Ellis?«

»Ellis war mein Mädchenname«, erwiderte sie mit einem reservierten Lächeln. »Und wer sind Sie?«

Ich streckte ihr die Hand entgegen und sah ihr in die Augen. »Mein Name ist Jacob Christian Churcher.«

Es war, als wäre ein Stromstoß durch meinen Körper gefahren und hätte sie getroffen. Sie ließ meine Hand los und sah mich ängstlich an.

»Es tut mir leid«, stammelte sie. »Sollte ich Sie kennen?«

Ich warf einen Blick auf den Klempner und dann wieder auf sie. Ich hatte Mitleid mit ihr, weil sie offenbar immer noch das Gefühl hatte, in einem Lügenkonstrukt leben zu müssen. »Es kann sein, dass Sie sich nicht an mich erinnern«, log ich um ihretwillen. »Aber Sie waren kurze Zeit mit meinen Eltern befreundet. Ich wollte Ihnen lediglich mitteilen, dass meine Mutter, Ruth Churcher, von uns gegangen ist.«

Sie schluckte. »Es tut mir leid, das zu hören«, meinte sie. »Und Ihr Vater?«

»Er lebt noch«, antwortete ich. »Und er ist wohlauf.«

»Nun, dann richten Sie ihm bitte mein Beileid aus.«

»Natürlich.« Ich sah sie einen Moment lang an. Ich war mir sicher, dass sie wusste, wer ich war. Und sie wusste mit Sicherheit, dass ich wusste, dass sie wusste, wer ich war. Und trotzdem standen wir hier, auf der Veranda vor ihrem Haus und spielten eine Scharade vor einem Ein-Mann-Publikum. Plötzlich hasste ich diesen Mann.

»Okay«, meinte ich schließlich. »Mehr wollte ich eigentlich nicht sagen. Apropos, vielleicht sollten Sie noch etwas über das Baby wissen, das im Haus meiner Eltern geboren wurde. Sie nannten es Rachel. Sie ist eine wunderbare Frau mit einem guten Herzen. Genau wie ihre Mutter. Ihre Mutter wäre stolz auf sie.« Ich sah ihr in die Augen. »Ich dachte, das interessiert Sie vielleicht.«

Noel stiegen Tränen in die Augen. Ihr Mann sah mich an, als hätte ich Chinesisch gesprochen, doch Noel kämpfte ganz offensichtlich mit ihren Gefühlen, die sich in weiteren Tränen offenbarten.

»Ich wünsche Ihnen noch einen schönen Tag.«

Noel wischte sich über die Augen. »Auf Wiedersehen«, sagte sie leise.

Ich hatte mich gerade abgewandt, als sich mit einem Mal etwas in mir regte. Etwas Wütendes, Mächtiges. Etwas, das keinesfalls wollte, dass das Übel der Vergangenheit die Oberhand behielt. Ich drehte mich noch einmal um.

»Noel.«

Sie erwiderte meinen Blick. »Ja?«

»Es gibt noch etwas, das ich Ihnen sagen muss.«

Sie sah mich erwartungsvoll an.

»Schon seit ich denken kann, träume ich von einer schönen jungen Frau, die mich im Arm hielt, als meine Welt aus den Fugen geriet. Von einer Frau, die einem verängstigten kleinen Jungen Liebe schenkte, obwohl sich auch ihr Leben im freien Fall befand. Die Frau aus meinen Träumen hielt mich in der Dunkelheit, wenn ich Angst hatte. Sie leistete mir Gesellschaft, wenn ich allein war. Und sie hat mich geliebt, als ich dachte, ich hätte es nicht verdient, geliebt zu werden.«

Tränen stiegen in meine Augen. »Sie war die wundervollste Frau, die ich jemals kennenlernen durfte. Und es ist mir egal, ob die Welt sie gezwungen hat, eine Lüge zu leben. Die Wahrheit dessen, was diese Frau ist, ist zu schön, um von Scham und Täuschung verdeckt zu werden. Ich liebe diese Frau von ganzem Herzen. Und ich habe mir geschworen, ihr genau das zu sagen, sollte ich sie jemals wiedersehen.«

Ich hob das Tagebuch hoch. »Das gehört Ihnen, Noel. Es gehört Ihnen, nicht den anderen. Nicht der Lüge. Sie haben geschrieben, dass sie eher ein ehrliches Leben als eine von allen bewunderte Lüge leben wollen. Sie verdienen beides. Ihr Leben gehört Ihnen – niemandem sonst. Es ist Ihr gutes Recht, darauf Anspruch zu erheben.« Ich streckte ihr das Buch entgegen. »Es wird Zeit, die Scham zu überwinden und frei zu sein. Die Wahrheit wird Sie frei machen.«

Einen Moment lang schien die Zeit still zu stehen. Der Klempner war wie vor den Kopf gestoßen. Aber ich sah das plötzliche Leuchten in Noels Augen.

Vielleicht war es Mut. Vielleicht Entrüstung. Vielleicht war es einfach nur Erschöpfung, aber sie streckte die Hand aus und griff nach dem Tagebuch. Nach *ihrem* Tagebuch.

Dann sah sie mir erneut in die Augen und sagte: »Mein lieber Jacob, mein Schatz. Mein süßer kleiner Jacob.« Tränen liefen über ihre Wangen. »Du hast keine Ahnung, wie schreckliche Angst ich um dich hatte.« Sie trat auf mich zu, schlang die Arme um mich und weinte mehrere Minuten lang. Als sie wieder sprechen konnte, sagte sie: »Bitte, Jacob. Rachel war hier. Kannst du mir helfen, mein kleines Mädchen zu finden?«

KAPITEL

28

∗

10. Dezember 1986

Liebes Tagebuch,

*überall zählen die Leute die Tage bis Weihnachten.
Ich hingegen zähle die Tage bis zur Geburt. Gestern
Abend haben Mr. Churcher, Jacob und ich uns
Charles Dickens' Weihnachtsgeschichte im Fernsehen
angesehen. Den Film mit George C. Scott. Ich fühle
mich wie der junge Ebenezer Scrooge, der aufs Internat geschickt wurde. Meine Eltern haben mir kein
einziges Mal die Hand entgegengestreckt. Sie sind
religiös, aber nicht gottgefällig. Ihre Religion ist
nichts als ein Götzenbild, das sie sich selbst erdacht
haben. Nichts als Fassade. Ich hatte Angst, dass sie
es mir nicht erlauben würden, wieder nach Hause zu
kommen. Mittlerweile habe ich keinerlei Bedürfnis,
jemals wieder mit ihnen unter einem Dach zu leben.*

Noel

Noel und ich unterhielten uns über eine Stunde lang.
Kevin kam und ging. Er war offensichtlich verwirrt und
hatte keine Ahnung, wie er sich verhalten sollte. Ich erzählte Noel, wie ich nach dem Tod meiner Mutter von
Coeur d'Alene nach Salt Lake gekommen und auf Rachel
gestoßen war. Oder besser gesagt, sie auf mich.

Noel gestand, dass sie im Laufe der Jahre einige Male an dem alten Haus vorbeigefahren war. Sie hatte sogar einmal meine Mutter gesehen, sich aber nicht zu erkennen gegeben. Sie bezweifelte, dass meine Mutter sie überhaupt erkannt hätte. Während wir sprachen, umklammerte sie das Tagebuch wie eine Schauspielerin ihren gerade gewonnenen Oscar. »Ich kann nicht glauben, dass es wieder da ist«, sagte sie.

Schließlich erklärte ich ihr, dass ich gehen müsse. »Rachel wohnt im Süden von Utah. In Ivins.«

»Das kenne ich«, erwiderte sie. »Es ist in der Nähe von St. George.«

Ich nickte. »Ich kann dir die Adresse aufschreiben.«

Noel wandte sich an ihren Mann. »Kevin, hol mir doch bitte einen Zettel aus der Küche.«

»Klar.« Er wankte davon.

Nachdem Kevin fort war, wirkte Noel etwas entspannter. »Danke, dass du mich nicht aufgegeben hast. Es tut so gut, dich zu sehen. Und Rachel.« Sie schüttelte den Kopf. »Ich würde am liebsten heute noch zu ihr fahren, aber ...« Sie brach ab und warf einen Blick in Richtung Küche. »Ich glaube, mein Mann und ich haben einiges zu besprechen.«

»Mit Sicherheit. Wie wird er es aufnehmen?«

»Ich weiß nicht, wie er es aufnehmen wird, aber ich weiß, dass ich es will.« Sie sah mir in die Augen. »Ich brauche es. Irgendwann verursacht das Geheimnis, das man mit sich trägt, mehr Schmerz als die Wahrheit, die man verbergen will. Genauso erging es mir. Ich brauchte nur einen Anstoß, um mich zu öffnen.«

Kevin kam schwerfällig auf uns zu und reichte seiner Frau einen Block und einen Stift. »Bitte sehr.«

»Ich danke dir.« Sie gab beides an mich weiter, und ich suchte Rachels Adresse auf meinem Handy und schrieb sie auf. »Ich hoffe, du kannst alles lesen«, meinte ich und gab Noel den Block. »Ich bin zwar Schriftsteller, aber meine Handschrift ist grauenvoll.«

»Das ist schon in Ordnung.« Sie lächelte. »Früher hast du auch immer herumgekritzelt. Du hattest Schwierigkeiten, nicht über die Linien zu malen.«

»Manche Dinge ändern sich eben nie«, meinte ich.

Wir umarmten uns. Es fühlte sich wunderschön an. Noch besser als im Traum. »Danke«, sagte ich.

»Nein, ich danke dir. Ich liebe dich.«

Ich sah sie an und lächelte. »Ich weiß. Wirklich. Ich liebe dich auch.«

KAPITEL

29

✳

17. Dezember 1986

Liebes Tagebuch,

heute sollte mein Baby zur Welt kommen. Ich kann nicht glauben, dass sie noch nicht da ist. Der Arzt meinte, sie würde wohl auf Weihnachten warten. Ich erklärte ihm, dass es nicht gerade toll ist, an Weihnachten Geburtstag zu haben. Da lachte er und meinte, daran hätte ich letzten März denken sollen. Plötzlich war die Scham wieder da. Sie geht nie wirklich fort. Es gibt vieles, woran ich letzten März hätte denken sollen. Ich erwiderte, dass ich damals nicht wirklich an Weihnachten gedacht hatte. In Wahrheit hatte ich nur daran gedacht, wie sehr ich mir wünschte, geliebt zu werden.

Noel

An dem Abend, als ich aus Phoenix zurückgekommen war, hatte ich einiges über die Stadt gelesen, in der Rachel wohnte. Ivins ist eine Pendlerstadt nordwestlich von St. George, der viertgrößten Stadt Utahs. Das Gebiet wurde früher von den Paiute besiedelt und hieß Santa Clara Bench. Doch den Siedlern gefiel der Name nicht, und sie nannten die Stadt Ivins – nach dem Mormonen-Apostel Anthony Ivins. Ivins hatte nichts gegen die Verwendung seines Namens, solange er richtig geschrieben und ausgesprochen wurde. Das Klima in Ivins ist wie auch in St. George typisch für den wüstennahen Südwesten und deutlich wärmer als im Rest des Bundesstaates.

Es war viertel vor zehn, als ich die Ausfahrt St. George nahm und in der Dunkelheit in westlicher Richtung nach Ivins fuhr, wo ich kurz vor zehn ankam. Meiner Meinung nach sah es hier eher aus wie in Sedona als in Salt Lake. Nach zwanzig Minuten hatte ich Rachels Elternhaus gefunden.

Wie sie mir bereits erzählt hatte, war es älter als die Häuser in der Nachbarschaft und – wenig überraschend – konservativer. Es handelte sich um einen Bungalow mit braunem Verputz, und der Vorgarten bestand aus Kies und wurde auf beiden Seiten von roten Betonschalsteinen begrenzt.

Obwohl es erst kurz nach zehn war, lag das Haus im Dunkeln. Nur eine Lampe auf der Veranda und ein paar kleine Solarlichter entlang des Weges zur Haustür spendeten etwas Licht. Ein großes Fenster ohne Jalousien oder Vorhänge erlaubte einen Blick ins Haus. Glücklicherweise parkte Rachels Auto in der Einfahrt.

Ich ging auf das Haus zu und klopfte. Zweimal. Beim zweiten Klopfen ging das Licht im Vorzimmer an. Dann hörte ich Schritte auf die Tür zu schlurfen. Es folgte eine kurze Pause, gefolgt von dem Klicken eines Bolzenschlosses. Zwei weitere Lichter auf der Veranda gingen an, die Tür öffnete sich und vor mir stand ein älterer Mann in einem dicken, braunen Frotteemorgenmantel. Er war kleiner als ich, hatte eine Glatze und trug eine Drahtgestellbrille auf der großen, spitzen Nase. Seine Augenbrauen waren dunkel und üppig wie ein wuchernder Busch. Es fehlte nur noch die Mistgabel, dann hätte er ausgesehen wie der alte Mann auf Grant Woods Bild *American Gothic*.

Er warf einen vielsagenden Blick auf seine Uhr, dann

meinte er mürrisch. »Was wollen Sie?«

»Ich möchte zu Rachel.«

»Wer sind Sie?«

»Ein Freund.«

Er zeigte keine Regung. »Rachel ist bereits im Bett.«

»Tut mir leid, ich komme aus Coeur d'Alene. Dort ist es eine Stunde früher.«

Was er offensichtlich nicht wirklich witzig fand.

»Sir, ich bin den ganzen Weg aus Salt Lake hierher gefahren, um Ihre Tochter zu sehen.«

»Nun, dann müssen Sie eben wieder zurückfahren.«

»Und ich dachte, sie hätte übertrieben«, murmelte ich.

»Wie bitte?«

In diesem Moment hörte ich Rachels Stimme. »Dad, wer ist es denn?«

Er warf einen Blick über die Schulter, dann sah er mich an. Ich zuckte mit den Schultern. »Tut mir leid, offenbar habe ich das Baby geweckt.«

Rachel trat hinter ihn. Sie erstarrte, als sie mich sah.

»Er sagt, dass er dich kennt«, meinte der alte Mann.

»Er ist ein Freund.«

Ich sah sie an.

»Das ist Jacob«, meinte sie leise.

»Der Kerl?«

Ich ließ Rachel nicht aus den Augen. »Der *Kerl*?«

»Ich muss mit ihm reden«, erklärte sie.

Ihr Vater warf mir einen vernichtenden Blick zu, dann murmelte er: »›Wie ein Hund sein Gespeites wieder frisst …‹«

Ich sah ihm in die Augen. »Haben Sie mich gerade als Hund und Ihre Tochter als Kotze bezeichnet?«

Auch dieses Mal hatte er nichts als Verachtung für mich übrig. Er wandte sich ab und schlurfte davon.

Ich wandte mich an Rachel. »Der *Kerl*?«

»Was machst du hier, Jacob?«

»Die Frage ist wohl eher: Was machst *du* hier?«

»Ich wohne hier.«

»Wohnst du hier, oder wirst du hier gefangen gehalten?«
Sie antwortete nicht.

»Ich war bei deiner Mutter«, erklärte ich.

Wut machte sich in ihrem Gesicht breit. »Ich auch. Sie
hat mich nicht erkannt.«

»Ich weiß, sie hat mir davon erzählt. Es tut ihr leid. Es
hat ihr das Herz gebrochen.«

»Wirklich? Mir nämlich auch. Weißt du, wie es ist, von
der eigenen Mutter verstoßen zu werden?«

»Ja. Das weiß ich.«

Sie sah mich an, dann meinte sie ein wenig sanfter:
»Wenigstens hat mich mein *Gefängniswärter* von einem
Vater nicht fallengelassen wie eine heiße Kartoffel.«

»Sie war noch ein Teenager und hatte Angst, Rachel.
Sag bloß, du hast noch nie etwas getan, das du im Grunde
gar nicht wolltest.«

Sie atmete tief ein und langsam wieder aus. »Was willst
du, Jacob?«

»Du weißt, was ich will.«

»Und das wäre?«

»Du bist gegangen, ohne dich zu verabschieden.«

»Ich habe dir eine Nachricht hinterlassen.«

»Genau das hat mich ja so verwirrt. Ich schreibe ständig Dinge, die die Leute verdrehen und manipulieren.
Aber wenn ich jemandem sage, dass ich ihn mehr liebe
als irgendjemanden sonst und dass ich nicht glaube, dass
mich mein Verlobter ...«

»Ich werde bald heiraten, Jacob.«

»... dass ich nicht glaube, dass mich mein Verlobter
überhaupt mag ...«

»Ich war betrunken.«

»Manchmal braucht es ein wenig Alkohol, um ehrlich sein zu können.«

»Ich bin verlobt.«

»Verlobt hin oder her, ich kenne die Wahrheit. Und du kennst sie auch. Du willst nicht dein Leben mit ihm verbringen. Du willst bei mir sein. Und ich bei dir.«

Sie begann zu weinen.

»Irre ich mich etwa?«

Sie weinte einfach weiter. Als sie wieder sprechen konnte, meinte sie: »Was ich will, spielt keine Rolle.«

Ich sah sie erstaunt an. »Was sollte denn sonst eine Rolle spielen?«

»Das *Richtige* zu tun.«

»Und jemanden zu heiraten, den du nicht heiraten willst, ist das Richtige?«

Sie antwortete nicht.

»Komm schon«, meinte ich sanft. »Ich liebe dich. Ich werde dich so behandeln, wie du es verdient hast.«

Sie antwortete immer noch nicht. Schließlich meinte ich: »Okay. Beantworte mir nur eine Frage, dann lasse ich dich in Ruhe. Wenn du nicht schon vor drei Jahren Ja zu ihm gesagt hättest, würdest du es jetzt noch immer tun?«

Sie sah mich an.

Nachdem sie eine Weile nichts gesagt hatte, sagte ich: »Siehst du, da hast du die Antwort.«

»Ich habe dir nicht geantwortet.«

»Wenn du darüber nachdenken musst, ob du jemanden nach drei Jahren Verlobungszeit immer noch heiraten willst, dann brauchst du nicht zu antworten.«

Ihr stiegen erneut Tränen in die Augen. »Ich bin eine Verpflichtung eingegangen.«

»Nein, du hast dich verpflichtet, eine Verpflichtung einzugehen.«

»Das ist doch dasselbe!«

»Ist es nicht. Wenn du verheiratet wärst, würde ich nicht hier stehen, und das weißt du auch. Du weißt, dass ich das akzeptieren würde.«

Sie weinte noch mehr.

»Rachel …«

Plötzlich schrie sie: »Ja!«

Ich sah sie an. »Was?«

»Ja. Ich würde immer noch Ja zu ihm sagen.«

Sie wirkte genauso überrascht über das, was sie gerade gesagt hatte wie ich. Ich bekam mit einem Mal keine Luft mehr. Es war, als hätte sie mir einen Vorschlaghammer in den Magen gerammt. Einen Moment später stieß ich langsam die Luft aus.

»Okay«, meinte ich leise. »Okay.«

Der Schmerz ihrer Zurückweisung erschütterte mich bis tief ins Innerste. Plötzlich war ich wieder das Kind, das ganz allein mit seinem Koffer am Straßenrand stand. Ich hätte mich am liebsten übergeben.

Rachel sah mich an. Sie zitterte am ganzen Körper. »Jacob …«

Ich konnte sie nicht ansehen. Ich konnte nichts sagen.

»Jacob.«

Ich hob den Blick. »Es tut mir leid. Ich gehe jetzt.«

Ich wandte mich ab und ging langsam zurück zu meinem Auto. Rachel stand immer noch in der Tür und wischte sich über die Augen, als ich rückwärts aus der Einfahrt bog.

Obwohl es schon spät war, fuhr ich den ganzen Weg zurück nach Salt Lake City. Als ich ins Haus meiner Mutter trat, war es beinahe drei Uhr morgens.

KAPITEL

30

✴

24. Dezember 1986

Liebes Tagebuch,

heute ist mein Geburtstag. Ich werde achtzehn. Niemand hier weiß davon. Denen, die es wissen – meine Eltern und Peter –, ist es egal. Ich habe es dem kleinen Jacob gesagt. Nur Jacob. Er hat gelächelt. Es ist Weihnachtsabend und ich habe die Geschichte von Maria gelesen. In diesem Jahr ist es anders als sonst, denn ich werde auch bald ein Kind gebären. Ich werde es unter Fremden zur Welt bringen, wie sie. Und auch ich werde es verlieren. Ich vergleiche mich nicht mit ihr – dafür bin ich eine zu große Sünderin. Aber ich vergleiche den Schmerz. Es tut so weh. Und dieses Haus, in dem ich lebe ... mein süßer Jacob ... was wird bloß aus ihm werden? Mrs. Churcher ist sehr krank. Sie kommt nur noch nachts aus ihrem Zimmer. Sie ist schrecklich dünn geworden. Ich weiß nicht, wer sich in Zukunft um Jacob kümmern wird. Ich bete dafür, dass sein Vater ihm alles Notwendige geben wird, denn Ruth ist fort. Vielleicht sollte ich nicht über sie urteilen. Aber ich werde mein kleines Mädchen ebenfalls verlieren – obwohl sie trotzdem irgendwo dort draußen sein wird, bei anderen Leuten, die ihr beim Aufwachsen zusehen.

Noel

Mittwoch, 21. Dezember

Als ich aufwachte, schien die Sonne in mein Zimmer und hüllte mein Gesicht in helles Licht. Ich hatte in meinem Bett geschlafen. In meinem alten Kinderbett. Es schien mir passend. Damals waren die Schmerzen ebenfalls unerträglich gewesen.

Ich brauchte einen Moment, bis ich erkannte, dass mich ein Klopfen an der Tür geweckt hatte. Ich ignorierte es und blieb liegen, doch es hörte nicht auf. Also stand ich auf, schlüpfte in Hose und T-Shirt und ging barfuß zur Tür.

Auf der Veranda stand Elyse und zitterte vor Kälte. Sie hatte eine kleine braune Tasche dabei. Anscheinend sah ich genauso furchtbar aus, wie ich mich fühlte, denn sie musterte mich mit offenkundiger Sorge. »Geht es dir gut?«

»Ja. Ich bin nur gerade erst aufgestanden.«

»Ich habe schon gelesen, dass ihr Autoren keinem normalen Tagesablauf folgt. Es ist schon Mittag vorbei.«

»Es war eine lange Nacht.« Ich rieb mir die Augen. »Ich bin erst um drei zurückgekommen.«

»Aus Arizona?«

»Nein, aus Ivins.« Ich sah sie an. »Wollen Sie reinkommen?«

»Bitte.«

Sie trat ein und sah sich um. »Es sieht nett aus.«

»Danke.« Ich deutete auf die Couch. »Setzen Sie sich.«

»Danke.« Sie ließ sich auf das eine Couchende sinken, ich nahm auf der anderen Seite Platz.

»Ich war sehr froh, als ich heute Morgen dein Auto in der Einfahrt sah. Ich hatte Angst, du würdest gleich nach Hause fahren und ich würde dich nie mehr wiedersehen.«

»Ich fahre heute Nachmittag. Aber ich wäre nicht fortgegangen, ohne mich zu verabschieden.«

»Das freut mich.« Sie sah sich erneut um. »Du hast dieses Haus verwandelt. So hat es schon seit über zwanzig Jahren nicht mehr ausgesehen.« Ihr Blick wanderte zu mir. »Hast du deinen Vater angetroffen?«

»Ja.«

»Wie ist es gelaufen?«

»Gut. Genau, wie Sie gesagt haben.«

»Das freut mich ebenfalls.« Sie musterte mich. »Aber du wirkst trotzdem traurig.«

»Es ist nicht alles gut gelaufen.«

»Die junge Frau?«

Ich fuhr mir mit der Hand durch die Haare. »Ja.«

Sie nickte. »Es geht am Ende immer um die junge Frau, nicht wahr? Genau darüber schreibst du in deinen Büchern.«

»Eine solche Geschichte würde ich niemals schreiben. Aber es spielt keine Rolle. Deshalb bin ich nicht wiedergekommen.«

Sie betrachtete mich nachdenklich, dann fragte sie. »Warum bist du dann wiedergekommen, Jacob?«

Ich holte tief Luft. »Ich weiß es immer noch nicht. Ich suche nach Antworten.«

»Antworten worauf?«

Ich schwieg. Sie sah mich einen Moment lang an, dann meinte sie: »Du wirst die Antwort darauf, was du wirklich wissen willst, niemals finden.«

»Sie wissen, was ich *wirklich* wissen will?«

»Ich bin mir ziemlich sicher. Es ist dasselbe, weswegen auch deine Freundin Rachel hierhergekommen ist.

Du willst wissen, warum du der Liebe deiner Mutter nicht würdig warst.«

Ich sah sie an. Tief im Inneren wusste ich, dass sie recht hatte.

»Aber viel wichtiger als das, *wonach* du suchst, ist die Frage nach dem *Warum*, Jacob. Du suchst nach einer Antwort, weil tief in dir drin noch immer dieser kleine Junge sitzt, der Angst hat, dass er es nicht verdient hat, geliebt zu werden. Also schiebt er die Liebe manchmal von sich. Und manchmal versucht er auch, die Liebe eines anderen zu gewinnen. Doch am Ende hasst er alle, die er zuvor unbedingt dazu bringen wollte, ihn zu lieben. Das muss er. Denn sogar der kleine Junge weiß, dass man Liebe nicht gewinnen kann. Die einzig wahre Liebe ist Gnade. Alles andere ist nicht echt. Also lass mich dir deine Frage beantworten, Jacob. Die Frage, warum du der Liebe eines anderen nicht würdig warst. Im Grunde kennst du die Antwort darauf, aber du hattest nie den Mut, daran zu glauben. Weißt du, es ist möglich, Dinge zu wissen und trotzdem nicht daran zu glauben. Die Antwort auf deine Frage ist folgende: Du *warst* und *bist* würdig. Du warst ein süßer kleiner Junge mit leuchtenden Augen, der auch die Augen aller anderen zum Strahlen brachte. Selbst die deiner Mutter. Du warst mehr als würdig, geliebt zu werden. Das warst du schon immer und wirst es immer sein. Und es war genau diese Liebe, die du hattest, die dich so verletzlich gemacht hat.«

Sie musterte mich mit durchdringendem Blick. »Du bist immer noch dieser Junge, Jacob. Dieser süße kleine Junge mit den leuchtenden Augen. Er ist immer noch in dir drin. Er liebt immer noch und ist immer noch so schrecklich verletzlich. Wenn ich eines deiner Bücher lese, kann ich den süßen Jungen von damals spüren. Und nicht nur ich. Millionen Leserinnen und Leser spüren ihn. Deshalb lieben sie dich. Weil sie es auch spüren. Deshalb kommen sie zu dir, und du schenkst ihnen Liebe und Hoffnung. Jetzt wird es allerdings langsam Zeit, dass du uns andere einmal vergisst und dir dieses Geschenk selbst machst.«

Ich begann mit einem Mal zu zittern. Tränen stiegen in meine Augen. Elyse rutschte neben mich. Sie legte die Arme um mich und begann ebenfalls zu weinen. »Du allerliebster, süßer Junge. Es tut mir so leid, dass du solchen Schmerz erfahren musstest. Ich wünschte, ich hätte ihn dir damals nehmen können. Aber du hast ihn lange genug mit dir herumgeschleppt. Jetzt musst du ihn loslassen.«

Ich sah sie an. »Rachel hat mich verlassen. Sie hat gesagt, dass sie mich liebt. Und dann hat sie mich verlassen.«

Elyse nickte bedächtig. »Natürlich hat sie das. Aber es bedeutet nicht, dass sie dich nicht liebt. Es bedeutet nur, dass sie genauso große Angst vor der Liebe hat wie du. Sie hat genauso große Angst wie du, erneut verlassen zu werden. Warum wäre sie sonst nach all den Jahren hierhergekommen? Sie sucht nach der Antwort auf dieselbe Frage wie du.«

Ich wischte mir über die Augen. »Was soll ich jetzt machen?«

»Liebe dich selbst. Respektiere dich selbst. Und verliere nicht den Glauben. Je älter ich werde, desto mehr erkenne ich, dass sich am Ende alles regelt. Zwar nicht immer, aber normalerweise. Und nicht zwangsläufig dann, wann wir es wollen.«

Ich schenkte ihr einen dankbaren Blick, und sie lächelte. »Ich habe dir etwas mitgebracht.« Sie griff in ihre Tasche und zog eine Packung Schokosterne heraus. Ich lächelte, trotz der Tränen in meinen Augen.

»Und da ist noch etwas.« Sie griff erneut in die Tasche und ein kleines glänzend schwarzes Kästchen kam zum Vorschein. Ich öffnete den Deckel. Das Kästchen war ausgepolstert und in der Mitte lag eine kleine Batman-Ansteckadel. Sie löste eine Fülle an Emotionen in mir aus.

»Daran erinnere ich mich noch.«

»Sie hat dir viel bedeutet. Ich hatte sie bei mir zu Hause, und du bist fast jeden Tag vorbeigekommen, um sie dir anzusehen.«

»Die Batman-Nadel gehörte Nick.«

»Ja. Er hat sie dir zum Abschied dagelassen.«

»Es gab auch eine Robin-Nadel.«

»Die hat er behalten, damit ihr beiden immer vereint bleibt. Obwohl er nach Deutschland musste.«

Ich ließ den Finger über die Figur gleiten. »Dass so kleine Dinge mir so große Freude bereiten konnten.«

Sie sah mich an. »Das tun sie noch immer.« Sie seufzte. »So große Freude. So viele Erinnerungen.«

Ich griff nach ihrer Hand. »Danke.«

Sie erhob sich langsam und hielt sich an meinem Arm fest, um nicht das Gleichgewicht zu verlieren. »Jetzt lasse ich dich besser wieder mit deinem Leben weitermachen. Du hast sicher Besseres zu tun, als dem Geplapper einer alten Frau zuzuhören.«

»Das glaube ich nicht«, erwiderte ich.

Sie sah mich an. »Darf ich dir einen Rat geben?«

»Natürlich.«

»Wenn Rachel schließlich zur Vernunft kommt, bestrafe sie nicht. Sie braucht Gnade. Genau wie du.«

Ich brachte sie zur Tür. Sie warf einen Blick hinaus. »Oh, es hat wieder zu schneien begonnen. Weiße Weihnachten sind besonders schön.« Sie wandte sich noch einmal zu mir um und lächelte. »Ich wünsche dir frohe Weihnachten, Jacob. Schön, dass du endlich nach Hause zurückgefunden hast.«

KAPITEL

31

＊

30. Dezember 1986

Liebes Tagebuch,

mein süßes kleines Mädchen wurde am zweiten Weihnachtstag geboren. Sie war dreiundvierzig Zentimeter klein und wog kaum drei Kilo. Sie ist so wunderschön. Sie hat nur zwei Tage nach mir Geburtstag. Weihnachten wird für mich nie wieder dasselbe sein. Sie haben sie mir noch am selben Tag weggenommen. Sogar meine Brüste weinen um sie. Ich kann nicht aufhören zu weinen. Ich glaube nicht, dass ich mein Mädchen jemals wiedersehe. Wie auch? Ich weiß nicht, wo sie sie hingebracht haben. Mein ganzes Leben ist eine einzige Schande. Warum kämpfe ich nicht um sie? Warum kämpfen wir nicht um das, was wir wollen?

Ich frage mich, ob ihre neuen Eltern ihr jemals von mir erzählen werden. Ich frage mich, ob der Schmerz in meinem Herzen jemals vergehen wird.

Noel

Ich duschte, rasierte mich und zog mich an, bevor ich eine letzte Runde durch das alte Haus drehte. Es gab so viele Erinnerungen. In jedem Zimmer steckte eine Fülle davon. Viel zu viele, um sie alle mit nach Coeur d'Alene zu nehmen. Aber das war auch gut so.

Viele sollten besser hierbleiben und zusammen mit dem Haus sterben. Aber nicht alle. Es gab auch glückliche Erinnerungen. Lachende, liebevolle Erinnerungen. Erinnerungen an Zeiten der Liebe und Zärtlichkeit. Ich musste sie nur ausgraben und ihnen die Erlaubnis erteilen, ebenfalls zu existieren. Neben dem Schmerz. Genau, wie ich das Haus unter den Hinterlassenschaften meiner Mutter ausgraben musste.

Ich stand in der Tür ihres Schlafzimmers und betrachtete ihr Bett. Ich dachte daran, wie oft ich ihre Füße massiert und ihre Arme und das Gesicht mit dem Zahnstocher-Bleistift gekratzt hatte. Auch sie hatte Gnade verdient. Auch sie musste hier in diesem Haus zurückbleiben.

Ich nahm gerade die Poster von den Wänden in meinem Zimmer und rollte sie zusammen, als es erneut an der Tür klopfte. Ich ging in den Flur und öffnete. Auf der Veranda stand Rachel.

Einen Moment lang sah ich sie einfach nur an. Ihre Augen waren geschwollen, die Wangen tränenüberströmt. Trotz des Schmerzes, den ich empfand, war mein erster Impuls, ihr alles heimzuzahlen und ihr genauso viel Kummer zu bereiten wie sie mir.

Doch dann erinnerte ich mich an Elyses Rat.

Gnade.

Ich atmete tief durch. »Willst du reinkommen?«

Sie nickte wortlos und trat ins Haus. Ich deutete auf die Couch, und sie setzte sich. Ich nahm ihr gegenüber Platz. Sie sah mich ängstlich an.

»Warum bist du hier?«, fragte ich.

»Ich wollte dich sehen.«

»Du hast mich zurückgewiesen. Zweimal.«

Sie senkte den Blick, und ich sah, dass sie erneut zu weinen begonnen hatte. »Es tut mir so leid.«

»Du hast gesagt, dass du ihn willst.«

Sie wischte sich übers Gesicht, dann sah sie mich an. »Du kennst die Wahrheit.«

»Ich bin mir nicht sicher.«

Sie erwiderte meinen Blick, und ich entdeckte neuen Schmerz in ihren Augen. Schließlich sagte sie: »Sie ist gekommen.«

»Wer?«

»Meine Mutter.«

Ich ließ die Worte sacken. »Bist du deshalb hier? Hat Noel dich hergeschickt?«

»Nein. Ich bin wegen etwas hier, das sie zu mir gesagt hat.«

»Und das wäre?«

»Sie sagte: *Mach nicht denselben Fehler, den ich vor all den Jahren begangen habe. Lass nicht zu, dass andere Leute deine Zukunft für dich schreiben.*« Rachel sah mich an und wirkte so schrecklich verletzlich. »Ich wollte sehen, ob du mich immer noch lieben kannst. So, wie du es getan hast. Denn dann können wir unsere Geschichte gemeinsam umschreiben.«

Ich musterte sie vorsichtig. »Umschreiben?«

Sie schluckte. »Zu einer Romanze.«

»Einer Romanze?«

»Ja. So, wie du es mir erklärt hast. Ein Mann lernt eine Frau kennen, der Mann verliert die Frau und am Ende …« Sie zögerte. »Am Ende bekommt der Mann die Frau zurück.«

Ich sah sie einen Moment lang schweigend an, dann meinte ich: »Das ist ein ziemliches Klischee.«

»Das ist mir egal.«

»Und das ›Glücklich bis an ihr Lebensende‹?«

»Ein ›Glücklich bis an ihr Lebensende‹ muss es natürlich auch geben. Es gibt immer ein ›Glücklich bis an ihr Lebensende‹, wenn eine Frau ihre wahre Liebe findet.«

Ich schwieg einen Augenblick, dann breitete sich ein Lächeln auf meinem Gesicht aus. »Ich kann diese Geschichte für uns schreiben. Aber nur, wenn du mir dabei hilfst.«

Auch sie lächelte, während weitere Tränen über ihre Wangen liefen. Sie sprang auf und fiel mir in die Arme. »Ja! Ja, für den Rest meines Lebens.«

EPILOG

＊

11. Januar 1987

Liebes Tagebuch,

    ich werde bald nach Hause zurückkehren. Meine Eltern sind gekommen. Sie sind kühl und abweisend. Sie interessieren sich nicht für mein kleines Mädchen. Sie erwähnen sie mit keinem Wort. Ich habe Angst. Angst um meine Kleine. Angst um den kleinen Jacob. Ich wünschte, ich könnte ihn mitnehmen. Aber das ist unmöglich. Ich kann nicht einmal dieses Tagebuch bei mir behalten. Es ist ein »Beweis« für eine Vergangenheit, die alle unter großem Aufwand zu verbergen versuchen. Ich bringe es nicht über mich, es in den Müll zu werfen, also lasse ich es einfach hier in meinem Zimmer. Vielleicht ist es irgendwann irgendjemandem von Nutzen.

    An mein kleines Mädchen: Falls du das hier irgendwann einmal lesen solltest, es tut mir leid, dass ich dich im Stich gelassen habe.

    An meinen kleinen Jacob: Du sollst wissen, dass ich dich nie vergessen werde. Und ich werde nie aufhören, dich zu lieben. Ich besuche dich in deinen Träumen.

Noel

Ich hätte das Interview für die Weihnachtssonderausgabe der USA Today, das ich in Chicago gegeben hatte, am liebsten wiederholt. Dieses Mal wären die Antworten vollkommen anders ausgefallen. Ich hätte der Journalistin erzählt, dass ich Weihnachten nicht allein verbracht hatte, mit Eggnogg und alten Footballspielen.

Stattdessen hatte ich in allerletzter Minute alle nach Idaho eingeflogen, um Weihnachten in meinem Haus in Coeur d'Alene zu feiern. Und mit »alle« meinte ich uns neun: Noel und Kevin, meinen Vater (ja, er ist tatsächlich in ein Flugzeug gestiegen) und Gretchen, Tyson, Candace und ihren Sohn Teonae, Rachel und mich. Ich hatte auch Elyse eingeladen, aber sie feierte mit ihrer eigenen Familie.

Es gab viele Geschichten zu erzählen, es wurde viel gelacht und genauso viel geweint. Es war ein riesiges Fest der auld lang syne.

Wir sangen sogar gemeinsam, und ich spielte Klavier. Ich hatte es stimmen lassen, und nun war es perfekt, nur ich war es nicht. Es war lange her, seit ich die alten Weihnachtslieder gespielt hatte. Doch das war meinen Gästen egal. Sogar windschief klingen Weihnachtslieder immer noch irgendwie schön. Ein Lied, das ich ohne Fehler hinbekam, war »Greensleeves« oder besser gesagt die Weihnachtsversion mit dem Titel »Wer ist das Kind«. Noel und Rachel hielten einander in den Armen und weinten.

Noel war von Herzen glücklich. Man sah es in ihren Augen. Man spürte es in ihren Umarmungen. Ich freute mich für sie. Sie hatte es verdient, glücklich zu sein. Nachdem ich an dem Abend unseres Wiedersehens gegangen war, hatte sie ihrem Mann alles erzählt. Aber auf die richtige Art. Es war keine Beichte gewesen, und sie hatte nicht um Vergebung gebeten. Sie hatte ihm ihr wahres Ich gezeigt und ihr Leben endlich für sich selbst beansprucht.

Im hellen, mächtigen Licht der Wahrheit. Kein Wunder, dass sie vor Glück strahlte.

Im darauffolgenden Juni luden Rachel und ich erneut alle nach Coeur d'Alene ein, um in dem wunderschönen Resort am See unsere Hochzeit zu feiern. Dieses Mal war auch Elyse dabei. Und natürlich Laurie. Alle meine Lieblingsmenschen an einem Ort. Zwei Monate nach unseren Flitterwochen auf Bali schickte ich Noel und Rachel nach Paris, während ich mit der Arbeit an meinem neuen Buch begann. Ich nannte es *Noels Tagebuch*.

Ich schickte meine Ladys nach Paris, weil ich es für einen guten Ort hielt, damit sich die beiden besser kennenlernen konnten. Auch Hemingway ist zur Inspiration dort gewesen. Es gibt wohl keinen besseren Ort, an dem Rachel und Noel mit dem Schreiben ihrer eigenen Geschichte beginnen konnten.

Im darauffolgenden Jahr schloss ich endlich Frieden mit meiner Mutter. Ich erkannte, dass ich auf verdrehte Art an meinem Schmerz festgehalten hatte, um meine Mutter zu bestrafen. Eine Frau, die ich vor mehreren Jahrzehnten zuletzt gesehen hatte. Es ist genauso, wie manche sagen: An seiner Wut festzuhalten ist, wie wenn man selbst Gift schluckt und hofft, jemand anderer würde daran sterben. Ich war bereit, den Schmerz loszulassen und mit meinem Leben weiterzumachen.

Am nächsten Muttertag brachte ich Blumen an ihr Grab. Ich kniete nieder, küsste ihren Grabstein und dankte ihr, dass sie mir das Leben geschenkt hatte. Wir ketten uns an die, denen wir nicht vergeben können. Zum ersten Mal in meinem Leben war ich wirklich frei. Außerdem leerte ich eine Flasche Root Beer auf Charles' Grab. Er hätte dieses Zeug geliebt.

Am Ende kehrte ich in diesem Jahr sogar zweimal nach Utah zurück, und jedes Mal besuchte ich den Friedhof. Das erste Mal, um das Grab meiner Mutter zu sehen, das zweite Mal zu Elyses Beerdigung. Im Oktober erlitt sie einen Herzinfarkt und starb. Ihre Familie lud mich ein, auf ihrer Trauerfeier zu sprechen. Ich war dankbar für diese Ehre. Auch ihr Neffe Nick war da. Es war unglaublich, ihn wiederzusehen, und es fühlte sich irgendwie so an, als wären wir immer noch Freunde. Elyses Tod erfüllte mich mit Trauer, aber ich war auch unendlich dankbar, dass sie noch da gewesen war, als ich nach Hause zurückgekehrt war. Möglicherweise findet sich Gott in den kleinen Dingen.

Ich träume nicht mehr von Noel. Manchmal vermisse ich die Träume mit ihr, aber wohl eher aus Nostalgie, als aus irgendeinem anderen Grund. Ich brauche sie nicht mehr. Ich habe jetzt Rachel, die mich nachts im Arm hält. Sie ist die Liebe, die ich brauche. Und wenn ich morgens aufwache, ist sie immer noch da.

Außer, dass ich immer noch Bücher schreibe, hat sich mein Leben um mehrere Quantensprünge verändert. *Quantensprünge.* Schon seltsam, wie oft ich in meinen Büchern Metaphern aus der Physik verwende, um Menschen oder Situationen zu beschreiben: Anziehungskraft, schwarze Löcher, Magnetismus. Vielleicht ist am Ende alles eine Frage der Physik. Immerhin ist das Leben ein Abbild des Newton'schen Trägheitsgesetzes: Ein Körper ruht oder bleibt in gleichmäßiger Bewegung in dieselbe

Richtung, bis er von einer plötzlich auftretenden Kraft in eine andere Richtung gelenkt wird.

Genauso leben wir. Wir hasten dahin – glücklich oder unglücklich, aber immer in dieselbe Richtung, bis wir auf etwas treffen, das uns von unserem Weg abbringt. Manchmal schmerzt das Aufeinandertreffen, manchmal auch nicht. Aber wenn wir Glück haben, ist die Liebe diese plötzlich auftretende Kraft. Liebe. Es gibt keine größere Kraft im Universum. Sobald wir gelernt haben, ihr nicht ständig aus dem Weg zu gehen.

DANKSAGUNG

Ich möchte allen danken, die mich auf der Reise mit diesem neuen Buch begleitet haben: Jonathan Karp, Carolyn Reidy und die gesamte Simon-&-Schuster-Familie. Danke an meine Lektorin Christine Pride für ihren professionellen Blick, ihre bemerkenswerte Geduld und ihre unermüdliche Nachsicht. Und danke an meine Agentin Laurie Liss, die immer für mich und meine Familie da ist. Danke an meine Bestseller-Tochter Jenna Evans Welch *(Love & Gelato)* für ihre Ratschläge und die Hilfe bei diesem Buch. Es ist der Traum aller Eltern, ihren Kindern dabei zuzusehen, wie sie sich in höhere Sphären schwingen als man selbst, und Jenna ist auf einem sehr guten Weg dorthin.

Außerdem möchte ich meinem Team und meinen Freundinnen und Freunden danken: Diane Glad, Heather McVey, Barry Evans, Fran Platt, Camille Shosted und Karen Christoffersen, durch deren Hilfe ich meine Bücher mit der Welt teilen kann.

Noels Tagebuch enthält wahrscheinlich mehr von meinem Leben als alles, was ich bisher geschrieben habe. Ich habe meine eigene Noel. Ich bin dankbar für sie, genauso wie für alle, die geholfen haben, meine emotionalen Wunden zu heilen. Vor allem für meine mutige Frau und Freundin Keri.

Und erneut gilt mein Dank auch meinen Leserinnen und Lesern. Ohne euch wäre es nur Papier und Tinte.